魅丽文化　花火工作室

没想到

弯弯

Wan Wan Mei Xiang Dao

L小姐

著 ＜＜＜＜

中国文联出版社
http://www.clapnet.cn

图书在版编目（CIP）数据

弯弯没想到 ／ L小姐著. — 北京：中国文联出版社,2016.7

ISBN 978-7-5190-1579-4

Ⅰ．①弯… Ⅱ．①L… Ⅲ．①长篇小说－中国－现代

Ⅳ．①I247.5

中国版本图书馆CIP数据核字(2016)第116139号

弯弯没想到

著　　者：L小姐			
出 版 人：朱　庆			
终 审 人：张　山		复 审 人：王东升	
责任编辑：王　萌　周　欣		责任校对：傅泉泽	
封面设计：刘芳英		责任印刷：陈　晨	

出版发行：中国文联出版社

地　　址：北京市朝阳区农展馆南里10号，100125

电　　话：010-85923063（咨询）85923000（编务）85923020（邮购）

传　　真：010-85923000（总编室），010-85923020（发行部）

网　　址：http://www.clapnet.cn　　http://www.claplus.cn

E－mail:clap@clapnet.cn　　zhoux@clapnet.cn

印　　刷：湖南关山美印有限公司

装　　订：湖南关山美印有限公司

法律顾问：北京天驰君泰律师事务所徐波律师

本书如有破损、缺页、装订错误，请与本社联系调换

开　　本：880×1230mm		1/32
字　　数：160千字		印张：9.5
版　　次：2016年7月第1版		印次：2016年7月第1次印刷
书　　号：ISBN 978-7-5190-1579-4		
定　　价：26.80元		

目录///////

目录 ///////

序

当知道玲子让我亲自操刀《弯弯没想到》这本书的序的时候，我心里顿时涌出一股优越感，哈哈……原谅我的厚脸皮！

从《弯弯没想到》这本书诞生起，玲子就一直处于很纠结的状态。她是一个极度追求完美的人，因此总是拉着我不停地讨论大纲的走向。她的每一个开头、每一个转折我都有仔细阅读并揣摩过。功夫不负有心人，《弯弯没想到》总算苦尽甘来！这本书不用说，必须是倾尽作者不少的心血和脑细胞！

文中的男主角周尧，是她苦心勾勒了几个版本的人物后，才最终拍板定下的一个腹黑暖男。这个人物塑造得非常成功，无论是"毒舌"还是"深情"，抑或是"冷酷"or"雅痞"，都能让你真真切切地感受到他的一举一动所透露出的信息。而他的从一而终，不爱美色爱肉肉的宣言实在是……太帅了！

文中有一个情节——在女主角秦弯弯和好友覃月末正式反目后，奶奶还重病住院，整个企业交到从未学过管理的秦弯弯手上的情况下，周尧不仅给女主打气，让女主角华丽地蜕变，还在企业被黑手搞垮的情况下，为了女主角故意跳进敌人设下的陷阱，不惜牺牲自己公司的名誉，还在最后的危难时刻做女主角坚强的后盾。我想，任何一个女生都希望生命里能有一个如此细心并且始终如一的男主角。

所以他理所应当获得女主角的爱情！

女主角秦弯弯是生活中众多妹子的化身，她没心没肺、大大咧咧，对朋友却十分珍惜；她单纯善良、二到无极限；她胖得不得了，却不自卑、不斤斤计较，始终相信世界的美好；她真诚地对待每一个值得对待的人。

不管是面对自己难以知晓的身世，还是面对因为现实利益而反目的好闺密，抑或是为了抓住让她恨得牙痒痒的周尧而冲上舞台，导致裤子都裂开……她总是乐呵呵的，仿佛世界上除了吃就没有什么能够让天塌下来的事情。

当寻找回来的亲奶奶卧床不醒，一个偌大的企业交到无知的她手上，曾经的好闺密覃月末施了毒计让企业摇摇欲坠……她咬牙撑着，拼命减肥只为了更好地树立企业形象，熬夜学习各方面知识，迅速蜕变与成长。我替她欢笑，替她担忧，也替她庆幸，毕竟，她的努力和美好全都得到了回报，不是吗？

而全文都有出现，到最后还黑化的女二号覃月末，她并不可恨，甚至还有些可怜。她是生活中某一角的缩影，有些事情无可奈何，可依然有正确的道路走，任何选择只在人的一念之间。不管是为了报复女主角不惜出卖身体换取筹码，还是最后那一刻良知被唤醒，都随着法律的判决尘埃落定。

这不仅仅是一个幽默风趣的故事，还将爱情、友情、亲情的酸甜苦辣糅合在一起。从玲子当初开始写，一直到最后的完结，我们都跟着秦弯弯一起成长了不少，同时也反思了不少。女主角不仅是作者的缩影，还是众多现今女生的缩影，希望有缘能看到《弯弯没想到》的读者们都能遇到自己的周尧，做一个正直、可爱的秦弯弯，携手共老。

同时也祝玲子的新书《弯弯没想到》大卖！亦祝在新书大卖的这一年里，她能找到自己的真命天子！

第一章

酒店惊魂

我觉得自己作为一个胖了二十几年，并且毫无悔改之心，一再胖出新高度的女生，应该保有一颗赤诚之心，尽量正视老天爷赐给我的这些脂肪，并且珍惜、爱护它们，而不是想尽办法去毁灭。

可显然我的好闺密并不这么想。

"马桶台那个《健身大动员》看过没？"覃月末一身驴牌套装，披着乌黑笔直的女神长发，一边涂着粉，一边平静地对我说。

我仔细回忆了一下，试探性地问："那个放眼望去都是一群身体没我沉，没事就说自己胖，然后拎拎杠铃、秀秀腹肌、放放电的小姑娘，折腾了几天终于掉了零点几公斤的节目？"

凡是上那个节目的小姑娘必定有过一段不为人知的受挫岁月，配上一段凄凉的音乐，她们再挤几滴眼泪，接着在主持人的安慰下，下定决心，不是要让前男友后悔，就是要让前女友后悔。

然后前前后后折腾了几天，看得我都有些于心不忍了，结果上秤一称，瘦的斤数还不如我一顿饭多。

这种时候我觉得她们肯定会很沮丧，因为付出和收获完全不成正比嘛，人之常情。

可让我不能容忍的是，面对这种结果，她们居然能眼含热泪、臭不要脸地说："I have succeeded！（我成功了！）"——她们竟然还说英文！说英文也就算了，居然还说得一口百度翻译那种中国人听不懂、外国人看不明白的英文，这让我这种在英语领域混饭吃的人才很不爽！

覃月末听完我的话后，斜着眼睛瞪了我一下："人家那是基数不大，所以减的是围度，体重掉得少也正常好吗？反正不管怎么样，我是要通知你，那个节目我已经替你报名了，后天你去节目组接受统一安排的训练。"

这番话对我的冲击力实在不小，原本我还想着中午叫个两素一荤的外卖，但一听她说完，我当即决定要个肘子压压惊。

调整了一下情绪，我尽量用温和的语气问她："你觉得和我这个胖子做朋友丢脸是吗？那我们掰了吧，我不会介意的。"

她微微一笑："我也不介意，前提是你得把创业时从我这儿借走的五十万拿回来。"

我谄媚地凑到她面前，拿着外卖单讨好她："女王大人，中午我请你吃肘子怎么样？"

"起开。"她推了我一把，一脸嫌弃，"秦弯弯，不是我说你，你从小学胖到大学毕业！因为这身肥肉耽误了多少好机会？现在好不容易开了个英语培训班，结果呢？你边讲课还边吃东西，人家旁听的家长忍无可忍都让孩子退学了！这下可好，一个学生都没有，你可以安心吃你的饭了。"

我委屈地抓起一旁的薯片，刚想撕开，覃月末似刀子般的眼神就飞了过来。顶着这种强压，我不得不将手放下，撇撇嘴说："我也想减啊，可我既管不住嘴，也迈不开腿，还不敢去切胃。这种情况下，你要我怎么办嘛……"

"所以我才给你报名参加那个节目啊！"

"那个节目一点用都没有好不好？上去的都没几个是真的脱胎换骨，完全就是作秀！"

"我已经跟节目组商量过了，他们说要给你来个逆袭版的训练，保证你一个人进去，半个人出来。而且就算你不瘦也没关系，就像你说的，你上去作作秀、哭一哭，然后顺便提提你那个英语培训班，这样不是做免费广告吗？"

我惊愕，完全不知道原来覃月末还有这种商业头脑，她身为一个富二代，占起便宜来还真是一点也不手软。

我由衷地赞美了她一番，接着问："如果我在那个节目里中途受不住逃了咋办？"

覃月末将她那涂了香奈儿唇彩的粉唇微微一扬，妩媚地冲我笑了笑："绝交。"

"你这么现实可不好。"

她有些恨铁不成钢地看了看我："弯弯，你是我的朋友，所以我才真心想让你过得更好。你家的情况你不知道吗？你是秦家领养的孩子，他们养到你成人了，难道还会继续对你的人生负责吗？你如果不努力，只会是再次被抛弃的命运。我这话虽说得难听，但句句都是实话。"

我垂了垂眼，心情瞬间低落下来。确实，我这个从小就被人抛弃的孤儿，又有什么资格不努力呢？

覃月末似乎看出我的表情有异，却也没再说什么，而是用力握着我的手，像是要给我力量似的。

我佯装玩笑："喊，打个巴掌给颗甜枣啊！不行，你刚刚戳了我这么多伤口，必须给我多买点肉来补偿。"

她一脸"你没救了"的表情，认命地去打了订餐电话。

看着她的背影，我莫名又觉得心里暖暖的。

就算养父母对我不冷不热、客客气气又怎样？至少我还有这个似亲人一般的朋友啊！

面对覃月末如此直白的威胁，我深感痛心，感叹了两天人与人之间的感情竟是如此凉薄后，《超级减脂王》节目组的电话便打来了。

我深知此劫自己是躲不过了，于是便抱着赴死的心情跟着他们走了。

在车上，节目组的导演可能是见我状态十分不好，便安慰我道："其实我们节目没你想的那么可怕，你放松心态，就当在家一样便可以了。"

我眨眨眼，问："真的能像在家一样？"

"是的，除了训练时期，我们组都会让你感受到如家一般的温暖！"

"那我家有酱肘子和红烧猪蹄，你这儿有吗？"

"……"

"还有乐事薯片，黄瓜味的；可乐，要百事的；嗯，还有泡椒凤……哎！哎！导演你干吗去啊？你别走啊！"

看着导演默默挤到前排的身影，我暗喜：小样儿，我信你就有鬼了！还家的温暖，没有满汉全席你还敢跟我谈温暖？

后来到了地方下了车后，我才发现，原来我们来的是周氏酒店。

周氏酒店在我们市甚至在全国都很有名，环境服务皆一流，是实至名归的五星级酒店。它的连锁店在全国就不下三百家，并且在国外的几个城市也有。

这种为国争光的事，是个中国人就得钦佩，但这里让我最喜欢的地方还不是上述那些，而是他们酒店楼下餐厅供应的全是中餐，而且……自助！

你只要踏入周氏酒店的餐厅，放眼望去，全是各种猪蹄啊、排骨啊、虾饺啊什么的，那种满足感……简直是别的地方给不了的！

所以，自打下车后我整个人的状态都癫狂了，拉着节目组导演一直问："以后我们都住在这儿吗？楼下的自助餐可以随便吃吗？节目组给报销吗？"

导演似乎对我这突如其来的似火热情有些招架不住，一脸便秘相：

"你别误会，咱们只是暂住，明天全部报名人员在这里集合以后，再统一去训练地点。还有，为了让你们提前适应，今晚我们是不提供晚饭的。并且为了避免你们偷偷买吃的，钱包也都要上交。"

听完她的话，我默默在心里竖起了中指，并且问候了她老母。

但胳膊毕竟拧不过大腿，到了人家的地盘就得按人家的规矩办事，这点常识我还是懂的。

后来到了房间没多久，我的肚子就不争气地叫了起来。

其实也不能怪它，平时除三餐还要加点零食、甜点来喂它，今天却连晚饭都没得吃，这差别简直大得没人性。

我看了看墙上的时钟，已经晚上十一点多了。如果我这个时候打电话叫覃月末给我送点吃的或是钱来，她肯定会把我给打死。

可是去找节目组要吃的，也不太现实，看她们之前那副刚直不阿的样子，似乎我从今往后再多喝一口水都是伤天害理。

权衡之下，我决定自己动手，丰衣足食。

我蹑手蹑脚地离开了房间，一路顺藤摸瓜地找到了酒店后厨。

可能是现在时间太晚了，也没什么事，后厨的工作人员大多都钻进厨房旁的休息室休息了。

为了躲开他们的视线，我几乎是匍匐前进。进了厨房后，我才稍稍松了口气。

"女菩萨！求你救救我们母子吧！"

这突如其来的声音把我身上的脂肪都快吓跑了，我警惕地转过身，发现对面的炉具下，正窝着一个抱着婴儿的女人。

那女人穿着一身乡土气息很浓郁的花布衫，头发也很随意地扎在后面，布满高原红的脸上写满了焦急和恐慌。她手里抱着的孩子似乎是睡着了，安安静静地躺在她怀里，那精致的小模样倒是感觉和这女人差别很大。

现在这个社会，坏人总是隐匿于各个角落，像我这样秀外慧中的单身女青年，警惕性还是要高一点的。

于是我问："你刚刚说什么？"

"求你救救我们母子吧！"

"不，前一句。"

"女菩萨！"

"好，你说，怎么帮！"

那女人深深地看了我好几眼后，才又说："我们母子俩被坏人盯上了，那些人现在在酒店里四处寻找我们，我……我知道自己是跑不掉了……我只希望你能帮我把孩子带到安全的地方……"

人家都说世间最伟大的是母爱，现在一看，还真是如此。

可即便如此，我也还是有点纠结。毕竟那是个婴儿，又不像小猫小狗可以随便对待，况且这还是在他们有仇家的情况下。如果我把这孩子接过来了，不是连同他们的仇怨也一起接过来了？到时那些人万一逮着我……

就在我思考的时候，远处突然传来一阵杂乱的脚步声，声音越来越近，压迫感也随之而来。

那女人见状，立即起身将孩子扔到我身上，甩下一句"我引开他们"就跑了，独留我一人愣在原地。

后来耳听着那脚步声马上就要到厨房了，我一个激灵，深知再在这里待下去肯定小命难保，于是赶紧拔腿就跑。

我从厨房的后门一路找到了货用电梯，接着手忙脚乱地按下按钮，踏进去以后，看到那些人已经向这边跑来了。

我吓得心都提到了嗓子眼，眼瞧着电梯门缓缓关闭，那些人影在两扇门的夹缝间离我越来越近……

电梯门彻底关上后我才松了口气，这时，门外隐约传来一道气急败坏的声音："老大，怎么办？"

"没事，她跑不了……"

后面的话我基本已经听不见了，看着逐渐上升的数字，我不以为意地撇撇嘴。

他到底哪儿来的自信啊？凭老娘的聪明才智，怎么可能被逮到！

可几十秒后，我才终于明白了他话里的意思……

这电梯是直升楼顶的，我一路怎么按都不管用，它还是坚持不懈地将我送到顶楼。

踏上顶楼的一刹那，我深觉人生如戏。

然而就在我还没往前走几步时，身后便又传来了开门声。我回头一看，之前追我的那些人，此刻正浩浩荡荡地站在我对面，一个个满脸轻松加愉快的表情，俨然和我的一脸慌张成了鲜明的对比。

我们就这么相对而立，沉默片刻后，为首的男人突然开口："你是自己过来，还是我们过去？"——挺清冽平静的声音，低沉，不带温度，甚至可以说还有一丝冷漠。

我抬眼望过去，发现那男人竟然格外英俊，就算是我这种追过无数韩剧的人，都一瞬间被惊艳到了。

他身形颀长而挺拔，瞧着至少一米八五的模样，上身是短款夹克配了件普通的白 T 恤，下身则是更普通的牛仔长裤，单看搭配确实没什么亮点，可不知为何，穿在他身上，就多了些桀骜不驯的味道。那张脸英挺清俊，线条硬朗，唯一可惜的是神色略微冷了些。

他没像其他人一样动也不动地看着我，而是随意地从衣兜里掏出了一盒烟。烟盒是哑光的黑色，上面印着烫金英文，瞧着低调又神秘，给人的感觉和他差不多。他随意轻按了一下打火机，火苗急蹿，点燃了香烟。

一系列动作完毕后，男人才微微抬眼看向我。猩红的火光和白色的烟雾衬得他整个人又多了几分慵懒，末了，他眸子轻眯，再次开口："你们去把她逮过来。"

这话显然是对他身后那些人说的，瞧着他们慢慢逼近的架势，这是要动真格的了？

我惊得胖手一伸，隔空做了个阻止的动作："别动！"

但他们哪会听我的，依旧继续朝着我走过来。我一急，胖腿一迈便爬上了台阶，一脸壮士赴死的表情，对着他们喊道："你们再过来，我就跳下去！"

果然，下一秒他们都犹豫了，纷纷回头看向那个男人，似乎在等待他的决定。

可天杀的,我万万没想到的是,那个男人居然臭不要脸地回了我一句"跳楼？那你恐高吗？需要我叫他们为你准备一副眼罩吗？"

他说话时嘴角微微含笑，眼底的嘲讽意味也很浓，末了，还很平静地朝着我的方向吐了个烟圈。

我咬咬牙："你们江湖中人不都讲究道义吗？一群大男人为难一个小女人，算什么英雄好汉！"

他微微抬了一下眉，没再说话，静静地将燃着的半支烟叼在嘴边，夹克一脱，随手扔在一旁，又微微活动了一下手腕："一群人上不行，那我一个呢？"

他颀长的身子越过人群，缓缓朝我走来。

我心里急，赶紧又喊："就算是你一个也不行啊！一个大男人对付一个女人，好意思吗你！"

他脚步未停，表情也甚是平静："抱歉，怜香惜玉这个词所对应的，在我的印象里应该是体重不过百的女性。"

动手就动手啊，为什么要言语攻击？！

深知再没法逃开，我便瘫坐到地上，叹了口气，又看了看怀里的婴儿。这孩子睡得可真踏实，这么折腾还不醒，看着他那张白嫩的小脸，我诚恳地道："孩子啊，我对不住你。"

那男人慢悠悠地走到我旁边，很神奇地从兜里变出一副手铐。我看着自己手腕上多出来的银圈圈，有些感叹："你们黑社会的素质现在都这么高了吗？居然还用手铐？"

他没回应，从我手里接过孩子后，便将我甩给了他的弟兄们。

这是要带我走了？我见状连忙问："你们这是要带我回帮派吗？"

说实话，黑社会什么的我还真是头一次见，想想一会儿要去的地方，我简直又害怕又激动！

男人那会儿已经穿好夹克，随手拿下嘴边的半支香烟，动作潇洒地朝地上弹了弹烟灰，头也不抬地说："不，我们要带你回的地方比那里可怕得多了。"

第二章

警察叔叔，我是好人！

////////

我看见那深蓝色的牌子上印着的"POLICE"以及那硕大的"公安"二字时，整个人都惊呆了。

从古至今，正邪不两立是常规啊，这这这……这帮黑道大哥也忒嚣张了吧，拉着我就敢晃悠到派出所来，就不怕我吼一嗓子唤出个警察吗？

然而我也真的那么做了，我看着派出所大厅，努力抻长脖子向里面嘶吼："警察叔叔！救命！"

可让我意想不到的是，旁边的那群人居然一丁点害怕的意思都没有，为首的那个男人甚至还轻推了一下将我送了进去。

末了，他对旁边的人说："交给你们了，我回去睡觉了。"

旁边那群人朝他敬了个军礼，纷纷道："辛苦你了，老大！"

我看着他离开的背影，以及这些形象突然变得刚正不阿的人，心底突然划过一丝不祥。

果然，几分钟后，我便被带进了派出所的审问室里。他们将我押坐在里面，随后，一个长相比西班牙斗牛犬还要凶的警官走了进来。

他把文件夹往桌子上一摔，看着我，一脸狰狞地问："就是你拐卖了人家小孩？"

这话像一道惊雷瞬间将我轰醒了，我联想了一下今晚所发生的事，突然明白了。

难道那女人是个人贩子？她将孩子交给我，是想栽赃？

一想到这里，我全身上下的毛孔都惊得张开了，赶紧解释："同志，你们误会了，我是被人陷害的。我其实是想去厨房找点吃的，谁想就在那里碰见个女的抱着个孩子，她说有人要害他们。你看，我长得这么善良可爱，出于一个好人的基本素质也得帮她不是？于是就……真的！我对天发誓，我要是有一句假话，灯灭我灭！"

"啪！"头顶的灯在我说完话的同时，忽闪了两下，接着整间屋子便都陷入黑暗之中。

我："……"

警察："……"

后来有人过来将灯泡换好，而在房间恢复明亮后，我做的第一件事就是伸出三根手指："警官，我发誓，要是……"

那警察连忙截住我要说的，一脸诚恳地道："你别说了，派出所已经没有多余的灯泡了。"

"……"

于是在发生这种意外之后，无论我说什么人家都不信了，之后被我说得烦了，就索性将我先关在了派出所的小牢房里。

其实我对这种事感觉不太深刻，因为我深知自己是清白的，也明白事情总会水落石出，所以暂时的委屈于我而言都是小事。

但……

警察叔叔，你们大半夜的集体吃泡面，还是我最爱的泡椒牛肉味……这种事，我怎么能受得了！

好在咱们大中华的人民警察大多都很善良，在我上演了一哭二闹三撞墙后，他们终于忍无可忍，泡了一盒泡面给我。

闻着那久违的味道，我简直激动得不能自己！可这边刚将面条挑起来，那边突然有人冲了过来。

"快快快！快拍她！是她，是她，就是她！"

说话的是个拿着话筒的女人，她很激动地将话筒从铁栏外伸了进来，对着我问："请问网上那则很轰动的拐婴新闻，里面的人贩子就是你吗？"

随着她的话一起传来的还有快门声，我有些无力地看着他们，不知该怎么解释。

这时有警察赶了过来，他们连忙拉开那两个人，很严厉地说："刚刚我们已经说过了，这件案子还有待调查，水落石出之前是不允许采访的！你们怎么还擅自闯进来了？"

那女人像是很理解似的点了点头："我懂我懂，你们警察比较保守，生怕有差错嘛，这个我懂。我们这就走，这就走！"

那个警察赶走记者后，眼神有些复杂地看了看我，接着问旁边的人："你说要不咱给周老大打个电话？这种情况咱们也没办法应对啊……"

那人听完，一脸嫌弃地看了看他："你长没长心啊？这都凌晨三点多了，之前一晚上老大都陪着咱们帮着抓人，现在好不容易能休息一下，你还想打扰他？别忘了，他上个月已经辞职了，已经不再是咱们的队长了，没义务做这些！"

对方讪讪地应了一声，然后又看了看我，走远了。

我看着他的背影，突然觉得心里堵得慌，难受得我连泡面都不想吃了。

明明我的初衷是好的，我想帮助别人，虽然认知上有了错误……但我不能接受的是，为什么好人要在这里吃苦，而那个坏人却可以逍遥法外？

这问题相对而言有些深奥，我的智商显然不足以思索到答案，于是想着想着，我就靠在墙上睡着了，再醒时是被别人叫起来的。

我微微睁开眼，发现外面站着的是节目组的导演时，简直激动得快要哭了！

"亲人！你是来救我的吗？"

导演没说话，而是冲后面的人感激地一笑："周先生，就是她，我能作证，她昨天傍晚都还跟我们的人在一起，绝对不可能是什么人贩子。"

对面的人是昨晚为首的那个男人，虽然夹克换成了黑风衣，T恤也换成了白衬衫，可我还是一眼就认出了他。

我咬牙切齿地盯着他，恨不得把这一晚所受的苦都化成眼底的唐门暗器，将他一招毙命。

可他的心理素质显然十分强大，他静静地抬眼打量了我几秒，与我对视后也完全没有反应。末了，他问导演："身份证带了吗？"

"带了带了！"导演说完便将我的身份证递了过去。

男人当时双手插在风衣兜里，随意地扫了一眼，转过身对那些警察说"放人。"

声线低沉、语气平静的两个字，终于将我悬了一整晚的心给解放了。后来我的手铐被解开，重获自由的一刹那，我感觉空气中都飘着可爱的红烧排骨的味道。

走出派出所后，导演将我的钱包还给我，说："东西给你。我也帮你作证了，咱们的缘分也就到这儿了。以后多提醒你那个朋友一下，千万别再替你报名参加我们的节目了！伤不起啊！"

后来我甚至连句感谢的话都没来得及说，她便仓皇地上了车，绝尘而去。

我看了看手里的钱包，有些纠结地想，这……应该不怪我吧？我不是主动退出比赛的，是人家主办方不要我，覃月末应该不会跟我绝交吧？

我越想越绝望，正巧一抬头又看见了那个男人，于是我将新仇旧怨一股脑地全撒在了他身上："哥们儿，身为人民警察，你连最基本的判断能力都没有吗？要不是因为你，我至于被关这么久？"

他当时站在晨曦里，单薄挺拔的身子像被镀上一层金光。

他原本是看着来往的车辆，听到我的话后，目光悠悠地飘了过来，嘴边含着不冷不热的浅笑。

"判断能力方面，你似乎比我还不如吧？人贩子随便编几句瞎话你也信，脑子被脂肪填满了？"

"……"

我本想与他好好唇枪舌剑一番的，结果他那边却突然响起电话铃声。

他接通后只随意"嗯"了两声便挂断，接着拿钥匙打开了路边的一辆Jeep，长腿一迈便上了车。

车子发动后，他莫名又将车窗摇下："周氏酒店的后厨已经加了防盗系统，你如果再半夜去偷东西吃，可能又会来派出所一日游了。"

说完，他略带深意地抬眼看向我，接着便开车绝尘而去。

我看着那辆硕大的Jeep车迅速驶离的背影，默默在心里祈祷——

求神保佑，保佑他以后每次开车都爆胎！

后来我一路悠悠晃晃走去了美食城，叫了一份米线、一份麻辣烫、十串鸡脆骨来填饱肚子。其实按我的饭量，我还可以再吃一份麻辣香锅的，但看了看如小脑萎缩般干瘪的钱包后，我还是忍住了。

吃完饭，我一边打着饱嗝一边坐上了公交车，手机在这时突然响了。那如来自地狱般的专属铃声响起时，我不自觉地打了个寒战。

"月末呀？中午吃饭没？要不要我帮你捎份外卖？吃你最喜欢的……"

"你给我闭嘴！"

听她的声音，我深知大事不妙，连紧解释："这次的事真不怪我，是那个节目组不要我的，我绝对不是主动退赛！真的，我发誓！"

那边传来她深呼吸的声音，她似乎忍了半晌，最终咬牙切齿道："你最好以神舟七号的速度给我滚回来，十分钟后我再见不到你的人影，你就等着替你那些零食收尸吧！"

我心里一惊，完全没料想一件挺简单的事在她那里却演变得这么严重，于是我下了公交车就赶紧拿出高中八百米测试的速度，奋力地跑了回去。

然而让我意外的是，培训班里除了覃月末外，竟然还多出一个人。

"孟学长？"

来人正是孟平生，我大一入学时，唯一肯不按体积划分种类，把我也当成女生的暖男学长。

要说他的事迹，简简单单讲个三天三夜也讲不完，如果草草分几类，找些关键词，大概就是——学霸、校草、近视眼。

当然，这近视眼不是说他的视力真的有问题，而是他从入学到毕业，身边唯一亲近点的女性，除了他们班导外，就是鄙人了。

嗯，其实我也挺好奇的，他这么个宽肩、窄腰、大长腿，学习好、人缘也好，小眼镜一戴就是现实版的禁欲风男神，为什么单单就和我走得近呢？

刚开始我还暗暗憧憬过，会不会是他喜欢上我了，可后来我照了照镜子，觉得他除了是荷兰猪发烧友联盟外，基本没这种可能。

于是在某个风和日丽的午后，我在他微笑着将盘里的鸡腿挑到我碗里时，终于忍不住开口了。

"学长，你看我长得又丑又胖，脑子也不灵光，又不太会说话……你……为什么还对我这么好呢？"

我到现在都还记得那时的场景，他拿着筷子微垂着眼，浓密的眼睫在下眼睑映出一道阴影。他嘴角微微上扬，抬眼看向我时，眼底皆是暖意，开口时，声音也如夏夜里的凉风："我对谁好，还需要为什么吗？"

我那时听完又继续刨根问底："你如果对覃月末那样的女神级人物这么好，我铁定不会问为什么。关键是我这种女神经……"

他的笑意加深，看了我半晌，最后他有些认命，也有些无奈："那你就当我是为了接近覃月末才对你这么好的吧。"

其实我都已经做好了他说"你自己也知道自己有多差，我是怕你祸害别人所以舍己为人"的准备了，可他这话锋一转，弄得我还真有点措手不及。

但我也是经历过大风大浪的人，虽然这个理由让我觉得有敷衍的嫌疑，可我之后思来想去，觉得除了这个也没什么其他更好的说法了。于是我很郑重地拍了拍他的肩膀，很认真地对他说："学长，你放心，就冲你这两年顿顿把肉夹到我碗里的情分上，我也一定将覃月末骗上你的床！"

后来有一段时间，我真可谓是无所不用其极，大到教室，小到厕所，凡是能让孟平生和覃月末碰面的机会，我一律都不会错过。但奈何覃月末一直不上钩，咱们孟学长又太木讷，一点也没有追女生的自觉。久而久之，我也就放弃了当红娘的想法。

但这次，他们孤男寡女共处一室，不得不让我再往歪了想啊！

于是我想也没想，脱口而出："学长！覃月末！你们什么时候这么'奸情四射'了啊？！"

话音刚落，一阵咬牙的声音就传了过来。

覃月末一脸狰狞地看着我："秦弯弯，说你是蠢死的，全世界的猪都不会反对！"

我将她这反应归于恼羞成怒一类，也没太在意，只是笑眯眯地看向孟平生："学长，咱们月末女神害羞啦，你快哄哄她！"

孟平生笑得一派温和，迈开长腿朝我走了两步，道"我是来看你的。"

"我？"

"今早我看到微博上都在风传你的事，有些担心，所以就来了。"

我纳闷得很："微博上传我什么了？"

我这么个小人物，平时在微博上也只是转发哈哈党，难道是哪条评论上了热门？

我这边正兴奋地想着，覃月末那边突然阴恻恻地说："你也真是厉害，我让你上电视打个广告，泡汤了之后居然还能将广告打上微博。这回好了，全中国的人大概都知道B市有一个'弯的英语培训'了。"

"真的假的？我这么厉害？"

她冷哼一声："岂止啊，人家还知道这英语培训的主办人是个人贩子，昨儿刚被逮进派出所！"

我满心的不可置信，昨天一晚上的事而已，而且今早我就已经被证明清白了，微博上怎么可能还会有这件事？

想到这里，我当即拿出手机打开微博，结果还没搜，就在实时热点上看到了关键词"弯的英语培训"。果然，我一点击进去，发现满屏都在讨论我是人贩子的事，原微博甚至还附上了我的照片！

"本博记者今早凌晨采访当事刑警，据了解，此案犯人乃一家英语培训学校的主办人，且对案件过程供认不讳……"

"这是哪个孙子写的啊？！我什么时候供认不讳了？！我明明是清白的！"我拿着手机，恨不得从屏幕这边钻进去掐死那个撰写微博的记者，"他们如此不明真相就来诽谤一个手不能提的弱女子，就不怕遭天谴吗？"

覃月末瞪向我，那眼神毒得像是要将我五马分尸似的："节目组的人打电话跟我说了，说你是因为大半夜跑到厨房偷吃才会惹出来后面一系列的事情，所以你就一点也没想过自己的责任吗？我原本想着你上电视去打个广告，结果呢？秦弯弯，再烂的泥被我这么扶也应该上墙了，可是你呢？"

覃月末这人一旦真的生起气来，说话简直比那鹤顶红还要毒，好在我已经习惯了，深知这种时候应该上前跟她服软认错，请求宽大处理。

"月末，我错了，真的，这次我真知道错了……下次你说什么，只要你说，就是让我戒了饭，我都百分之百服从！不过这次我真是被诬陷的，今早在派出所那些警察明明都已经查清楚真相了啊！"

孟平生这时也忙帮我说话，他微笑着看向覃月末，道："你也别太怪她了，她随性惯了。而且大众舆论来得快，去得也快，不用多久就会风平浪静了。再不然，咱们高调处理，身为律师，我完全可以替弯弯发封律师函给那边，还原真相就好了。"

"人家看热闹的人会在意真相？"覃月末完全不给他面子，说起话来依旧冷言冷语。

我有些不服气："难道我就这么忍气吞声地吃亏？"

"不然呢？现在那条原博已经转发过万了，就算你跳出来说自己是清白的也不会有人相信，而且如果这件事你亲自出面，只会越闹越大。你是不知道现在大家对你都是些什么评论，本来你这里生意就不好，现在大家都'认识'你了，就更不会来你这里学习了。"

"身正不怕影子斜！我还就不信了，我能被冤枉一辈子！"

但事实证明，我的想法还是很傻很天真的。

微博热门事件之后，舆论虽然过去了，但我的形象在大众心里已经定了型，就算后来那位记者发了声明证明了我的清白，大家也还是选择性忽略了。

那之后的两个月里，我的培训班打破了之前无人问津的现象，几乎天天都会有人在门口徘徊。一般都是大人领着孩子，大的告诉小的："看见这个培训班没？以后上学要告诉你的同学们，千万不要来！"

后来我忍无可忍，索性将培训班关了门，反正也没学生来报名，开着门还平白浪费几度电。

我锁上大门的一刹那，口袋里的手机突然响起，拿起来一看，原来是孟平生。

"弯弯，明天是咱们学校的校庆，我收到了邀请函，你和我一起去吧？"

我在这边唉声叹气："学长，你逗我呢？校庆这种场合，会回去见老同学的都是混得风生水起的，一个个都有吹牛的资本，我回去干吗？让他们当笑话讨论吗？"

孟平生在那边轻笑了一下，说："他们说晚上还有免费的海鲜自助可以吃，我以为你会有兴趣。"

一听有吃的，我的态度立马转了一百八十度，笑嘻嘻地问："学长，你说我明天是穿裙子还是穿裤子？"

他似乎已经习惯了我的立场不坚定，也没感觉有多意外，只是顿了片刻，笑着说："都好，你穿什么都好看。"

饶是我这种刀枪不入的脸皮，听到这种话时也会不自觉地泛红，于是我在这边咳嗽了两声，打趣道："学长，你这假话说得就跟真的似的，我都快相信了。哈哈哈！"

他的声音在那边响起，透着一股温柔："弯弯，无论是从前或是现在，我对你说的话，都是真的。"

第三章
再遇死敌

Q大作为全国数一数二的名校，校庆肯定办得也比一般大学要热闹。

除了各科各系有知名校友在演讲外，学校里几条主要道路的两旁，也被一些义卖的学生围得水泄不通。

因为孟平生也应邀去参加演讲，所以上午没什么时间陪我，只嘱咐我逛一逛就去演讲厅等他。我买了些小吃吃完以后，一路奔到演讲厅，发现这里竟然也挤满了同学。

果然啊，人们都爱听成功人士讲励志故事，仿佛从他们身上就能看到自己的未来似的。

还好我不是社会成功学爱好者，对这方面的演讲也没多大兴趣，相较于这些，我更在乎自己该去哪里找个座位。

后来我趁着一位同学上厕所的空当抢到了座位，并且在周围同学的鄙视下，坐了一小时之久。

好在一小时后，孟平生终于出场了。

他穿了一身正装西服，蓝色的条纹领带一丝不苟地系在脖颈上，头发似乎也被精心打理过，整个人看上去还真挺像电视里那些成功的企业家的。

他拿着演讲稿站稳时，眼神左右扫了两下，看见我后，便隔着人山人海冲我温和地一笑。我当时也冲他笑了笑，并且还握拳比了个加油的手势。

之后的过程都很顺利，他讲了很多有关自己事业方面的事，因为他是当律师的，所以说了很多为人民服务、永远追求真相的言论。整场演讲下来，听得我都有些心潮澎湃了。

演讲结束时，看着他走下台，我也赶紧起身去找他。

这时主持人又上台了，称赞了几句后便又请下一位演讲者上台——

"好了，我知道你们有些人等了一上午就是在等我们的周尧周学长吧？我也不说废话了，下面有请周学长上台发言！"

说实话，之前的酒店事件让我对那个警察一直怀恨在心，以至于现在听到谁姓"周"，我都会条件反射地去瞪人家。

于是主持人的话音刚落，我毒辣的目光就射向了台上。

结果让我更意想不到的是——此刻正悠悠往台上走的人，正是那个警察！

大家也都知道，一般长相帅气的人在人群中都会自带光环，更何况是他这种帅得惊天动地的。

他从人群中静静地走到台上，步子沉稳，身影挺拔。他站到台上的那一刻，目光轻扫向台下，仿佛带着一种镇定的魔力，整个会场瞬间安静了。

趁着这个空当，我又仔细观察了他一下。

他的穿着风格和之前的区别很大，今天是一身很严谨的烟灰色西装，里面配着一件规规矩矩的白衬衫，没打领带，颈间的扣子也没完全扣上，精致的锁骨在领口处若隐若现。

若是放在平时，我肯定要感叹一下这种禁欲与诱惑的完美结合。

可此时此刻，我满心满眼都是这两个月积压的怒火，于是我不管不顾地朝台上大吼："快来受死！"

说完，我便像开了挂一样，一路拨开重重人墙，跑到了台前，然后在众人不可思议的目光下，一跃跳上了台。

这整个过程中，我一度以为自己的形象是矫捷的女特工，或者再不济也是个威武雄壮的大金刚。

可我忘了，金刚不穿衣服，而且就算穿，也不会穿绷得很紧的裤子！

于是在我跳上台的一刹那，除了发出像地震般的一声巨响外，还有很清脆的一声"刺啦"。

那一刻，我的内心几乎是崩溃的。

台下肃静片刻后，爆发出一阵阵丧心病狂的笑声。我用余光向下看了看，发现有的人居然还笑得从椅子上摔了下来。

主持人目瞪口呆地看了我一会儿，最后似乎想起了自己的职责，冲台下尴尬地笑了笑，道："这位小姐可能是为了让咱们周尧学长的出场独特一些，特意来为咱们助兴的！"她说完还目光别有深意地看向我，"我说得对吧，这位小姐？"

其实我能理解，我的突然出现算是一场不大不小的"现场事故"，为了不让主持人难做，我应该应承着她的话说下去。

可我一看到那个该死的警察，看到他依旧用那种事不关己、面无表情的样子斜睨着我，我这满身的怒气就压不下来。

所以下一刻，冲动取代了理智，我甚至忘了自己还是个裤子裂开的尴尬人士，"噌"地一下就蹿了起来，几步走到周尧身前，撸起袖子就想揪住他的衣领好好和他叙叙旧。

就在这时，底下又传来一阵阵惊呼——

"小黄鸭内裤！"

我一听，理智瞬间归位，连忙蹲下身用手捂住了后面。

可下面的讨论声并没因为我的动作而停止，反而愈演愈烈——

"一大把年纪居然还穿小黄鸭这么幼稚的内裤，我的天！"

"算了吧，要真是小黄鸭也还算可爱，没看她已经把小黄鸭撑成小肥鸭了吗？"

"就是就是，同为女人，真替她感到丢脸！"

……

四周的声音越来越大，主持人几度控制场面都于事无补，而我则一直不知所措地蹲在台上，听着那些恶毒的话，心越来越凉。

其实这种话于我而言挺熟悉的，真的，几乎从高中开始，我因为考试压力而暴饮暴食后，基本就经常能听到类似的，甚至还有更过分的"你看她一个人占两个人的位置，真讨厌"或是"你说她那么大一堆，会不会把椅子坐坏"！

我从起初的伤心到后来的麻木，甚至近几年开始学会了自嘲，人家还未开口我就先说自己又胖又丑，买衣服都要比人家多占几尺布料的便宜。

但又有哪个人是真的这么瞧不起自己的呢？可能就算嘴里说着自己多烂、多垃圾，心里也还是会觉得，跟大多数人比，自己还是最优秀的。

擅于自嘲的人，其实根本是怕那些难听的话从别人嘴里说出来，听着会更难过、更尴尬。

就在我不知该如何是好时，头顶突然罩下来一件外套。

那外套上带着体温，还有烟草味，也不知是什么牌子的香烟，淡淡的，很清冽。

那一瞬间，我心底涌出无数的感激，抬头想瞧瞧这位救我于水火之中的恩人。哪想，居然是周尧！

他居高临下地看着我，开口时，声线温和又低沉："还不起来？"

我闻言立刻起身，但可能因为蹲得太久，起得又太急，我眼前一阵泛黑，脚下发软，差点就摔倒在地。

好在周尧及时拽住了我……的衣领，免了我和地板的亲密接触。

我下意识地抬头跟他说了句"谢谢"，可人家压根儿没想搭理我，拽着我的衣领一路走到麦克风前，目光随意地往台下扫了扫，说："周氏出资新增了食堂和图书馆，希望你们能更好地学习，以后有能力做一个于社会、于国家都有用的人。"

语毕，他就想拉着我下台。

主持人在旁边急了，很尴尬地微笑着，问："周学长还真是言语简练啊，不过您肯定不会只说这些吧？一定还有些想对同学们说的话吧？"

他头也不回："没有。"

我原以为底下的同学见他这样会骂他不懂事什么的，但我万万没想到，在这个看脸的世界，只要颜值高，节操都可抛！

"学长真的好帅！刚刚那几句话说得也好有气势！"

"就是就是！那小眼神随便一扫，简直就是现实版的霸道总裁啊！"

"不过就是那个胖女人在他旁边看着碍眼，你看她那样子，又胖又蠢的，凭什么被学长护着啊？！"

我刚想感叹自己是躺着都中枪，周尧在这时突然顿住了脚步，身子微微一转，伸出手指，遥指几个人："她，她，她……"

我仔细一瞧，他指的正是刚刚小声议论我的那些人。

主持人有些不明所以，探头向那边看了一圈后，问："什么？"

其实不只是她，台下的学生，尤其是那些被点到的女生，一个个既惊讶又兴奋，像是马上要登上月球了似的，骄傲得意得要命。

哪想下一秒，周尧说出的话居然是——

"周氏建的食堂和图书馆，她们……都不能进。"

主持人一愣："啊？为什么？"

周尧眉头轻轻一皱，语气中有些许不耐烦："没有为什么，就是看她们不顺眼。"

这一刻，我觉得他整个人简直变成了斤斤计较的幼稚鬼，但不得不说的是……

他幼稚得……真帅！

第四章

有恐女症的周氏总裁

可即便如此，走下台后，我做的第一件事还是继续和他吵。

好吧，我承认自己有忘恩负义的嫌疑，但只要一想到是因为他我才在微博上被人骂得那么惨，而我的培训班也因此关门大吉，我便气不打一处来。

我伸出自己肥腻的手抓住他的衣领，一脸凶狠地冲他吼："你知道我被你害得有多惨吗？"

周尧扬起嘴角，目光淡淡地看着我："我还是头一次看见像你这样过河拆桥得这么快的人。"

"你根本不知道我因为你的失误受了多少委屈！每天活得那叫一个水深火热！唐僧去西天取经都没我这两个月受的磨难多！"

他从兜里掏了一支烟点燃，轻薄的烟雾下，他的眼神带着一丝漫不经心。他看着我问："这点小事儿就值得你跟我拼命？"

"这点小事儿？你知道我因为被你抓进派出所之后，流失了多少学生吗？现在我的英语培训班一个学生都没有了，这全是拜你所赐！"

他吸了一口烟，轻慢地吐着烟圈："啊！"

"啊"是什么意思？我都说到这种程度了，他还以为我这只是小事是吗？

"你啊什么啊！反正这件事都已经发生了，我的声誉也已经被你毁了，于情于理你都得赔偿我……"我顿了一下，想着该要多少钱才能弥补自己的损失，又不会让人家觉得我忒不要脸，最后，我决定，"赔偿我三万块！"

周尧没立即回应，而是自顾自地吸了几口烟，接着动作潇洒利落地弹了弹烟灰，随口问我："你的英语水平大概在什么程度？"

我狐疑地看着他："你想干吗？"

他后来说既然我的工作被他搅黄了，那他就赔我一份工作好了。周氏酒店现在正在搞员工培训，想尽量国际化，如果我能力还行，便可以去那边上班。

其实这提议还算诱人，毕竟我现在这种身份，能找份工作就该上谢玉皇大帝，下谢土地公公了。不过他这种时候给我介绍工作，而且还这么积极，肯定有猫腻！

他一定是不想赔钱吧！

不行，我绝对不能让他得逞！想想我这些日子受的苦，我怎么着也得从他口袋里掏出那三万块来！

于是我义正词严地拒绝："你的好意本姑娘心领了，但我觉得还是现金实在点，你还是赔钱吧。"

"你确定？那个职位月薪三万，还有年终奖。"

说话时，他高大的身子很随意地倚着墙壁，单手插在口袋里，另一只手则夹着香烟轻弹烟灰。他的头微垂着，侧脸看过去，英俊中带着点散漫。

而他的话也着实吓了我一跳，惊吓之后我就开始雀跃了，并且毫无节操地献媚道："既然周先生你如此盛情邀请，我要是再拒绝好像也不太好哦，我……"

他吐了口烟，眼睛轻睐着瞧我，打断我的话："我也不是太盛情，你可以拒绝的。"他的话说完，嘴角又勾起那种不怀好意的浅笑，看得我心底那叫一个痒痒。

我咬咬牙，为了那工资和福利，继续没节操地奉承，甚至还激动地握住他的手："不不不，我这人天生就不懂什么叫拒绝！尤其是这种报效社会、报效人民的事！你放心，我的英语水平连百度翻译器都比不过我！绝对物超所值！"

我原以为他会暗讽，结果等了好一会儿他也没什么反应，只是目光呆滞地看着我的手，一反常态地问："是你在牵我的手？"

我低头看了看自己的手，又看了看周尧，掏了掏自己的耳朵，问："你说啥？"

他这次没再开口，而是有些反常地愣了一会儿，接着把手从我的手心里抽出来，又覆在我的手背上。

只见他修长白皙的手掌不断地用力，松开，再用力，再松开。我呆愣地瞧着，脑海里只余下四个字——采阴补阳。

好在他也没捏太久，只不过松开我之后，他也没再多说些什么，只吩咐我周一去报到就离开了。

我瞧着那高大挺拔的背影渐渐远去，心里感觉一阵莫名其妙，可这份小心思跟找到新工作这件事相比，完全小到微不足道！一想到我不用再因为没钱而少吃鸡腿、鸭肠、猪蹄、牛排，更不用再受覃月末的白眼，我就觉得整个人瞬间扬眉吐气了。

我拿出手机，迫不及待地想拨通覃月末的电话。

然而打开手机后，我意外地发现手机上居然有三十多个未接来电，这记录着实吓了我一跳。

我因为要进演讲会场所以把手机调成了静音，但前后也才一个多小时啊……

后来我点开一看，发现这些电话都是孟平生打来的。

他一定是找不到我着急了吧？我越想越内疚，刚想给他回个电话报平安，覃月末的电话倒先打来了。

我接通后，还未等我开口，她在那边就先开口骂人了："猪都知道手机是用来接电话、打电话的，你现在拿着它连电话都不接，不如扔马桶里算了。知道孟学长急成什么样了吗？他都跑我这边来了。"

"我……"

我这边话还没说呢，她的电话似乎就被人拿走了。顿了片刻，孟平生温润柔和的声音传来，语气比平时多了几分急切："弯弯？"

我立马转变态度，语带歉意地道"抱歉孟学长，我之前有些私人问题，一解决起来就忘了你了。抱歉抱歉！"

"没事，我只是担心你出了什么事，毕竟以前也没遇到过打了这么多个电话你都不接的情况。现在知道你没事了，我就放心了。"

我"嘿嘿"一笑，想了想，决定大出血一次："孟学长，你和月末一会儿开车到'川味人家'吧，我请你们吃饭！"

孟平生听完似乎来了兴趣，清润的嗓音里带着几分调侃的笑意："前几天是谁在微信上跟我哭诉连吃早餐的钱都快没了，怎么突然一下子这么大方了？"

"嘿嘿，来了就知道了，我有好事宣布！"

为了证明我是一个即将奔小康的有钱人，甚至在赶去川菜馆时，我还很有气势地拦了辆出租车。

下车时，我甩给司机一张崭新的五十元人民币，并且还大方地叫他不用找零了。关上车门的一刹那，我还听到那位师傅诚挚的感谢："妹子，谢谢啊，这表上一共四十九块六，你赏了我四毛钱，真是太感人了！"

"……"

到达饭店大堂时，我一眼便瞧见了他们俩。

倒也不是我眼神好，而是他们俩俊男靓女，在这满屋的路人甲乙丙里，忒显眼了。

我坏笑着走向他们那桌，将钱包和手机往桌上一拍，说："你们俩都般配成这样了还不在一起，简直天理不容啊！"

孟平生推了推眼镜，一双黑眸隔着镜片散发出脉脉柔光："来了？"

而覃月末似乎没想接我的话，一脸面瘫地看着我："说吧，因为什么扔下孟学长自个儿走了，又大老远把我们叫到这里来吃饭！"

我一脸吃惊："你怎么知道这两件事是出自同一个原因？"

"我连你一会儿坐下会点两份水煮鱼、两份辣子鸡、两份毛血旺都知道，还有什么不知道的？"

这话听得我心头一暖。虽说覃月末平时又冷又毒舌，可我的很多习惯她比谁记得都清。这似乎就是老友的相处模式，我们不必时时在嘴边挂着与对方的感情有多深，因为我们的关系早已如呼吸、喝水、吃饭一样，很自然地成为生命中的一部分。

不必提，她就懂。

也正如她所说，我坐下后先点了双份的水煮鱼、辣子鸡和毛血旺，待服务员点单完毕离开时，才装出一副很正经的模样，轻咳了两声："喀喀！我找到工作了！月薪三万还不算各种福利！"

孟平生微微一笑："什么工作？"

覃月末则一脸的不可置信："你真去双汇卖肉了？"

"……"

后来我仔细地跟他们交代了事情的前因后果，末了还很牛气地一扬眉毛："虽然我不知道那个周尧的真正身份，但看他一会儿被那些警察叫老大，一会儿又来我们学校演讲，肯定不会是个平凡人！"

"他是周氏酒店的总裁，他奶奶是周氏最大的股东，你说他是不是平凡人？"说话的是覃月末。

她的话让我惊喜得不行，可我想了想他之前的一些举动，又有些不解"他要是周氏酒店的总裁，为什么要和那些警察一起来抓我啊？"

我看他追赶的动作啊，还有给我戴手铐时都很专业，要说是临时帮忙，有些说不过去。

她轻哼一下，哂笑道："其实他的事在圈里传得还挺开的。"

原来这周尧以前真当过几年警察，从开始的小喽啰混成了后来的组长，这中间都是靠他自己一步一个脚印拼出来的，周家从没帮过他分毫。倒也不是说他多有骨气，而是……他当警察是在周家所有人都不同意的情况下进行的，所以周家人为了断他的退路，甚至连他的卡都给停了。

不过即便如此，他也还是坚持自己的决定，就算大 Jeep 换成了公交车，鲍鱼换成了水煮鱼也一样。

但好景不长，去年年初，周氏的总裁，也就是周尧的爸爸被查出肝癌晚期，住院没多久就去世了。不得已，周尧便辞掉了派出所的职务，回来做起了周氏接班人。

我有些不解地问："他放着好好的周氏小少爷不当，非跑去当人民公仆干啥啊？我见了他两面，瞅他那模样也不像是那种为了人民、为了党的三好青年啊！"

"你懂什么？"覃月末"喊"了一声，"人家周尧来 Q 大之前，几乎每年寒暑假都会被家人送去部队，再娇贵的少爷也会被练得血气方刚啊！这样的人，毕业后会执意当警察，我一点也不奇怪。"

我这疑惑就更大了："好好的孩子，周家人为何偏要把他送到部队去吃苦啊？"

这话倒是让覃月末有了短暂的沉默，半晌后，她压低声音道："我也是听别人说的，貌似周尧小时候被绑架过，回来后半条命都没了，所以为了让他以后有保护自己的能力，家里人就将他扔到了部队，而且……"

见她支支吾吾，我连忙追问："而且什么？"

"而且他好像在绑架过程中受了刺激，得了什么恐女症，主要反应就是不能与女人有直接的肢体接触。除了他奶奶和妈妈，凡是碰过他的女人，似乎都被他条件反射地动用过擒拿手。很多名媛都吃过他的亏，所以他在我们那个圈子里的评价不是太好。"

要说周尧的评价不好我倒不觉稀奇，就按他那副"天不怕地不怕，没事就板着一张脸，好不容易有点笑意还是带着嘲讽的冷笑，且没有一点绅士风度，要么不搭理人，要搭理你就往死了损你"的样子，会有人夸赞他才怪。

可恐女症……

一想到这儿，我脑海里立刻浮现出今天我抓着他的手时，他反常的态度。

我忙对覃月末说："你说他不能和女人有肢体接触？那我今天明明抓了他的手，他也没揍我啊……不过要说他什么反应也没有吧，倒也不是，他当时似乎也挺吃惊的。"

我们之前说话时饭菜就已经上来了，而在这个过程中，孟平生只是静静地听着我和覃月末交谈，默默地挑着水煮鱼里的鱼刺。我眼瞧着白里透红的鱼肉几乎要堆满他的碗，以为他要开吃时，他却突然抬手将碗朝我递了过来。

只不过在听完我的话后，他悬在半空的手微微一滞。

顿了片刻，他将碗放到我面前，抬眼冲我笑笑："可能于他而言，弯弯你是特别的。"

我刚想回应，覃月末倒先开口了，她一脸嫌弃："她是特别胖吧？我觉得周尧没推开她只有一种可能……"说着，她极认真地看向我，"可能是因为你的脂肪太厚，把你身上的雌性基因都覆盖了，所以他在潜意识里觉得你是个……爷们儿！"

哼，你别以为自己是我唯一的老友我就不敢揍你！

第五章

刘奶奶是 QG 董事长？

//////

那天吃完饭后，我一回去便开始做起上班的准备。

因为我一毕业就是自主创业，几乎没怎么接触过职场，所以这次着实让我紧张了一把。

我设想过上班第一天的无数种可能——

我可能因为身材受到排挤，也可能因为身材受到女同事的欢迎。毕竟这世上像我这种无敌巨无霸绿叶已经不多了。我后来甚至还想到自己可能会遭遇职场陷阱，然后与同事们上演一场宫心计。

但我万万没想到的是，我上班后的第一件事，居然是……负重跑！而且还是五公里！

这对我这个跑步只用在去食堂抢糖醋排骨的人来说，简直是莫大的伤害。于是我连试都没试，就去跟那位负责的主管说："主管，你看我这满身的肥肉，跑起来对土地公公伤害很大呀……而且人家专家都说了，体重基数大的人不适合跑步！"

主管冲我微微一笑："妹子，你要是不跑，对工资条的伤害更大。"

"什么意思？"

"总裁交代过，凡是不参加晨跑的员工，缺席一次，扣工资的三分之一，你自己感受一下吧。"

周尧真是贱人中的战斗机，这种俗不可耐的主意居然都想得出！

不过不得不说，这招虽然俗，可真心管用。我跑在队伍后面，中途几次想放弃，但一想到只要我停下就会损失一万块，我就立马什么偷懒的心思都没了！

后来五公里跑下来后，我觉得整颗心都要跳出胸膛，喉咙也像着了火似的，又干又疼。

从那之后，我几乎都是在跑步后遗症中度过的，四肢沉重得抬不起来，思维也不如平常敏捷，就连回话的反应都极慢。

我觉得如果以后每天都这样的话，我迟早会因为状态不佳而被开除。

于是在快下班时，我敲响了周尧办公室的大门。

进去以后，我先四周扫了一眼，接着在心里"啧啧"称奇，这男人不仅成长经历与别人不同，就连这办公室的装修风格也与别人不同啊！

相比一般办公室的整齐有序，他的办公室显得风格独特。人家书架上摆着各种高档的书籍，而他则齐刷刷地摆上了好几排军刀，还有一些1：1枪支的仿真模型，从做工上来看就知道价格绝对不菲。

我进门时他正站在落地窗前，此刻正值黄昏，夕阳染红了半边天，也将他的周身勾出一道淡淡的红边。他背对着我，双手随意地插在裤口袋里，身影看上去高大英俊，挺拔如松，像入了画中的人一般。

他悠悠地转过身，平静地瞧着我："有事？"

我原本还沉浸在美色的震撼中不能自拔，一听他开口，便想起了正经事，连忙道："嗯，我觉得为了提高我的工作效率，我想跟你申请取消自己的晨跑任务。"

周尧笑了，而且还是那种不带温度、优雅迷人的浅笑。在我看来，他这副表情就是赤裸裸的不怀好意啊！

他……又想使坏了吧！

果然，下一秒他便问："你正常的效率是什么？"

"呃……"

"能一天教会一个员工日常对话吗？"

"这……"

"不能的话，那你的效率就都是慢的，只不过是比较慢和更加慢而已，没差。"

"……"

"所以，跑步不能停。"

我看着他那张帅得人神共愤的脸，默默地在心里将他的祖宗十八代都问候了一遍。

末了，我哀求他："真的不能通融一下吗？你看我浑身上下这堆肉，跑起来肯定要命啊！你没见我今天跑步时的样子，几乎从两百米之后就是爬回来的。"

还没等他再度回应，办公室的门突然被敲响，很急促的两声，接着门就被人推开了。

来人是周尧的助理小张，穿戴得人模狗样的，表情却急切慌张得要命。

"总裁，QG的董事长来了！已经出电梯了！"

我还是头一次瞧见周尧微惊的样子，他看了我半晌，又看了看办公桌下，指着我："你过来。"

然后，我在还未明白前因后果时，便被周尧和他的助理联手塞到了办公桌底下。虽然过程有些艰辛，但好在我最后还是成功地卡到里面去了。

接着，我还未调整好呼吸，便听见一阵"嘚嘚"的高跟鞋着地声传来。

还是个女人？啧啧，不是说这周尧人气不行吗？怎么还有主动来找他的女人呢？而且见他这么紧张，他们的关系肯定不一般！

"您过来了？"率先说话的是周尧，声线还是如以往那般平淡，可语气中似乎多了些紧张的味道。

紧张？

意识到这个词后我惊了一下，周尧哎，那个传说中有恐女症、见着女人就摔的名门公子哥周尧哎，那个在部队里滚过泥、在警局里逮过贼的周尧哎……他居然也会紧张？

我真的好想见识见识来人是谁啊，好想访问一下这位女豪杰到底是如何制伏这个妖孽的！

不过听他的话，似乎是个年纪比他大的女人？不然他为何要用"您"这种字眼呢？

一猜想到这儿我就不由得感叹，真是人不可貌相啊，没想到周尧这种雅痞又爷们儿的类型，居然会喜欢年龄大的。

对方也在这时开了口："嗯，刚和你奶奶喝完茶，她有事过不来，就叫我送些她亲手做的饭菜给你。"

周尧弯腰将东西接过来，接着说了句："谢谢。"

对方又问："你很忙吗？"

"有一点。"

"那你忙吧，我就不打扰你了。"

她就这么走了？我有些不可置信地听着那人的脚步声越来越远，心想，这两人明明是一副有奸情的模样，怎么没怎么交流就走了呢？

显然，那女人走后，办公室的气氛就缓和了下来，周尧的身子轻倚在办公桌上，从我的角度看，那双长腿别提多修长、紧实了。

我这种长年看韩剧的人，瞧着此等美色也难免流了些口水。

四周静了片刻，周尧踢了踢桌角："还不出来？"

我试着动了两下，然后僵笑道："你们刚刚塞得太狠，卡住了。"

闻言，他突然朝桌下俯身，目光在我的身上来回打量了半天，说："明天加跑两公里，什么时候瘦到体脂平衡，什么时候减少。"

"……"

后来他又看了我一眼，迟疑了一下，朝我伸出手："来吧。"

见他这么主动，我微微一愣，晃神的同时也细致地观察了一下他的手。

他手指纤长，骨节分明，指端和甲缝被修理得整齐干净，肤色也白皙得要命，一眼看去，就好像古时的美玉一般。

我的视线顺着他的手一路向上，最后停在他的脸上。

周尧此刻也正瞧着我，神色平淡，见我没什么反应，还动了动手掌，尾音上挑地发出一个声音："嗯？"

如果不是听覃月末给我介绍过，单单看他这模样，我哪会相信他是有什么恐女症的人！至少有恐女症的人不会这么随便地……牵女生的手吧？

难道真像覃月末说的那样，我脂肪太厚，将身体里的雌性激素都隔绝掉了？

一想到这里我就有些神伤，最后索性破罐子破摔地将手递了过去。

他温热干燥的手瞬间握住了我的，气氛一时间变得有些微妙。但还不容我瞎想，他在那边便猛地一使力，拉着我就向外拽。

我想，他在部队的训练里，肯定遇到的都是比现在更艰难的事，至少我看到的电视剧里的训练，对体能要求还是挺高的。所以他徒手将我拉出来，我一点也不奇怪。

但他肯定万万没想到，我作为一个胖子，一个看上去很敦实的胖子，居然也会有控制不住平衡的时候。

他那边将将把我拉出来，我这边就一个失重扑到了他的身上。接着，我们俩紧贴着一起撞向了落地窗。

那一刻我无比庆幸，幸好当初建这栋大厦时主建方没有偷工减料，不然以我的体重制造出的撞击力，我们俩现在肯定要冲出去做空中飞人了。

也不知道是我撞得太猛还是怎么的，我此时此刻扑在周尧的胸膛里，总觉得他的心跳得异常快，"扑通——扑通——"隔着胸肌，隔着衣服，这声音一下一下地传到我的耳朵里。而跟着心跳声一起的，还有他怀里炙热的体温，以及头顶传来的、他近在咫尺的呼吸。

其实按照小说、电视剧里的常理，女主角如果非故意地和男主角亲密了，那她就应该立刻起身，或抱歉或面含羞涩地逃开。

但我一向看不惯那肉麻的玩意儿，而且我也不觉得我和周尧算是彼此的男女主角，所以我的第一反应是猛地抬起头，一脸惊恐地问："总裁，我不会把你压得胸腔积血了吧？"

周尧的表情倒没什么变化，只是清俊白皙的脸上浮起了一抹可疑的红晕。他轻推着我，在发现我纹丝不动后，眉头轻皱："起来。"

哟！这是他害羞的表现？那我要不要顺便逗他一下？或者借机再求个不跑步的特权什么的？

这时，突然有一道声音从身后传来："刚刚没有，但你要是再压下去，估计就会有了！"

我心底一惊，而周尧似乎比我还要惊讶，用力将我一推，语气中夹了一丝不自然："您怎么又回来了？"

"我不回来，怎么可能看到这历史性的一幕啊！"

我顺着声音也回过了头，但与对方视线相交的一刹那，我们同时愣住了。

"弯弯？"

"刘奶奶？"

来人正是我养父母家的远房表亲，虽然我至今也没搞清楚他们中间到底隔了多少层关系……不过这位刘奶奶对我倒是极好的。从我小时候有记忆开始，她便一直很疼我，而且那感觉比我的养父母对我还要亲。她几乎每周都来看我，而且次次都大包小包地给我带好吃的。我会长成如今这种身材，有大半都是她的功劳，所以我对她的印象极好、极深，感情自然也很深。

不过我从来没问过她是做什么的，在我眼里，她应该就是个退休在家的老人，没事打打麻将、跳跳广场舞、听听凤凰传奇什么的，我完全没想过，她居然还和周氏酒店的接班人认识！

还有刚刚的男助理说了什么？QG 的董事长？QG 我倒是知道，B 市最大的红酒制造商，他们酿出的红酒现在在国内几乎与拉菲齐名，算是"国民红酒厂"了。

但现在是什么情况？从小到大一直宠着我、陪我玩的远房亲戚，居然是那里的董事长？

这信息量太大……我真心有点不能接受……

她几步上前，带着略微急切的表情拉住我，问："你怎么会在这里？"

我有些不好意思地摸了摸鼻尖，勉强笑笑说："我办的那个培训班倒闭了，就来这里打工了。"

"那怎么又会和周家这小子搞在一起？"刘奶奶说完，转头看了看周尧，那表情凶悍得让我都有些看不下去，"他揍你没有？"

我连忙摇头："没有没有，总裁对我挺好的，刚刚还在说要给我加薪的事呢！"

说到这里，我转头看向他，笑嘻嘻地问："是吧，总裁？"

他眼睛眯了眯，瞥了我一眼，最后缓缓点头。

刘奶奶见状，更奇怪了："你刚刚贴他那么近，而且我看你们俩的手都牵在一起了，这小子居然没对你怎么样？"

我有些哭笑不得，说："那您是想他对我怎么样吗？"

"当然不是！我只是惊讶……该不会……"她说到这里，带着笑意的眼神来回在我和周尧身上流转，"我懂了！我这就去跟这臭小子他奶奶报喜去！"说完，她迅速离开了。

我留在原地，有些莫名其妙地看着她的背影越走越远。

而周尧在她离开后，又倚坐在办公桌上。他把手随意地插进裤口袋里，抬眼看向我，半晌后，居然说了句让我差点惊掉下巴的话："刚刚你说的加薪的事，我准了。"

他这话说得我是又惊又喜，生怕他反悔，于是赶紧道："总裁，说到做到是咱大中华的传统美德！"

周尧按了桌上的专线电话，免提开启后，他直接对那边说"通知财务，英语讲师秦弯弯的工资涨百分之三十。"

挂断电话后，他睨着我："这下满意了？"

何止是满意啊，我都快兴奋得找不着北了！于是我连忙道："比孙杨当年在奥运上夺冠为国争光还满意！"

他平静地点点头："既然如此，那你准备怎么回报我？"

我听完一愣，低头思索半晌，做出决定"总裁，你想让我以身相许吗？我可以的！"

他的头微微一侧："虽然你长得丑，但你想得可真美。"

"好说，好说。"我大脸一扬，很是光荣地笑了笑，"那总裁你想让我做什么呢？除了让我不吃猪蹄、猪肘、鸡翅、鸭脖、牛腩等一切能吃的肉之外，我都可以勉强答应你！"

他接下来说的话简直大大地冲破了我的接受底线。

我听完总结了一下，大概的意思就是他叫我扮丑，而且不单外表要丑，心灵更要丑。我问他为什么，他说有百分之九十九的可能，他奶奶会看上我，并且抓我去当她的孙媳妇。

我惊得嘴都合不拢了，发自肺腑地问道："难道你奶奶是盲人？"不然怎么可能会看上我！

周尧静静地斜睨了我几眼，之后又跟我解释了一通。因为他之前接触一个女人就练摔跤，他臭名昭著，根本没人敢近他的身，更别说嫁到周家来了。这一来二去的，原本应是金光闪闪的钻石王老五却成了大龄剩男，周家奶奶也跟平常人家的老人一样，为孙子的婚事操碎了心。

而她在经历了几年的风雨后，对周家孙媳妇的标准也越来越低，起初是要家室好、人品好、样貌好的三好女青年，后来是人品好、样貌好的女生也凑合，到前两年她的要求则只有"活的、女的、人品好"，而最近，甚至降低到"活的、人品好、男女都行"的地步。

我听到这些话后简直哭笑不得，扬着下巴上下打量了他两眼，说"奈何你长了一张衣冠禽兽的脸，却总是做着禽兽不如的事情啊……"

他没在意我的话，只是静静地吐着烟雾。末了，修长漂亮的手捏着烟头摁到烟灰缸里。他头也没抬，只沉声开口："刚刚来的人肯定误会了咱们俩的关系，估计现在这事已经传到我奶奶那里了。如果咱们俩想相安无事，你就按我说的做，我奶奶最讨厌人品不好的。"

俗话说得好，有便宜不占是傻子。在这种非常时刻，不落井下石岂会是我的风格。于是我笑嘻嘻地凑近他，说："总裁，你看，你交代的这任务可是在拿我的人品做赌注呢，那你是不是还应该再相应地多意思意思？比方说我中午叫外卖吃，公司给报销，或者我不用跑那五……哦不，七公里了？"

闻言，他单手摁住太阳穴，姿态闲适，表情轻慢地对我说："我刚刚做了什么，让你误会到你可以和我一再谈条件？别忘了，我现在是你的经济命脉。"

"……"

第六章

一反常态的月末

其实周尧说的任务于我而言说难不难，但说简单也不简单。

因为他说了"无时无刻"这个词，这就说明他也不确定他那位传说中的奶奶什么时候会来，所以后来的很长一段时间里，我都是在同事的白眼中度过的。

然而我等了很久也没等到周家奶奶，这让我一度很灰心。就好比我去面试某部戏的主角，过程中我演得淋漓尽致，备受好评，但最后我得知前面的都不是总导演，他们哭了笑了并没什么用。

我什么心情？

于是为了表达内心的纠结，我在某天下班后，拎着五斤小龙虾和一打啤酒去找了覃月末。

想来我都觉着自己挺浑蛋的，以前没钱没固定工作的时候，每天都缠着她蹭吃蹭喝，甚至连我现在住的房子都是她借给我的。现在我有了工作，忙了起来，居然大半个月都忘了联系她……

这也就是覃月末比较大方，换了是我，铁定要拿着菜刀上门砍了这种狼心狗肺、忘恩负义的玩意儿了。

但我万万没想到，当我拿着她给的备用钥匙打开门时，原本应该整洁干净的偌大的客厅，此刻堆满了酒瓶，红酒、洋酒、白酒、啤酒……简直是应有尽有！

不过让我最意外的是，一向爱干净到有洁癖的覃月末，此刻竟瘫坐在一堆酒瓶中间，且身上只随便套了一条吊带睡裙，原本飘逸的长发也变得油腻腻的。不是我夸张，她那头油取下来，估计都能炒盘菜了。

我实在猜不出来这段时间她身上到底发生了什么，因为在我的印象里，她从小就像个身披战甲、刀枪不入的女战士，任何打击和挫折在她眼中都是屁大的事。就连她高二那年跟学校的一个学长表白被拒后，也只面无表情地说了声"哦"，然后就把对方推进了人工湖里。

如此强悍的姑娘，我真的从未想过她也会有这么狼狈的一天。

我形容不出来自己当下的心情，有不可置信、有疑惑，但更多的是心疼。

我在一地的酒瓶里艰难地走到她跟前,蹲下身,目光复杂地看着她问:"月末，你怎么了？"

她眼神茫然地抬起头，看到我后似乎很惊喜，脸上也带着平常少有的幼稚神态。

"弯弯！你来啦？快点，陪我喝酒，咱们不醉不归！"

她拿了一瓶酒塞到我手里，接着自己又顺手拿了一瓶想继续喝。我见状，连忙拦下："别再喝了，你已经喝了很多了！"

"你拿来！"

她坐起身子来抢我手里的酒，过程中因为我的躲闪而失去重心而扑到了地板上，待我再扶起她时，她的眼眶红了。

我以为她是摔得太疼才哭的，赶紧道歉："月末，对不起，对不起，我不是故意的。有没有伤到哪儿？用不用我送你去医院？"

哪想她听了我的话却越哭越厉害，头轻靠在我的怀里，泣不成声："弯……弯弯，没了，什么……什么都……没了……"

我不知该从何安慰起，只能有一下没一下地抚着她的脊背，轻声道："不会的，你相信我，睡一下，明天什么都会过去的……"

她在我的安抚下渐渐睡去，我小心翼翼地将她扶回床上，又在床边守了她一夜。

天刚亮时，我见她还未醒，便想着先出去收拾收拾屋子，再做些清淡的饭菜给她吃，毕竟一夜酩酊大醉，她早上醒过来肯定会难受至极。

后来覃月末醒来时，已是早上八点。那时我已将粥和小菜都盛好摆上了餐桌，正想着去上班，她恰巧出来了。

她还是昨天那副蓬头垢面的形象，但目光和表情已经完全变回来了。她平静地看着我，久久没有出声。

我也不急，举止如常地穿戴衣物，末了走到门口时，还像平时那样朝她挥挥手："我先去上班了！饭菜我已经帮你做好放在桌上了，你一会儿记得吃点。"

转身的一刹那，我听见她在我背后轻声说了句："谢谢。"

我不由自主地勾了勾嘴角，这小妮子！

我原以为覃月末可能会自己平复几天后再来找我，哪想我当天晚上下班回家，便在我家楼下看见了她的身影。

她当时正坐在她那辆红色小跑车的车盖上看落日，身穿超性感的露脐装和小短裤，黑发柔顺地披在后背上。昏黄的光线照在她身上，安静又美好。

见我走近，覃月末头也没回地拍了拍身旁的位置："上来坐。"

我惊讶地睁大双眼，上下打量了她一番后，试探地问："你真的是覃月末吗？"

换了平时，我就算自己想坐上去，她肯定都要一脚踢我下来，嘴里还会念叨说："你不知道自己的情况吗？这么大的体积居然还敢坐到我的车盖上，就不怕把它压出坑吗？"

可今天她居然主动邀请我上去！反常，简直太反常了！

听了我的话，她一脸不耐烦地回过头："少废话，快点上来。"

我也没再废话，吭哧吭哧地爬上去坐稳，平复了一会儿呼吸后主动开口："说吧，你到底发生啥事了？"

她没有立即回答我，而是从身侧拿出一个袋子扔到我怀里："给你买的。"

里面装着的是一款我很久以前就看中的 Tiffany 的手链，不过因为价格太贵，所以我一直没舍得下手。此刻它就安静地躺在盒子里，那种不太真实的惊喜感让我一度有些情绪失控。

我猛地抱住覃月末，边拍她的后背边说："亲爱的！谢谢你！"

也不知是我太用力还是她这身子骨太不结实了，待我放开她后，她整个人就像是到鬼门关走了一圈似的。她剧烈地咳了两声后，恨恨地看着我："秦弯弯，你谋杀啊！"

说话时她还伸手拍了拍胸口，手臂晃荡间，我竟然看见她戴了跟送我的一模一样的手链。

这就更奇怪了，按她以前的性格，她一定会说这种"闺密款"的东西太幼稚，今儿……是怎么了？

似乎是察觉出了我的满心疑问，她扬了扬手，一脸自然地说："和你戴一样的东西才是对你的感谢，那条手链不过是附加赠品。"

我暗暗"啧啧"两声，这高傲的语气啊，你正常点说话会死吗？

"秦弯弯，你知道吗？其实我是这世上最可怜的人。"在我摆弄手链时，覃月末突然开口，"你看到的和我现在拥有的，其实都是假的。"

我不以为意地咂咂嘴："假的？你说你那迪奥、奥迪、香奈儿都是假的？你的无上限透支信用卡是假的？你的白富美身份是假的？"

这根本就是开玩笑嘛！一个人如果假装富有，可能扮一天、两天，但从我认识她开始到现在，她的吃穿用度无一不是最奢侈昂贵的，就连她家的马桶都是装了按摩器的！她现在告诉我这一切都是假的！谁信啊？

覃月末没理会我的阴阳怪气，她微微低下头，嘴角莫名勾出一抹自嘲的笑："我没跟你说过吧，我其实根本不是什么真命天女，而是被大户人家领养来的孤儿。"

远处有小学生结伴回家的身影，她们叽叽喳喳地从覃月末身旁路过，脸上皆带着天真烂漫的笑容，擦肩而过时与她的表情形成了鲜明的对比。

其实换了平常，我肯定会大吼大叫，问她说的是真是假，但此刻看着她的脸，那种从骨子里透出的悲伤和无力，让我连最后一点疑虑都没有了。

我不知该怎么安慰她，只能牢牢握紧她的手。

隔了很久，她忽然叹了口气，再次开口："那时我还很小，被覃家领回去之后以为从此人生就改变了。我发奋刻苦地学习，努力保持身材，严格地管理皮肤和仪态，就是想让他们知道我有多努力在适应这个身份。终于，我成功了，我催眠了所有人，包括我自己，心里想的念的，甚至表现出来的，都是'我是货真价实的覃家大小姐'。我将覃家的人全当成自己的家人，就算他们对我再怎么冷淡，不管不问，我也还是爱他们。可到头来，原来一切都只是一场骗局！"

她说到这里，情绪忽然变得有些激动："我以为只要我一直努力，就一直会是这个覃家大小姐。可现在他们居然告诉我，我只是个替身！真正的正牌要回来了！我要给她让位了！"

我眼瞧着她的动作和神态越来越失控，赶紧按住她，安抚道："你先冷静，冷静。无论怎样，咱们都得先想办法不是？你气得生病了，人家可能还乐享其成呢。所以你千万别激动，先平复一下，然后跟我好好说说事情的前因后果。"

后来她和我讲了整件事，原来她从小就失去了母亲，独自跟着父亲在一个大户人家打工，中途父亲因为犯错被判了死刑。而当时恰巧那户人家的孙女被绑架、被撕票了，于是那家人为了找些精神寄托，就领养了刚刚失去父亲的月末。

"我到现在都还记得他们对我说的话，他们说我以后就是覃家小姐了，有数不完的漂亮衣服和鞋子，上学放学都有用人接送。最重要的是，从此以后，再没人敢轻视我、忽略我。那时我觉得自己就像中了六合彩一样，原本阴暗的世界瞬间放晴。我以为我的人生翻开了新篇章，但实际……"

她冷哼一声，眼底的自嘲越来越浓："那个所谓的被撕票的大小姐根本就没有死，一切都只是个骗局。从小到大对我都很冷淡的奶奶，因为怕她的孙女再次受到伤害，所以才找了替身！替她孙女承受那些可怕的事！但可能连她自己都没想到，我能平静地活到现在，甚至这些年连一个小偷都未曾遇到过。"

她后面的这番话倒是让我有些大跌眼镜，要说大户人家收养个孩子之类的，倒也不稀奇，就算这种事发生在我最好的朋友身上，我也能试着接受。但……替身？这是不是太扯了点？

在我惊讶间，覃月末又开口了："我现在终于知道为何她从来没带我见过外人，却又不阻止我说出自己是覃家小姐的身份了。她可能是想，不能亲口在世人面前承认我的存在，因为要给那位正牌小姐留条退路。但如果我自己说的话，人家的遐想可能就多了……到时候再解释一下，说我是干孙女或是表孙女、堂孙女啊……这样一切就都顺理成章了。"

此刻天色已渐渐变暗，天际映着那种渐变的颜色，远远望去就特别醉人。

但这景色此刻映在覃月末的周围，硬生生被她衬得有些悲凉。

我叹了一口气，实在不知该怎么相劝，便问她："那你想怎么做？"

覃月末会有如今的地位，全是覃家给的。如果说她真的硬碰硬，去和覃家斗，那肯定不会有好结果。但我太了解她了，以她的个性，想让她息事宁人，甘心当这么多年冤大头，她是万万做不到的。

"来的路上我就已经想好了，这件事情我不可能让它就这么过去，大不了就鱼死网破！"

她这话把我吓得不轻，鱼死网破？她不会还想搞出人命吧！

"月末，你可千万别做傻事！大不了就是不当这覃家小姐了，你的人生才刚刚开始，不能因为这样就搭进去啊！"

覃月末听了我的话，"扑哧"一笑，接着还反常地伸手捏了捏我的肥脸："真好，至少我被全世界抛弃时，还有你这么个朋友在身边。你放心，我不会做什么傻事的，我只是要夺回我该得的东西。"

"这就对了嘛！"我"嘿嘿"一笑，"为了给你调节一下心情，咱们唱歌吧！"

她一脸的不可置信："现在？"

"对呀，咱们以前一起放学回家时，不就经常边走边唱歌吗？"

"不不不，那太傻了。"

我没理会她的抗议，自顾自地嘟囔："唱什么好呢？那时候咱们的经典曲目还挺多的。嗯，唱《我是一只小小鸟》吧！"

"我是一只小小小小鸟，想要飞呀飞，却飞也飞不高。我寻寻觅觅，寻寻觅觅……"

伴着歌声，我总有一种回到小时候的错觉。那时的天还是蓝的，首都是没有雾霾的，而我们除了那些总也写不完的作业，和总是提不上去的考试成绩外，似乎也没有什么愁事。

现在想想，那时真是这一生最简单、最幸福的时光了。

后来停下时，她悄无声息地将头靠到了我的肩膀上。我微微一笑，握了握她的手，说："月末，无论这世界怎么变，咱们的关系都不会变。只要你需要，我就一定站在你身边，帮你对抗全世界。"

从那之后，我几乎满脑子都是覃月末的事，以至于将周尧交给我的任务彻底忘到了脑后。

而这期间，我也没再见过他。听公司的同事说，他似乎去了国外洽谈合作，已经出差几天了。

一听这话，我微微感叹，原来这冷酷的痞子也不是中看不中用的啊，我还以为他空有一身抓贼的本领呢。

其实也不止我一个人这么想，我刚来周氏时，就听同事们聊过他。

大家起初也都以为他是个什么都不懂的空降公子哥，来这儿直接一步坐上总裁的位置，多少有些难以服众。可一段时间下来，大家都发现这种想法错了。虽说周尧确实也是什么都不懂，但他十分肯学，并且适应能力也惊人得很。短短几个月的时间，他就从凡事都要靠高管来解释、提醒的小白，变成可以独自与合作商谈判，并且次次都能成功拿下合作项目的称职总裁。

这用同事小李的话来说就是："总裁加过的班、熬过的夜，都变成能力与独当一面的霸气呈现在我们面前！"而自那以后，大家非但不再说他是纨绔的公子哥，还明里暗里都赞扬他。

有些女同事甚至还经常在他加班的时刻，也故意留在酒店，目的就是能偶尔在他去茶水间倒水时，再花痴一下。

"我跟你讲，我有一次故意留下来加班，经过总裁办公室，刚巧他没关门。啧啧，从门缝里看，那英俊高大的身影伏在办公桌前，啧啧；那沉着冷静的侧脸，啧啧；那运筹帷幄、掌控全局的气势，啧啧；那……"

当时我连忙喊停，惊奇地问："他就是加班看份文件，你居然还能看出运筹帷幄来？还掌控全局？加个班而已，有什么全局需要他掌控的啊？"

女同事带着一脸复杂的表情看了我几眼，之后就再没跟我分享过任何八卦。

唉，这年头怎么讲个实话都不行呢？

但不管怎么说，我还是挺开心的。毕竟他出差了，我也能清闲些，不必再装什么恶女。但哪想我才收到他出差的消息，第二天他居然就回来了！

他回到酒店后，大家明显就不一样了，上到主管，下到清洁大妈，几乎人人脸上都露出一副欢喜的表情。

我正疑惑呢，同事小李突然凑到我跟前，笑眯眯地问我："你明天穿什么啊？你说爬山是不是应该穿冲锋衣之类的？但我没有哎……"

"打住！我们什么时候说要去爬山了？"

我一脸不解地看向小李。这小李人称李梅梅，是我进公司后唯一不介意我庞大的身躯，主动走近我的人。这段日子我真的很感谢她，她让我去食堂有了"饭友"，上厕所有了"厕友"，可这也不代表她能不经我同意……就安排我的行程吧？

"你忘了？咱们酒店明天集体野营啊……总裁刚在食堂吃饭时亲自说的啊，为了庆祝合同洽谈成功。"

我咬牙切齿道："中午我是自己买的外卖！根本没去食堂！"

我不在的时候居然发生了这么大的事？不知道我任何户外活动都不想参加吗？平时就连去 KTV 唱歌这种浪费体力的娱乐项目我都不怎么爱参加，还爬山？每天七公里已经很要我的命了好不好？

就这样，我雄赳赳气昂昂地去找周尧。但哪想我连他的办公室门都未摸到，就被他那位男助理给拦住了。

之后，男助理只说了一句话便将我成功地遣送回去——

"总裁说集体活动不参加的人，一律按自动辞职处理。"

这个贱人！

在现实的逼迫下，我不得不低下头，含着辛酸的眼泪坚挺地前进。

然而也不知是不是老天都同情我，第二天早晨出发时，天上竟飘起了细雨。

我原本还在打瞌睡，朦朦胧胧间看见车窗上挂起雨点后，兴奋地跳起来："下雨了！是不是不用去了？"

我话音刚落，便瞧见咱们的大总裁周尧同志上车了。

他今天穿得倒和我们初见时挺像的，宽松的牛仔裤配了件运动夹克，头发也不像在公司那般梳得整整齐齐，刘海稍显凌乱，倒也有种闲适的美感。

司机似乎听见了我的话，转头看了看我，再有些为难地问周尧："总裁，这天气……"

周尧没什么反应，双臂随便搭在了前排椅背上，语气平静地问大家："你们想去吗？"

除了我以外，周围都齐齐地喊"想"，那声音洪亮得都快超越老年合唱队了。

周尧表情未变,只是点了点头,随便拍了一下旁边男助理的肩膀:"你下车,再去替大家每人加一份保险。"

接着,他又转头对司机说:"开车。"

那一刻,我仿佛看到有无数少女心插上洁白的小翅膀,飞向了周尧。周围的女同事无一不在议论他有多霸气。

我在一旁也不由得感叹,这个男人啊,果真是挥金如土的那一瞬间最帅!况且周尧长得也很衣冠禽兽,想不俘获少女心都难。

可是帅气、霸气的总裁大人,您能有点自己是焦点的自觉吗?车上还有好几个空位你不坐,为什么要跟我这个胖子凑热闹啊?

周尧迈开长腿过来,走到我身边时,利落地将背包放到行李架上,接着推了推我,说:"往里面坐点。"

我不为所动:"总裁,我的体重是别人的两倍,所以座位也要申请两个。这里坐不下您了,您再找别的地方吧!"

结果呢?人家连话都没多说一句,直接平静地甩来一个"你要是不让,明天就可以不用上班了"的眼神,看得我再不敢废话一句,默默地将身子向里挪了挪。

周尧见状,还算满意地坐到了我身边。

可想而知,那之后的行程里,我莫名其妙收到了多少白眼。好在我们要去的那个景区也不是很远,大概走了一小时后车便停了。

下车后,我做的第一件事就是尽可能地避开周尧。但天公不作美,登山前抓阄分配小组,我居然抽到了他!

打开字条的一刹那,李梅梅那厮竟然还不怕事大地在我身边跳了起来,大喊大叫道:"弯弯!你居然抽到总裁!中头奖了呀!"

她这话成功将四周的目光吸引了过来,每个眼神都像刀子一样,仿佛要把我千刀万剐似的，搞得我浑身不自在。

"你小点声！"我按住她，"你要是想和他一组，那咱们交换好了。"

众矢之的什么的，我才不想做呢！

李梅梅听完显然很兴奋，嘴角都快咧到耳根了："可以吗？"

我还没来得及开口，身后便悠悠传来一个声音："不可以。"

这声音……是周尧？

意识到这一点后，我下意识就想开溜，继续离得他远远的。但哪想我还没迈开脚步，衣领就被他忽地一拽。

"小组分好后大家就开始吧，我在山顶放了奖金和奖品，先到的人可以挑自己喜欢的先拿。"他说完便拉着我率先离开了。

因为下雨，原本就崎岖的山路现在更加湿滑难走。我体能本就不好，现在再加上天气和路面的因素，走得就更慢了。

然而周尧身为酒店总裁，不体恤他亲爱的员工也就算了，居然还在我疲惫不堪的时候，在旁边轻飘飘地说着打击的话——

"走一分钟歇五分钟这种事，也只有你能做得出来了。"

我被气得忍无可忍，也不顾他是不是我的上司，一边喘着粗气一边怒瞪他："正常男人在这种时候不是应该主动接过女生的行李，然后一路鼓励她到达终点的吗？"

他平静地抬了抬眉毛："你认为我是正常男人？"

"……"

我深知再这样下去，自己不是被累死就会被气死，于是赶紧转移话题"总裁！你想做一回正常男人吗？我们猜拳吧！用胜负结果来决定谁帮谁扛行李！"

他迟疑了一下，俊朗的眉眼间带了些散漫："你确定？"

我一见他肯玩便放心了，因为我是玩《大富翁》长大的，猜拳这种事就没人能比得过我，几乎只看对方一个眼神我就能猜出来他伸手要出石头还是剪刀。

后来的结果可想而知，无论是一局定胜负，还是三局两胜，或是五局三胜，结果都是我赢。

我挑衅地笑着看向周尧："总裁，愿赌服输哦！"

"嗯，我服输。"他很无所谓地点点头，"但开始好像没定规矩，我现在决定，由赢的人扛行李。"

"……"

接着，他居然真臭不要脸地把双肩包递给我："辛苦你啦。"

"……"

果然，我就不能用正常人的方式来对待这个不正常的男人！

我愤恨地接过他的背包，冲他翻了个白眼就想继续走。

哪想他这时忽然拦在我前面，蹲下身，拍了拍自己的后背："上来吧，赢的人负责扛行李，输的人负责扛你。"

时间在这一刻突然停了下来，我看着他半蹲的身影，听着四周微雨拍打着树叶的声音，失神片刻后，呢喃着问："总裁，你脑袋进水了吗？"

他微微回头看着我，微微沉吟一会儿，冷峻的脸上闪过一丝不自然的神色："我奶奶可能在树后面。"

我双眼瞪大，完全不敢往树林的方向瞧："真的？"

"真的。所以可以演戏了，一会儿你趴到我背上后，我就装成……"

"不用这么麻烦。"我开口打断他的话，并冲他笑了笑，"总裁，你的筋骨还可以吧？轻微的伤痛能忍受吧？"

他迟疑片刻，问："什么意思？"

"什么意思?"我冲着他笑得像一朵盛开在日光下的菊花一样,"这个意思!"

我伸出胖腿,一脚踹上了周尧的脊背!

下一瞬,他就以极其圆润的姿势,展示了三百六十度转体,最终停在了一棵树前。

他停下后抬眼看向我,那张常年如冰似的俊脸上终于被我凿出了些不一样的表情。嗯,惊讶中带着难以置信,难以置信中又带着些咬牙切齿。

我也顾不得他的感受,决定先发制人,将后面的背包都扔到了他的身上:"上帝把智慧撒向人间时,你是打了伞吧!情商低成这样,怪不得是个女人就嫌弃你!老娘是瞎了才会因为那点小钱留在你们公司!出来游玩让我这个柔弱的小女子替你背包也就算了,你居然还想臭不要脸地让我给你做后背推拿?哼!老娘受不了了,辞职!不干了!"

我吼完这一通后,还笑着冲周尧眨了眨眼,接着雄赳赳气昂昂地往山下走去。

就我这演技,不去走个红毯,领个最佳表演奖真是可惜啊!我如果去演戏,那什么子怡啊、冰冰啊肯定都没脸再存在于娱乐圈了。

可我万万没想到的是,就在我沉迷于对未来的憧憬幻想时,眼前会突然跳出一个人来。

我敢肯定,那人是从树上跳下来的。那矫健的身姿和灵活的躯体动作,明显和她脸上的皱纹不太相符。

她激动地握住我的手,大喊:"姑娘!你就是我孙子的真命天女啊!"

孙子?得,肯定是传说中的周奶奶无疑了。

她穿了一身玫红间灰色的冲锋衣,下身则是一条深色牛仔裤,头发只是黑中掺白,乍一眼看上去不像是奶奶,倒像是阿姨。

她一只手拽住我，另一只则很规律地一下一下拍着我的手背，配合着她脸上的笑意，明显让人有些毛骨悚然。

而她接下来的话，更是让我大跌眼镜。

"姑娘，你姓啥叫啥？家是本市的吗？身高多少？体重多少？经期正常吗？有男友吗？结婚了吗？唉，不过也没关系，有男友就抢过来，结婚了……我们周家就等着你离婚！"

我吓得微张嘴巴，惊讶之余还有些心疼这位老人家。瞧瞧，瞧瞧，现今社会的大龄剩男剩女让家里的老人操了多大的心啊，把他们原本该跳跳广场舞、听听《小苹果》的夕阳红生活硬生生逼成了专挖墙脚的悲惨生活。

不过再怎么样我也不敢瞎说话，毕竟我现在是拿人家周尧的手短。于是我只僵硬地冲周奶奶笑了笑，转而回头看向周尧。

他这会儿已经从树下站了起来，姿态又恢复到往日的沉着从容，长腿一迈，便朝我们走过来。

显然这位奶奶于他而言是特别不同的，他脸上这会儿出现了少有的无奈神色，叹道："奶奶，您可真是上天下地无孔不入啊！"

周奶奶很活泼地双手叉腰，一扬脸："怎样？我这是为了我们周家的后代努力！你管得着吗？"

"我跟她不合适。"

"哪就不合适了！先不论之前你刘奶奶跟我说的你们俩在公司如何奸情四射的事情，就单单这次！从前都是你摔人家，有哪个女生敢踹你？这位圆圆小姐开了先河，就好比在你的人生中当了指明路灯，在周家的领土上修了一座里程碑！"周奶奶说到这里，忽然一变脸，跨步上前拧住周尧的耳朵，那气势和力道，简直堪比《甄嬛传》里的华妃啊，"你别以为我不知道你这个小兔崽子在想什么！你如果敢把我这个未来孙媳妇给吓跑，我就托关系把你那些战友调到边疆去！"

刚开始周尧被拽着耳朵时，表情还算淡定正常，甚至还一副早就习惯了的样子。结果周奶奶后面的话一出，他就眉头轻皱："你这是牵扯无辜。"

"那你知道不知道，你一直不结婚，我们周家也很无辜啊？！"

周奶奶说完转头看了看我，又恢复到那副慈祥老人的模样："圆圆，你别害怕，其实我们周家一向是实行说服教育，能用嘴时很少动手的。"

呃，您刚刚那个举动真的让我很怀疑这话的真实性啊！

不过，圆圆？

"周奶奶，我……我不叫圆圆，我叫秦弯弯。"

"好的，秦圆圆，很有福气的名字，奶奶我记住了！"

"……"

"对了，下个周末是我的七十大寿，我会在家里办个小型宴会和大家庆祝，你和周尧一起过来哦！不来奶奶我可不乐意！"

说完，她还略带威胁地看向周尧"你最好让我在下个周末看到圆圆，不然我一定拿你战友开刀！"

"……"

我："周奶奶，我叫弯弯……"

"哎呀，弯什么弯，你一点也不弯，很圆啦！"周奶奶又笑着摸了摸我的头，"姑娘啊，以后我们家周尧就交给你啦！"

"这……"我为难地看向周尧，看到他略带敷衍地点头时，我诚恳地说道，"周奶奶，你放心，我肯定不欺负他！"

"不！你得欺负他！欺负到他怕你，怕到他这辈子都不敢离开你！

这样才行！"

您真的是他的亲奶奶吗？

后来周奶奶又跟我聊了几句便走了，临走前还颇有深意地交代周尧了一句："周氏的钱也不多，能节省的时候就得节省！例如晚上住酒店，你们俩可以住一间，节省开销！"

"……"

她这一走顺便也带走了那股子窒息感，我松了一口气，抬头看向周尧"你这奶奶真是战斗机中的战斗机，也真是苦了你了，在她的眼皮子底下生存，不容易啊！"

他双手插进口袋里，双眼远眺，神色从容平静："不然你以为，能和你那位刘奶奶做几十年闺密的人，会是真正的慈祥老人？"

这话说得我就不乐意了，刘奶奶于我而言可是比我养父母还要亲的人，况且她平时对我那么好，见到我的一个小时里有六十分钟都是笑着的，哪有周奶奶这么彪悍啊！

所以我据理力争地反驳："你别搞笑了，刘奶奶有爱死了，完全就是电视剧里那种慈祥的老人，跟你奶奶这种强悍型的完全不一样好不好！"

他似乎不屑再和我争辩，身子一转，步伐沉稳地继续往山上走去。

我瞧着他那高大笔直的背影，心里这个窝火，于是也气呼呼地扛起行李继续往山上爬。其间我超过了周尧，而且还故意抖了抖背上的两个背包，可他愣是一丁点帮忙的意思也没有。

我气得咬牙切齿，哪料这会儿天公还不作美，原本只是星星点点的小雨渐渐变大，脚下的土地也渐渐变得湿滑。

我一个不留神，脚底一滑，整个人都向后倒了过去……

一双大掌稳稳地接住了我，我感觉自己连人带包都狠狠地跌进了一个怀抱里。那怀抱带着冷冽的清香，也有种让人忽略不了的阳刚之气。

我微微侧过头，没什么悬念，正是周尧。

第一次与他这么近距离接触，说实在的，我心里那头睡了很久的小鹿有些苏醒的迹象。我微愣地看着他的脸，不知该作何反应。

倒是他，微微抬了抬眉毛，表情淡淡地看着我："还不起来？在这儿等雷劈吗？"

得，他一句话就让我的小鹿又冬眠了。

我借力起身，原本想拽紧行李包的带子，哪想感觉背上一轻，接着两个行李包都被他拿了过去。

全程他没说一句话，默默将两个背包很随意地挂在肩上，走了两步后见我没跟上，又转身说："还不走？真想等雷劈？"

我"嘿嘿"一笑，赶紧跟上前，一脸讨好地说："哎呀，总裁，你的形象瞬间伟岸起来了呢！"

他回眸看了看我："以前不伟岸？"

"现在更伟岸了！"我眨眨眼，接着突然想到正事，"下个周末怎么办？难道我真去参加生日宴？"

"有吃有喝你不愿意？"

"不是，我是觉得那种宴会，我这种人过去显然不太对嘛。而且我有预感，你奶奶不会轻易让宴会平静地办下去，说不定会用我掀起什么浪来！你要相信一个女人的直觉，有时候它真的很准！"

"你只管去，别的不用担心。"

我听完略微放了心，然后笑嘻嘻地一直问——

"那总裁，我那天要穿什么？"

"有区别吗？反正你穿什么都像萝卜。"

"那你觉得我穿什么颜色的好看些？我有两条礼服裙来着，一条白色，一条黄色。"

"嗯，一根白萝卜，一根胡萝卜。"

"你是不是想让我踢你第二脚？！"

闻言，他嘴边噙起浅笑，漆黑的眸子里闪过一丝轻慢："你敢吗？"

"……"

第七章

私生女?

回到公司后,我基本一有时间就摸鱼逛淘宝。不对,摸鱼这词用得有点委屈,我逛淘宝是为了给周尧他奶奶买寿礼,这哪算摸鱼啊!我这明明也是在变相给他打工嘛!

后来我打印出了一张长长的清单及报价单,趁着某天午休时拿去给他看。我表面上是说让他帮忙挑挑看哪个好,但实际上心里还是存了心思,想让他给我报销。

喊,我都答应帮他演戏了,又浪费私人时间陪他去参加宴会,怎么可能还浪费自己的辛苦钱嘛!

但周尧显然没太理解我内心深处的想法,他拿了清单后,随便扫了一眼就团成团,扔进了垃圾桶里。

"这可是我浪费了看长腿帅哥的时间整理出来的,你干吗?"

周尧头都没抬,理了理身上的衣服,一边起身一边说:"这些东西这么穷酸,我奶奶肯定会喜欢,到时候一定还会给你继续加分。"

是我的智商欠费了还是怎么回事,我怎么听不懂他在说什么?

"总裁,您这是在夸我还是在损我呢?"

说我选的东西穷酸,又说他奶奶肯定喜欢……这什么逻辑啊?

他没再理我,利落地起身后便拽着我的衣领往外拉。待进了电梯后,我强烈反抗,表达了一下我的不满。

"总裁,怎么说我也是成年人了,而且还是个成年女人!你就算不为了我的形象考虑,也求你为我的尊严考虑一下吧!你这样像拎小鸡似的拎着我一路进电梯,很伤我的自尊心啊!"

他当时倚在电梯一侧,双手插在裤口袋里,似乎在低头沉思,刘海轻遮着额头,又长又密的睫毛则挡着眼睛,在下眼睑上投下一片浅淡的阴影。

听了我的话，他平静地抬了抬眼："谁给你的自信让你对自己有了这种定位？小鸡？你这种吨位，至少是老母鸡。"

"……"

周尧开车载我去了市里最大的商城，里面各种名牌应有尽有。我倒没啥感觉，反正是他带我来的，钱肯定也是从他的钱夹里拿，他选什么我就送什么呗。

后来我们一路从服装区逛到了饰品区，凡是我看上眼的，咱们周大总裁保准会说："土气，而且太便宜。"

我看了看标签上小数点前面的那堆零，微张着嘴："便宜？好几万块一条的纱巾还便宜？"

一旁的售货员显然大世面比我见得要多，笑吟吟地对我说："小姐，您男友对您真好，都舍不得让您用便宜的东西呢。"

你哪只眼睛看出来这肉色还印着红色玫瑰花的纱巾是买给我戴的啊！而且还男友？我这么优秀、美丽、大方、善良，怎么可能看上他？

我实在受不了再这么漫无目地地逛下去了，于是在周尧身后叹了口气："总裁，我觉得自己作为一名优秀的员工，不应该这么擅离职守，不然你自己选？我回去为你拼命！"

周尧没理我，沉默着不说话，目光向商场周围一一扫去，最后锁定了一家金店。

他满意地笑了："就那儿。"

其实金店对于我这种没钱没颜又不能任性的人来说，基本就是到此一游的景点。而且我觉得那些富家子弟应该也不会买金饰吧。参加一个宴会，人家齐刷刷的不是南非的宝石就是巴黎的钻石的，哪个人会傻到戴条暴发户象征的金链子啊？

可哪想咱们周大总裁一踏进这家金店，就好比脱了缰的野马，我拽都拽不住。他一会儿叫人拿这条出来看看，一会儿又叫人拿那条出来瞧瞧。整个过程中，我险些要被那些金光闪闪的俗物闪瞎了眼。

趁着店员又去拿金镯子的空当，我拽了拽他的衣服，试图阻止。结果他一把将我拂开，显然不打算听我的逆耳忠言。

好在这时他的手机响了，他拿起电话接听后，没几秒就脸色突变。

"好，我现在就过去。"

结果在我还未反应过来时，他就拽着我一路走出了商场。我跟着他走在后面，瞧着他明显带着急切的笔直身影，总觉得似乎有什么大事发生了。

虽然我很想抱怨一下人权，但显然这种时候我要是再多说一句，周尧就肯定敢把我的脑袋揪下来当球踢。

于是在人权与生命的对比之下，我选择了后者，坐上车后连大气也不敢喘一下，努力做好一道加肥版的背景墙。

后来车子一路从市区开到郊外，眼见着天色越来越暗，我心里也像被揣了个弹力球似的，越来越不安。我刚想开口问一句到底去哪里，他却在这时突然刹住了车。

下车后我左右看了看，发现这里是市郊外的一个小村落。我们一路向村子里走去，最后进了深巷里的一户人家。

大铁门一推开，十几个熊孩子便一齐出现在我眼前。他们有打闹玩耍的，也有看书做作业的。孩子们中间有几个看护，都是上了年纪的阿姨，看穿着打扮，应该也是这个村子的人。

没过几秒，那些孩子就发现了我和周尧，几乎同一瞬间向我们扑过来。

"周叔叔！我上周有帮小小洗袜子！"

"周叔叔！最近小小挑食很严重，我有教她不要浪费粮食哦！"

"还有我呢，周叔叔！小小半夜尿床的毛病最近治好啦，都是我的功劳哦！嘿嘿，因为我半夜起来上厕所，都会拽着她啦！"

此起彼伏的童声让我心里升起无数谜团，小小……小小是谁？

周尧在听完那些小朋友的话之后，依次摸了摸他们的脑袋，说："你们都很乖，不过叔叔这次没带礼物，下次一并补上怎么样？"

说话时他脸上都是笑容，而且还是那种到达眼底的笑，很温和，让人瞧着养眼又舒服，连带着平时看着冷硬的线条轮廓都仿佛柔和了几分。

果然，帅哥无论怎么样都让人赏心悦目啊。估摸周尧这样的，就算是抠个鼻屎、蹲个马桶，都会有人在一旁花痴。

而那些孩子闻言都"喊"了一声，然后便回去各自玩了起来。

我微微有些吃惊，心底不由得感叹：真是世风日下啊，怎么现在的小孩都这么现实了呢？

一旁的阿姨有些无奈地看着孩子们笑了笑，接着走到我们面前："周先生，您来啦。"

她看了看我，略带意外："这位是？"

周尧连个眼神都没赏我："没事，你就当她是空气。"

"……"

无视了我似刀子般飞去的白眼后，周尧话锋一转，问："伍阿姨，小小呢？还没吃药吗？"

伍阿姨点了点头："是啊，我们这都连哄带吓小半天了，可她就是油盐不进，没办法我们才给你打了电话。"

"成，那我进去看看她。"

后来我跟着周尧一起进了一间屋子，里面摆了几张小床和一些毛绒玩具。屋子最里侧的床上，正躺着一个小姑娘。

小姑娘长得白白净净的，一张胖乎乎的脸因为发烧而有些泛红。她紧紧拽着小裤子，模样倒是极可爱的。

遵循一个好员工要时刻拍老板马屁的原则，我笑嘻嘻地凑上前对周尧说："总裁，你女儿长得和你一样好看，真是美父无丑女啊！"

其实我明白，像周尧这种连女色都近不了的悲剧男，又怎么可能有女儿。

周尧也没理我，长腿一迈，几步走到小小的床前，高大笔直的身子稳稳地坐到床边，单手覆上她的额头试了试她的体温。

这个动作倒是把小小给惊醒了，他索性又吻了吻她的额头，低眉垂目的样子倒给他添了几分温柔。末了他说："小小，生病了怎么能不打针吃药呢？"

小小嘟着嘴巴，强烈抗议："不要，医生会在我的屁屁上打针，我是女孩，不能让他看屁屁。"

这话把我们都逗乐了，我瞧着这孩子忒可爱，便上前搭话："那吃药总行吧？吃药不用看屁屁。"

小小看着我，咬咬嘴唇："药也不行，老师说了，是药三分毒，不能乱吃的……"

看着她一本正经的样子，我实在忍不住了，上前伸手捏了捏她的脸，悄悄凑到她耳边说："姐姐保证一会儿你吃的药不苦，而且吃完之后还会有一大碗好喝的芋圆甜汤，怎么样？"

她抠抠手指，小眉毛纠结在一起想了老半天，小声问："那芋圆甜汤里能多放些冰糖吗？"

后来我喂完小小吃了药，又将她哄睡。入睡前她不停地提醒我："糖一定不要当着老师们的面放呀，她们说我有蛀牙，不准我吃甜的……"

我刮了刮她的小鼻子，满口答应："好。"

将她彻底哄睡后，我挑着眉，邀功似的回头看周尧。

他似乎也挺意外我的表现，说"想不到你对付小孩子还挺有一套的。"

我得意地扬扬下巴："你看，虽然这个方法挺俗的，但真的有效。小时候我在孤儿院也经常不肯吃药，院长阿姨都是这么对付我的。"

我原以为他会顺着我的话继续问些什么，但他什么也没再说，后来静默地跟在我身边一起出门，醇厚低沉的嗓音才再次响起。

"你是在孤儿院长大的？"

说话时他并未看我。夜色微凉，他双手插在裤口袋里，笔直地立在一旁，目光悠悠地瞧着院子里的孩子们，姿态沉静。

"不是啊！"我摇了摇头，"我只在那里住过几个月，之后就被我老娘领养了。哎，我说你这是什么表情啊？你不用可怜我，我就算是孤儿也并没什么人格缺陷或是生命的不完整啊，我身边该有的人、该得到的爱，一样都没少。"

有时候我甚至觉得更多，如果我没有被原本的家人抛弃，就不可能遇到现在的家人，更不可能因为现在的家人而遇到更多的好人，例如覃月末啦，例如刘奶奶啦……她们都是命运给我的额外恩赐，足以让我将生命中的遗憾补足。

再有，人生不是一直都这样的，有些缺失才能显得拥有的珍贵。我虽然不是什么高人，但这点道理还是懂的。

周尧漆黑的眼里闪过一丝轻笑，言语间也带着慵懒散漫的气息："要是用可怜来形容你，估计你身上的脂肪都不答应。"

剧情不该这么发展吧！难道男主角听到这种话时不该安慰女主角吗？韩剧果然都是骗人的！

后来我们离开时，小小一副不舍的模样，但她很懂事，没哭也没闹，只是叫我们下次早点来看她。

我们返城后夜色已深，周围一片寂静。而我这个人嘛，最是怕安静。因为只要四周一静下来，我的尴尬病就会犯。

所以我酝酿了老半天，纠结了很久，才终于找到一个可以聊下去的话题。

"总裁，小小跟你长得不是很像啊，是随她妈吧？"

"……"

周尧没搭理我，隔了许久才出声："小小是我一个战友的女儿。"

他说完偏头点了支烟，猩红的光点和淡淡的烟雾将他的侧脸映得有些神秘。他单手夹着烟，另一只手则轻扶在方向盘上，目光清冷又散漫地瞧着前方。

接下来的时间里，周尧用一段往事成功赚取了我对小小的同情。

他说自己和小小的父亲是战友，准确地说，小小的父亲是他的指导员。两人刚见面时都瞅对方不顺眼，周尧那时算是刺头兵，大家碍于他的身份都让着他，有些不必要的活动和训练能不叫他就不叫他。但小小的父亲不一样，他说既然来了部队，那就都是战士，必要的时刻都是要去前线为国家、为人民抛头颅、洒热血的，现在不好好训练，难道以后等着上战场当靶子吗？

于是从那以后，凡是有他在的训练里，周尧必定会因为各种各样的原因挨罚。人家跑五公里，周尧就必须跑十公里；人家在毒太阳底下站两小时军姿，周尧则必须小半天。

周尧说那时自己年轻气盛，倒也不在意被罚、多训练，只觉得面子上过不去。于是他越来越能闹，受的罚自然也就越来越多。

后来的转折倒也普通，当兵的人嘛，自然也都是有些热血情怀的，两个人一起上演习场做了一次真正意义上的队友，便将结了几个月的梁子转换成深厚的战友情。

周尧退伍的前一天，两个人在宿舍以水代酒，举杯话别，又大半夜裸着上身出去跑步。

那会儿天寒地冻，可两人的心都热得很，累到极致他们便席地而卧，看向夜幕中的点点星光，约好再相聚的那天。

虽然我不太能理解这种战友间的情谊，但从周尧的眼神里我不难看出，他与小小的父亲的关系是极好的。

而之后他退了伍，并没有直接回去周氏任职，而是跑去了市里的公安局。大概是工作半年后，有一次小小的父亲来 B 市公办，抽出时间来看周尧。但很不巧的是，那天两人刚见面，周尧的手机就响了，是局里的电话，通知他回去抓嫌疑犯。小小的父亲也是个铁骨铮铮的汉子，身体里那股子军人的热血更是一直沸腾着，所以听到这种事后，二话不说就跟他一起过去，想看看有没有什么能帮忙的地方。

可让人意想不到的是，小小的父亲却在那次抓捕过程中遭遇了意外。

"歹徒当时想伤的是我，小小的父亲是为了帮我挡刀才牺牲了自己。"说到这里，他沉静如水的眸子里蕴满悲伤，"他用自己的命，换了我一命。"

其实这个结果我在心里隐隐猜到了，可听他说出来后还是感觉有些揪心。我不由得想起小小那张肉嘟嘟的脸，心情忽然变得有些复杂。

"那就算如此，小小也不至于去孤儿院吧？她妈妈呢？"

周尧之后的回答，简直颠覆了我原有的世界观。

小小的父亲死后，周尧因为心中有愧，便一直在经济上资助着小小的母亲。但天高皇帝远，就算他月月寄钱，也没法时时刻刻照顾她们母女俩。而且小小的父亲又是因他而死，他也不知该用何种身份去探望。所以久而久之，他就成了不露面的送财童子。

但不露面有不露面的益处，自然也会有不露面的坏处。例如他那位连面都没见过的嫂子，在这期间，拿着他给的钱当了嫁妆，再婚了。更不要脸的是，她居然没带着小小出嫁，而是将小小交给了年迈的公婆。当时小小的爷爷已经患了老年病，神志不清，奶奶既要照顾老的又要照顾小的，体力也逐渐不支，后来因为一场急性心脏病也跟着去世了。而小小则因为无人照顾，辗转被人送去了孤儿院。

当然，这些事周尧都是后来才知道的。他从别人口中听到事情的经过后，气得不行。他想去找小小的母亲要个说法，但人家早跟着新丈夫逃得不知所终了。

之后他想过要接小小到自己身边抚养，但那时候小小已经习惯了孤儿院的生活，况且他当时还在警局上班，每天都早出晚归的，自己的生活都没规律，还怎么照顾一个孩子？所以小小也就继续住在了孤儿院里。

我微微叹了口气："小小这孩子也真是可怜。总裁，你放心，作为你的得力干将，我铁定会多来看看她，至少让她的童年别留下什么阴影。"

周尧手里的烟这会儿已吸完一大半，他深深地吸了最后一口，接着面无表情地将烟头扔向车窗外。听了我的话，他冷峻沉静的脸上划过一丝浅笑，再开口时语气也带了些漫不经心的意味："我相信，小小在跟你接触以后，也会变得无忧无虑、没心没肺的。"

"我明白你是想夸我，但最后一个词用得不是十分恰当。"

"哦，那缺心少肺？"

"……"

再回到市区已是晚上九点，好在我们之前逛的商场还没关门，周尧一路又带我去了那家闪瞎狗眼的金店，这回倒是动作利索，随便挑了一条又粗又重的金链子就结了账。

后来路过女装区时，我瞧见一件老年装在打折，样子和款式都还行，最主要是价钱更行！于是我果断下手，想着拿回去送给刘奶奶当礼物。

对于我这种勤俭节约的行为，周尧极度不齿，甚至还出言戳伤我的自尊，嘲笑我的钱包。

"你懂什么呀！"我夸张地将标签递到他眼前，"看见没，看见没？这原价可是五位数的！再说了，刘奶奶那么疼我，我送什么她都会喜欢的。礼轻情意重懂不懂？喊！"

他闻言，看了看标签，又斜睨着我，漆黑的眼底透出几分慵懒："礼轻我看见了，但情意……别搞笑了，就你这点情意，估计按斤称还没你大肠里的废物沉呢。"

"……"

第八章

寿宴风波

//////

我根本没理会周尧的嘲笑，后来还是乐滋滋地将衣服送去给了刘奶奶。

而显然我的想法是正确的，刘奶奶看了衣服后，乐得连嘴都合不拢，还一个劲地夸我眼光好。

之后我们就像往常一样寒暄，她问了问我的近况，我问了问她的身体。

后来我看了看时间，正准备离开时，她却脸色一变，按住了我的胳膊，略显严肃地问我："弯弯哪，你想不想你的亲人呢？"

我眨了眨眼睛，心里明白是怎么回事，但面上依旧装糊涂："你说我妈我爸？我昨儿才和他通过电话，在家打麻将呢，还叫我没事别老打电话回去，浪费钱。"

刘奶奶摇了摇头，眼神略显复杂："弯弯，我说的是你真正的亲人，和你有血缘关系的亲人。"

其实这话题刘奶奶之前也提过，但从未像今日这么认真。难道她是觉得我养父母每日只知道跳广场舞、打社区麻将，也没心思管我，所以觉得我可怜，想替我这只遗落在外多年的小蝌蚪找到亲妈？

想到这里，我万分感动，却也明白，毕竟她是养父母这边的亲戚，我不太好说出自己的想法。

于是我握了握她的手，说："刘奶奶，现在于我而言最重要的是你们这些亲人，别的都不重要了。"

我以为她听完会感动得热泪盈眶，哪知她瞧着我的神色越发复杂，眸底似乎还有一丝……难过？

对，我没看错，确实是难过。

可为什么听完我说的这些感人肺腑的话之后，她会难过呢？正确的剧情走向不应该是她蹦跶着去告诉我的养父母，这些年的肉没白给我喂吗？

刘奶奶抬手在我的鬓角处抚了抚，微微一叹道："弯弯，你是在怪他们抛弃了你吗？其实你想过没有，他们也是有苦衷的，可能当年也是被逼无奈才必须让你离开的？"

我一脸狐疑地上下看了看刘奶奶，脱口便道："难道你是我妈妈？"

刘奶奶满脸的忧伤因为我的一句话而瞬间龟裂，我能瞧得出来她很是无语。她看了我半晌，最后还是很有耐心地说"咱们之间差了五十多岁，你觉得可能吗？"

嗯，我也觉得不可能。我眼珠子转了转，又问"那难道你是我奶妈？"

"……"

看着她越来越黯然的表情，我略显尴尬地摸了摸鼻子，说："其实我只是好奇你为啥这么替我的亲生父母讲话，况且我从来就没怪过他们呀。我小的时候就看过一本书，上面说'世间万物皆讲究缘分，缘分尽了自然会分开，缘分到了也就会再回来'。我不怪他们，因为我觉得凡是在有能力养我的情况下，谁都不会狠心将自己怀了十个月的孩子扔掉。他们肯定是遇到了难事，解决不了，带着我或多或少是个累赘，也可能是怕我受伤害……这些我都懂。"

我深觉自己这话说得饱含深意，且还能显摆显摆自己小时候读过的课外读物，简直一举两得。

但我没想到的是，刘奶奶听完这话后，居然……哭了，是那种先红了眼眶，然后眼底渐渐变湿，接着泪水盈满眼眶，继而夺眶而出的……哭。

这下可真把我给吓着了，在我的印象里，刘奶奶虽然不是周尧口中的钢铁女强人，却也从来没哭过呀。到底我哪句说得不对，戳到她的泪点了？

后来她边哭边用力握住我的手，说："好孩子，好孩子……奶奶一定会让一切尽快平静下来，让大家都回到自己原有的位置上。"

这话说得我有些莫名其妙，但无奈她哭得这么认真，我实在不好再说违逆她的话，只得乖巧地点头。

日子过得很快，转眼便到了周奶奶生日宴会那天。

那之前我与覃月末只通过几次电话，一来我忙着和周尧想对策怎么安然度过这次宴会危机，再来覃月末那边也忙得很。听她说，这次的生日宴覃家人也会到场，还要借着这次机会介绍那个正牌公主给生意上的伙伴认识。

我那会儿听完惊讶得很，问她："这种场面，覃家人还让你过去？"

"怎么可能，你想得也太天真了，他们压根儿都没让我知道，是我自己查出来的。"

"那你怎么还要过去呢？多尴尬啊！"

"尴尬？呵！尴尬的应该是他们！你等着瞧吧，我一定要在那个生日宴上多掀几道浪出来，就算不能保住自己的位子，也要让覃家脸面尽失！"

她当时说的时候语气阴冷，完全没了平日里的模样，就仿佛她的世界从此除了仇恨再无其他。

说真的，我害怕得很。她是陪伴我最久的朋友，我实在不想看着自己的老友因为任何事而变得不像自己。这世间那么多美好她还没去体验，难道真想余生都在仇恨中度日？

"月末……"我顿了一下，想着该用何种语气劝她。

但她像是了解我想说什么一样，在那边开口截住我的话："弯弯，你不用说。你知道吗？其实我不介意自己一直活在地狱里，如果习惯了，我可能也会学着苦中作乐。但我上过天堂，那种落差……你明白吗？"

我在电话这头沉默着，实在不知该如何回应。倒是她，静了片刻后，又说："弯弯，你会一直站在我身边吧？无论我变成什么样，还是不是富家千金，又或者是个满心只有恨意的丑女人，你也会一直陪着我吧？"

我在这边微微一笑："脾气这么差，除了我还有谁忍得了你？我要是再走了，你岂不真成孤家寡人了？"

她在那边也笑了："是啊，幸好我还有你。"

然而自从我和覃月末通过电话，了解她要有大动作之后，我心底便有些不安。甚至连生日宴当天，我坐上周尧的车时，眼皮还一直跳个不停。

为了不让他误会，我趁着红灯时还特意解释道："总裁，你可千万别误会，我这不是在冲你翻白眼，只是单纯的眼睛痉挛，俗称眼皮直跳。"

周尧那会儿单手扶着方舟盘，另一只手臂则轻轻杵在车窗旁撑着脑袋。听了我的话，他连个眼神都没赏给我，依旧目光平静地看着前方，语气平静地说："我知道。"

"你知道我是眼皮跳？"

"我是说我知道你没冲我翻白眼。"

"那你是怎么知道的？"

他目光悠悠地看向我，黑亮的眸子里透着慵懒："冲衣食父母翻白眼这种事，你敢吗？"

"我……"还真不敢……

后来我们到了周家大宅，发现很多人老早就到了。别墅的花园里站了不少人，别墅里来来往往的人也很多。因为周尧是现在周氏的总裁，大家都熟得很，所以他一来，四周的目光便齐刷刷地射过来，那叫一个热情似火。

毕竟我也是见过大场面的人，所以除了眼皮跳得更厉害之外，也没什么别的反应。

倒是后来周尧的奶奶过来时，我被吓得不轻。

她原本在花园中央招待客人，似乎听谁提起我和周尧来了，便直接朝我们飞奔过来。

是的，你没看错，是飞奔。

她当时穿着一身红色唐装，整个人看上去喜气洋洋的，冲着我们飞奔而来时，脸上挂着的笑简直要把所有褶子都挤出来，仿佛一朵盛开的菊花。

我连连后退两步，但最终也没能逃过她的魔掌，她扑过来后先是用力抱了抱我，又伸手揉了揉我的脸，那热情程度实在让我不能承受。

"真漂亮，不愧是我们周家未来的孙媳妇。"说完，她回头随便找了个客人便问，"你说我说得对不对？"

那人明显对她的审美不能理解，但最后还是昧着良心微笑着点头："周老看中的人肯定是顶好的，无论人品还是样貌，这位小姐都是上上等。"

我悄悄凑到周尧跟前，小声问他："总裁，那人是不是最近有什么合作项目想找周氏呀？不然这种臭不要脸的谎话他怎么好意思说出口。"

他的眼底浮出若有若无的笑意："你倒是有自知之明。"

但这谎话听在周奶奶耳朵里，则又是另外一种感觉。她拍了拍那人的身子，很认真地说："小李啊，你绝对是我见过的，除我之外，最有眼光的人。"

那人嘴角抽搐了几下，无奈地退开了。

想必是瞧见客人太多，周奶奶不好再在我们身上耗时间，于是拍了拍我的手，说："叫周尧带你去吃好吃的，之前听周尧说你爱吃辣的，所以今儿我特意请的四川大厨，保管味道正宗。"

这个诱惑对我来说太大了，所以周奶奶走后我头也不回地冲到用餐区，边跑边说："总裁，我先吃一步，你自便啊！"

后来看着那一片红通通、油腻腻的食物海洋，我的理智便如那东流的海水般一去不复返。

我拿着餐盘一样样地夹着菜，毛血旺……最爱，必须多夹。啊！麻辣小龙虾也不错，多拿几只。啊！辣子鸡也不错！我要多吃点！

我吃得正起劲，耳边突然响起一道熟悉的声音："穿着礼服还敢吃这么多，不怕裙子裂开吗？"

这声音……

"月末？"

我回头看过去，站在我身边的果然是覃月末。

不过她这身服务生打扮是闹哪样啊？而且脸上还架了一副超大的黑镜框……她之前不是最不齿那些人为了装文艺青年而戴这个吗？

"你这是……制服诱惑？"

"滚！"她瞪了我一眼，"不然你以为我穿着香奈儿、挎着LV趾高气昂地走进来，他们会放行？"

这倒让我疑惑了："你来的时候躲着覃家人不就行了？别人发现你又能怎样啊？"

"你不知道，其实我的那位假奶奶，和周老太太是老友。所以周老太太大概也知道了我的事，肯定会吩咐人拦着我的。"

又是老友？这周尧的奶奶老友还真多啊……

想到这里，我突然想起，来了这么久还没见到刘奶奶的影子呢。按理说周尧奶奶生日，她铁定会到现场的呀。

覃月末没再和我多说什么，她推了推黑镜框，理了理身上的衣服，接着拍了拍我的肩膀，道："行了，我继续去当服务生了，一会儿周老太太肯定会当众发言，我估摸着覃家应该是赶在她说完之后，再带着真公主出现。呵！等着看吧，她们出现后，我一定把这宴会搅得天翻地覆！"

其实看她这样子，应该是想了万全之策，但我作为朋友，不可能不担心她，于是连忙反问："你把退路都想好了吗？今天一旦当众得罪了他们，你以后的日子肯定就不好过了。"

"放心，我很久之前不是拿了你的身份证偷偷办过几张银行卡吗？我这几天把我所有的钱都分别存到了那些卡里，他们查不到的！而且我借你住着的那套公寓，也是我用别人的名字买下的，大不了我被赶出来，挤过去和你睡。况且……"她说到这里顿了一下，手腕抬起递到我面前，"我这次还病急乱投医，特意戴了咱们的同款手链，又有你在场，我觉得今天无论如何都会成功的。"

我垂眼看过去，果然，她纤细白净的手腕上正挂着和我手腕上一模一样的手链。

我为了应景，将自己胖乎乎的"猪蹄"也举了起来。一胖一瘦，却挂着相同链子的手腕，对比着一看，幽默中还透着股暖心的味道。

"去吧，皮卡丘！"

后来我托着餐盘吃了一路，以气吞山河之势将那些川菜都扫了个遍，有几个备菜盘更是被我扫了个精光。

周尧再找到我时，我正满足地坐在椅子上揉肚子。

他当时逆光而来，从人群中渐渐向我靠近，身上的黑色礼服被阳光照得不再那么冷硬。也不知是不是吃饱了就觉得全世界都变美好的原因，我总觉得他这会儿看向我的目光中也带着一丝温柔。

然而事实证明，是我想得忒多了。

他沉静地瞧了一会儿我的肚子，开口时语带一丝戏谑："双胞胎？"

华山论"贱"，他肯定是江湖第一！

"弯弯，这小子平时就这么欺负你的？"

这时平地响起一道声音，我转身一看，原来是刘奶奶。

她今儿打扮得也极喜庆，身上穿着的还是我之前送的那件外套，想必好友大寿她也跟着同乐，脸上的笑意比平时多了不少。

显然周尧对她有些敬畏，见她过来后表情立马又恢复成平时那副冷峻深沉的模样，一丁点散漫劲都没留。

我见状，心里乐开了花，挑了挑眉，往刘奶奶身边一凑，道："怎么可能啊，现在我可是周家长辈认定的孙媳妇，他疼我都来不及呢。那天他还对着月光起誓，说爱我永不变，还说我说什么都是对的，我吐出的二氧化碳是有用的，就连我放的屁……都是香的！"

而刘奶奶显然也是不信的，她拍了拍我的手，低声说："弯弯哪，说谎这种技术活不太适合你，以后还是少说点吧。"

我尴尬地咳了咳，赶紧转移话题："刘奶奶，你刚刚干吗去了？我来之后找了一圈都没瞧见你。"

"刚去和你周奶奶商量一些事情。"说到这里，她的目光突然变得慈祥无比，她还伸手轻触我的头发，"弯弯啊，这些年真是辛苦你了。今天过后，奶奶一定好好弥补你。"

她这话让我有些莫名其妙，我刚想再细探究竟，周奶奶在那边便开讲了。

她站在人群中央，手里拿着无线话筒，举手投足间没了往日老顽童的样子，倒是多了几分庄重和严肃。

"今天是我周老太的生日，感谢大家能在百忙中抽出空来为我庆祝，在这里，我先敬一杯酒来表达自己的谢意。"

语毕，她拿起旁边侍者托盘中的高脚杯，微微朝大家一举，接着送到嘴边一饮而尽。

不知为何，我总觉得周奶奶这一杯酒下肚后，情绪又瞬间变得高涨起来。

"想必大家也不明白，往年我的生日都没有大力操办，今年为何如此隆重。嗯，因为我有两件喜事想要宣布，所以才借了这么个由头，让大家前来聚上一聚。"她顿了一下，神秘地一笑，"这第一件嘛，就是我们周家与覃家将要联姻，我的孙子，也是周氏唯一的继承人，年底将和覃家大小姐订婚！"

这个消息显然让周围的人都惊了一下，大家闻言，纷纷交头接耳地讨论起来，场面那叫一个热闹。

可我听完心里莫名有些不舒服，周尧是要和别人订婚了吗？那他奶奶最近为什么还对我这么好，还一口一个孙媳妇地叫着，搞得我都潜意识里有些当真了？

而周尧呢，瞧着他那副模样，显然比我还要郁闷。

他这会儿站在我身旁，高大的身影笔直而僵硬，他的唇紧抿着，下颌的线条也一直绷着，目光锐利逼人地看着前方，整个人的气场阴沉得要命。

我不怕死地上前，忍着心里的不舒服，假装调笑："总裁，恭喜你呀，终于要摆脱'斗战剩佛'的身份了！"

他并没有说话，而是在我不经意时突然握住我的胳膊朝着周奶奶的方向走去。

　　我吓得身上的脂肪都快跳起来了，他这是什么意思啊？想拉我过去演戏？当众拒婚？那我岂不是当众成炮灰了？

　　好在刘奶奶半路将他拦住，略带深意地笑了笑，说："你急什么？你奶奶的话不还没说完吗？"

　　确实，周奶奶的话还未说完，她在那边顿了一下，又继续笑道："这第二件喜事嘛，就由我的老友亲自告诉大家吧。来吧，老刘，你不是早就迫不及待了吗？过来吧。"

　　刘奶奶笑着看向周尧："能放开我们弯弯了吧？"

　　一种不知名的气氛在我们之间散开，我眼瞧着周尧将手一点一点放下，而我的心里也渐渐升起一股不祥的预感。

　　我被她一步步带到前面，她接过话筒后，又紧了紧握着我手臂的手，似乎很怕我会跑开一般。

　　接着她回头看向人群，带着浓浓的笑意开口："大家都知道，我们覃家在十几年前遭遇过很可怕的事情。我年仅四岁的小孙女在当时被恶人绑架，我们努力了很久，才辗转在一家孤儿院找到了她……"

　　覃家？绑架？孤儿院？

　　这所有的关键词我怎么都这么熟悉？

　　覃家……是覃月末的那个"覃"吧？

　　绑架？覃月末曾说过，就是在她之前的那个正牌小姐被绑架后，覃家人才会害怕正牌小姐再次受伤，所以才找她当替身的。

　　孤儿院……

　　想到这里，我心底那股不祥感越来越浓，我甚至都不敢继续往下想了。

这时，我隔着人群看见了覃月末。

她端着餐盘站在最外面，嘴巴微张。我们俩的目光在空中相对时，她眼底一片茫然、不可置信、惊讶，还有一点点急切。

我懂月末为什么会急切，我也很急切，我急切地想听刘奶奶接下来要说的话，急切地想从她的话里证明我们俩都想多了，她拉我上来只是想让我跳一曲《小苹果》活跃活跃气氛。

可事实证明，老天爷在关键时刻，从来不会顺从你的想法。

刘奶奶这会儿眼眶已经泛红，带着薄薄的雾气，她看向我，缓缓说道："找到她后，我悬了几个月的心才终于放下来。我们家的情况，在座的各位可能也都有所耳闻。我儿子、媳妇很早就在一场事故中身亡了，我身边唯一的亲人就是我的这个孙女，如若她再有什么意外，那我可能也没法再活下去了。所以从那以后，我便更害怕，害怕会再有人来害她，害怕她再次离开我，甚至……永别……于是我后来便决定不对外公开她获救的事情，让大家都以为她不在了，这样她便安全了。而现在，她已经长大了，并且有能力保护自己了，我也就没有理由再藏着真相了。"

说到这里，她突然推了我一下，我踉跄着向前一步，只听她在身后说："这位就是我的小孙女，我们覃家唯一的继承人，也是刚刚周董说的要与周家联姻的覃家小姐，覃弯弯。"

这话像一颗巨雷般炸响在周围，更炸在了我的心底。

那一刻，我满脑子都是茫然、失措、不安和恐惧。

我茫然是不知道为什么事情会变成这样，失措是不知道接下来该怎么办，而不安和恐惧……则是怕失去覃月末这个朋友。

我赶紧越过人群看向覃月末，无声地向她解释，说我根本不知道这是怎么一回事，请她相信我。

可显然，一切都已经晚了。

她抬起手，慢慢将鼻梁上架着的黑镜框摘掉，与我对视时，目光渐渐转冷，仿佛盯着她宿世的仇敌，嘴角甚至还略微勾起，带着一抹嘲讽。

她手腕上与我相同的手链这会儿在阳光下反着光，映着她眼底的冰冷，我似乎感觉自己手腕上的这条也透着丝丝寒意。

后来她在深深地看了我一眼之后，转身离开了。

看着她转身的一刹那，我再也忍不住了，挣脱开刘奶奶的手，急匆匆地拨开人群朝她跑去。

但上帝似乎很喜欢看着我痛苦，所以在这个过程中，让我的鞋跟开胶，我也因此崴了脚。

可以想象，一个穿着白色抹胸礼服的胖子，每跑一步就有无数脂肪在颤抖的胖子……跌倒的画面有多么壮观。

身子向侧面倾斜的一刹那，我满脑子都在想，胸前那两块为了撑面子而塞进去的棉花，不会被摔出来吧？

然而我忘了，自己现在的身份已然不同，周围的人看我时不再会以胖子来定义，而是长得有些胖的富家千金。

所以这种身份的我，在摔倒前，肯定会有人抢先扶住我。

初步肯定，扶住我的是个男人，还是个保养得当的男人，这一点从他修长干净的手掌上便能看得出来。

我抬头看过去，果然没猜错。那男人一身正装，长得虽不如周尧和孟学长那般帅得丧心病狂，却也算是面容姣好了。

但我此刻实在无心欣赏任何美色，我急着去追覃月末，所以站稳之后随意道了谢，便匆匆地想继续往前跑。

脚踝在这时传来钻心的疼痛，想必是刚刚崴得太严重了，导致我现在每走一步，头上的冷汗就会多一层。

周尧这时突然挡到了我的身前，清俊沉静的脸上多了一丝复杂又深刻的神色。他紧紧地抓着我的胳膊，丝毫没有松开的意思。

我懒得和他废话，伸手推了推他，他却纹丝不动，末了我咬牙抬头看向他："你放开，我有重要的事要办！"

他眉头深皱起来，看着我的目光深沉得要命："再重要的事有你的脚重要？再有了，你舍得让老人家自己面对接下来的尴尬？"

他的话似乎瞬间将我拉回到现实中，我缓缓转身。果然，刘奶奶此刻看着我时，眼底带着无措，那目光是她从未有过的。

后来我又看了看覃月末渐行渐远的背影，最终将迈开的步子收了回来。

那一刻，我心中便有种预感，我与她的关系，似乎从现在开始便彻底决裂了。

除去中途我崴脚追人的意外，整个宴会还算圆满。来往的宾客无一不表示祝贺，一来祝贺我们祖孙终于公开相认，二来祝贺我与周尧订婚。

我原以为周尧会做些什么，毕竟他一直排斥周家给他安排的任何对象，况且我还不如之前的那些千金小姐。人家自小在温室里长大，长相、品性肯定都比我这个半路出家的野公主要好多了……

但很意外的是，周尧自始至终都没说什么，甚至还尽职尽责地扮演好了一个订婚对象的角色，安静地站在我身旁接受着各类祝福，英俊出众的脸上偶尔还会露出浅笑。

后来宴会结束，他特意送我去了刘奶奶身边。当时刘奶奶正和周奶奶说着话，见我们过来，周奶奶率先起身。

她笑着走到我身边，将我往前一推："你们祖孙刚刚相认，肯定有很多话要说，我和这个臭小子先出去，你们慢慢聊啊。"

关门声在我身后响起，四周的空气似乎一瞬间凝固。我轻握着拳头，眼睛一直垂着，并未看向刘奶奶的方向。

或许是等了太久没见我开口，她便先有了动作。

她从沙发上起身，一步一步朝我走过来，步子其实很轻，但我听得很清楚，莫名地心头一紧，下意识地向后退了两步。

我就这一个动作，便让她停下了。我抬头一瞧，这个以前看见我除了笑没有别的表情的老人，现在居然一脸的彷徨失措。

我不知道自己现在的做法对不对，可我知道，自己不可能这么轻易就接受现实。

我之所以会留下来将一切都做完，是因为我不想那个从小就疼我、护我的老人在众人面前丢脸，我想维护她应有的颜面。可现在没有外人了，我该做的事也做完了，我便没有了顾忌。

我咬咬唇，把心里所有的想法全盘托出："刘奶……不对，现在我似乎应该直接改叫您奶奶吧？奶奶，其实说实话，你做的一切我都无法理解。为了保护我而买下另一个女生的青春，现在又为了我让她从天堂跌落……你知不知道自己的所作所为，间接让我也成了毁了她生活的刽子手？"

奶奶轻声一叹："当年的事情太复杂，奶奶知道你心善，但并不是所有人都和你一样。那个月末……算了，不提也罢。我知道现在我说什么你都不会轻易接受，但你要相信，奶奶做的一切都是为了你好。"

"为了我就能这么伤害别人吗？况且她还是我的朋友！"我听完她的话情绪有些激动，声音也提高了不少，"如果现在换了是别人，或许我会心安理得地站在你身边，高兴地接受一切。但不是，现在对方是我的朋友，是我长这么大唯一交心至今的好友！你懂我现在的感受吗？而且我不相信以你的手段，你会不知道我们之间的关系……又或许我们两个的相遇，也是你有意安排的？"

意识到这一点后，我整个人只觉得后背发凉。

如果我想的是真的怎么办？倘若真是如此，那我眼前的至亲，是不是也太可怕了一点？

"不是。"似乎真的怕我误会，奶奶的反应也很激烈，"我不想让你有任何负担，所以从来没找人监视过你。而月末那边，我是……真的不关心，也没找人注意过她的情况。但我从未想过上天会开这么一个玩笑，让你们认识并且相交。"

她的这种解释倒让我有些宽心，可再宽心，我们之间的隔阂今天也肯定要落下了。

我咬咬唇，不知道该说些什么，所以只好狠狠心，说先离开。

"奶奶，无论如何今天的事我肯定都要消化一阵。最近咱们还是别见面了，等我想明白了，我会去找你的。"

说完我便自顾自地转身。奶奶这时急了，在身后叫了我一声"弯弯！"

我身子一僵，头也没回地说："奶奶，我知道自己是你的亲人，你在乎我，而我也在乎你。可月末与我相处这么久，我们俩之间的感情早就超越友情了。同样的，我也在乎她。所以现在我一定要先去找她，毕竟这整件事情当中，唯一受到伤害的只有她。"

其实我和奶奶说得挺深明大义、勇气十足的，心里却害怕得要命，甚至出了周家大宅后，我连给覃月末打个电话的勇气都没有。

我拿着手机在街上一瘸一拐地走了很久，手机里覃月末的电话也被我打开了无数遍，但就是迟迟没按下拨号键。

后来我在心底鄙视了自己无数遍后，仍然战胜不了心里的胆怯，无奈之下只好先坐车回家。

但意外的是，当我打开公寓大门时，我发现覃月末此刻正坐在客厅的沙发上。

这会儿已是华灯初上，她静静地坐在那儿，并没有开灯。她身上服务生的制服早已换成了香奈儿长裙，很素净的一身白裙，配着她那一头黑长直的头发，还真有种鬼片拍摄现场的感觉。

听见我进门后，她的目光缓缓投射过来。视线相对时，她眸子里的寒意让我一下子冷了几分。

其实我还是抱着不切实际的希望的。

我觉得自己和覃月末的关系不会这么容易就破碎，我们俩可是一起相互扶持走过很多年的老友啊，那么多个春夏秋冬我们都是在一起度过的，甚至有两次除夕我们都在一起……这么深的关系、这么重的感情，难道说断就能断了吗？

再有，她之前就说要在周奶奶的生日宴上搅个天翻地覆，可当她看见奶奶带上去的人是我时，她也并没采取行动。这是不是就说明，她还是舍不得的，舍不得伤害我，也舍不得我们之间的关系？

想到这里，我又有了些底气。毕竟所有事我事先也并不知情，我相信解释通了，月末也是会理解我的。

于是我握紧拳头，开口："月末，我……"

"我用你名字办的那些卡，里面的钱你收好吧。还有，这间公寓是我拿上学时炒股赚的钱买的，与覃家没什么关系，所以我不会还给你们。"

哦，你的行李我已经帮你收拾好了，就是一些换洗的衣服。至于其他……呵，您覃大小姐现在可是 QG 唯一的继承人，我相信你也不在乎这么点破烂吧？"

她边说边将灯打开，从卧室里拖出行李箱放到我身前，接着手向我一伸，又道："还有，麻烦将公寓的钥匙还给我。"

短短的几句话，像是巨石一般牢牢压在了我的心底。我强忍着难受，慌乱地解释："月末，你听我说，这一切我事先真的不知情。我……我甚至不知道奶奶就是你所谓的覃家人。她一直都跟我说她姓刘，而且我也是前些日子才知道她原来是大公司的董事长。所有的一切她都没和我说过！"

"呵！都改口叫起奶奶了啊，还真是亲切啊……"她脸上渐显嘲讽，盯着我的眸子也缓缓散发出冷意，"如果我相信你的话，你觉得是你疯了还是我疯了？秦弯弯，我曾经以为就算这世界上所有的一切都抛弃了我，我至少还有你。你说你是孤儿，从小被养父母收养，我信；你说你不知道自己的亲生父母是谁，也不想再找他们了，我也信；你说毕业了找不到工作，想创业又没钱，我还信！是不是我拿那五十万给你的时候，你在心里都快笑翻了，觉得我真是个傻子，你堂堂覃家正牌小姐，说没钱这种鬼话也就只有我这种脑残才会相信？"

她这几条"我信我信"真像刀子似的插进了我的心里，我知道她现在说这些话时，肯定难过极了。

我不想也不能让她再继续下去了，所以再开口时，语气比刚刚要激烈得多："月末！你相信我！这一切我真的不知情！而且你从来也没跟我深说过覃家的事，除了最近的内幕之外，你甚至连所谓的覃家到底开的是什么公司、做的什么生意都没告诉过我啊！"

她嘴角的冷笑更浓："你什么都知道，还用我告诉你？不过我还真是庆幸自己以前什么都没和你说过，如果说了，不是又给覃大小姐你增加笑料了？"

　　"月末……"

　　"你别叫我的名字！恶心！"她的情绪忽然变得有些激动，精致的脸上这会儿布满狰狞，"你知道吗？覃月末这个名字是你那个所谓的奶奶给我起的，当时我还很激动，心想着她亲自给我取名字，该是在乎我的一种表现吧？呵呵！可我前不久才知道，月末，月末，只不过是因为我是那个月末到的覃家，她随口叫的！秦弯弯，其实这个你也早知道了吧？所以在刚认识我的时候，才一直夸我的名字特别，你当时背地里一定笑出声了吧？"

　　"没有！月末，我真的没有！"

　　我一边喊着，一边下意识地去抓她的胳膊，但她就像是避着传染病患者似的，嫌恶地躲开。接着她又踢了一脚行李箱，说："如果你还有一点愧疚，就快点走吧。我现在只要一想到和你呼吸着相同的空气，都会觉得恶心！"

　　"这种事发生了，你生气，甚至是骂我，我都能理解。但月末你想想看，你当时为什么没有直接闹起来？你不是说过会和覃家当场翻脸的吗？为什么在看到我被奶奶带上去后，就没了动作？"

　　我明白这件事对她的打击有多大，她愤怒、她情绪化都是正常的，所以我决定改变策略。说完这些后，我又想起了挂在我们手腕上的链子，于是讨好地笑着将胳膊抬起："你看，咱们还戴着同样的手链，咱们……"

　　我话还没说完就突然被她截住："呵！你倒是提醒我了！"

　　在我还未反应过来时，她已迅速将手腕上的手链解开，几步迈到窗前，毫不犹豫地将它扔出了窗外。

手链在半空中急促地划出一道弧线，接着便疾速下坠，消失在沉沉的夜色之中。

"不要！"我失声喊着，同时也快步跑到窗前，顺着窗口向下看，可入眼的除了一片漆黑外，什么也没有。

这手链于我而言就像是唯一剩下的能代表我和她友情的东西，现在却被她扔掉了，像扔垃圾一样，没有一点犹豫。

难道我们之间，真的就这么断了吗？

我没来由地有些感伤，她隔了几秒后突然抓起我的手臂，一个劲地将我往门外推。后来把我推出门后，她还将行李箱也直接扔了出来。

接着，"砰"的一声，公寓的门便被她关上了。

关门的余音在空荡的楼道回响，走廊里的声控灯亮了一会儿后又灭掉了，我呆愣地站在一片黑暗中，不知道接下来该干什么。

我不想走，我知道如果现在走了，我和月末的关系可能就真的只能如此了。以后我身边不会再有人督促我减肥，更不会有人恨铁不成钢地骂我。我讲的冷笑话没人配合着我笑，我的喜怒哀乐没人分享，逛商场突然拉肚子不会有人给我送纸，意外来"大姨妈"后更不会有人借我衣服系在腰上。

可……我还能做什么呢？无论我怎么解释她都不信……她不信……

意识到这个事实后，我难过得鼻酸，强忍了很久才忍住没落泪。

我提着行李箱乘电梯下了楼，出楼门口时，下意识地向月末的公寓窗口看过去。

刚刚，她就是顺着这个窗子将手链扔下来的……

想到这里，我脑子里忽然灵光一闪。月末刚刚既然是从这边将手链扔下的，那手链就应该掉在这附近吧？如果我找到手链，那是不是我和她和好的可能性会更大些呢？

然而让我万万没想到的是，我重新燃起的小火苗还没等烧呢，就被老天爷给无情地浇灭了。

不，确切地说不是老天爷，而是一条流浪狗。

那条流浪狗叫"你"，当初给它取这个名字的人肯定对这个世界充满了恶意，所以才会给它取了个这么丧心病狂还容易让人误会的名字。

流浪狗一直被养在这个小区里，起初管的人少，但后来微博上流行起了"汪星人"，恰巧它长得还挺可爱，于是大家都自发地开始喂养它。

然而这都不是重点，重点是……就在我举着手机一块空地一块空地地找着手链，并且最后在它的饭盆里看到时，它……它居然臭不要脸地当着我的面，就着狗粮把手链一起吞进肚子里去！

那场面太惊心动魄了，完全在我的意料之外，我颤抖着手指冲它喊："你……你……你……"

而它则以为我是在叫它的名字，于是很积极地回应："汪汪汪汪汪！"

我："……"

我显然不可能让自己最后的希望断送在一条狗身上，于是我咬咬牙，不顾它失声乱叫，强行将它抱去了附近的宠物医院。

值夜班的是个老大爷，他精神抖擞，询问了我缘由后，便给我开了一堆药叫我付钱。

"呃，大爷，您不用先给它拍个 X 光啥的吗？直接开药？"

——就算是坑钱也太草率了吧。

面对我对他专业上的质疑，他显然很不满"不就是误食条破链子吗？拉出来不就好了嘛！我给它开的都是润肠通便的东西，吃下去之后保准一个小时里拉干净！"

看着这位大爷如此坚定自己的做法，我也不好再多说些什么，于是赶紧交了钱便抱着狗狗和药离开了。后来路过超市，我特意买了火腿，将药片夹在火腿中间后，便一截一截地开始喂它。

看着它吃完以后，我们便人对狗，大眼瞪小眼地开始等……屎。

中途周尧的电话突然打来，接起后，他低沉轻缓的嗓音就传了过来。也不知是不是我的错觉，我听着……总觉着他言语间比往常要多了几分温柔和亲密。

"在哪儿？"

我在这边猛摇了两下头，努力想摇开自己的错觉，然后道："在我之前住的公寓外面。"

那边有细碎的声响，像是金属碰撞的声音，带着徐徐微风，他醇厚低沉的嗓音又传了过来："哭了？"

他问得倒是不经意，可我听着难受得要命，强忍着鼻酸，大大咧咧地回道："开什么玩笑，我为什么要哭？"

"不是和覃月末见过面了吗？"

我有些惊讶，可瞬间又了然。我走后奶奶肯定会和周奶奶说发生的一切，那么周尧知道内幕并且知道月末这个人也就不足为奇了。

所以这会儿我对着他也没什么隐瞒的必要，想必他打来电话有八成也是奶奶叫他打来的，于是轻声应道："嗯，见过了。"

似乎察觉出了我的异样，他也没再往下问，轻松地将话题岔开："那你现在在干什么？"

我看了看蹲在我面前的狗狗，十分怅然地说："在等'你'拉屎啊！"

"……"

那头短暂的沉默让我意识到他误会了，所以赶紧解释："那啥，其实'你'不是你，是条狗……呸！我的意思是，这里有条狗叫……"

"闭嘴。"似乎不想再听我说废话，他沉声将我的话截住，"地址给我，我现在去接你。"

这个以往以压榨我为乐的总裁大人这会儿突然变得这么体贴，真是让我十分惶恐啊！虽然我深知自己现在成了正牌公主，未来会拥有大笔的财产，可他堂堂周氏继承人，看上去也不像是为了钱就能出卖灵魂来讨好我这个胖子的人啊……

但无论怎样，人家总裁大人的盛情我是不能拒绝的，于是挂断电话后，我便将定位发到了他的手机上。

这时，我耳边突然响起一道熟悉的声音："弯弯。"

我抬头一看，发现竟是许久未见的孟学长。

他还是平时那身正儿八经的打扮，一身笔挺的西装，面容过分清秀，镜片下的目光带着一丝急切。

四目相对的一刹那，我总觉得他像是莫名松了口气，看了我好半晌，低喃道："弯弯，你吓死我了。"

这孟学长许久未见后的第一句话还真是有些莫名其妙，我眨了眨眼睛，问："什么？"

"今天我的事务所有两位客户讲了一个八卦，我听了一会儿后就听到了你的名字，后来又问了事情的起因和经过，大概猜到了一些……所以担心你，便找来了。"

我在心里微微一叹，真是好事不出门，八卦传千里啊！

"那你是怎么知道我在这里的？还有怎么没先打电话给我呢？"

"这种情况，我怕你接电话不方便，所以就先来这边找你了。但刚刚我去过公寓，见了月末……"说到这里，他有些犹豫，过了好半天才又道，"月末她……"

一提到月末，我胸口又有些发闷，无奈地叹了口气："她把一切都告诉你了？"

"倒也不是今天说的，之前她来咨询过我一些事情，我就知道个大概，只是……"

"只是没猜到那个她要对付的人是我吧？"说完，我勾了勾嘴角，苦笑。

他渐渐向我走近，头顶带着温柔昏黄的灯光，俊秀的脸上带着安慰似的笑容。他立在我身前，力道平和地拍了拍我的脑袋，嗓音清润如水地说道："弯弯，所有的一切都不是你的错。"

其实我觉得人真的挺奇怪的，有时候会咬牙坚持着走过很艰难的路也不掉一滴泪，但有时候却会因为别人的一句安慰，轻易便红了眼眶。

我咬着唇，一边任由视线开始变得模糊，一边摇着头："但是她不相信，她不信我……不信我……"

孟学长轻叹一声，温柔地将我拥进怀里，手掌一下一下、有规律地抚着我脑后的头发："傻姑娘，月末的性格本就爱憎分明，她现在的反应越是激烈，就说明她越是在意你。那句话你不懂吗？期望越大，失望越大，她就是太在乎你，所以现在才会这样。我想你给她一些时间冷静，她一定会想明白的。"

我深知他是在找理由安慰我，所以也不好再别扭着让他担心。于是我擦了擦眼泪，轻声说："但愿如此吧。"

"不过……"孟学长这时突然轻捧起我的脸，左右看了看，"我怎么觉得你瘦了？在减肥吗？"

"也没有啦，之前公司要求每天晨跑五公里，可能是因为这个。"

他听完笑了笑，清俊的脸上带着温柔："虽然我一直说你胖瘦都好看，但如果平时能多运动一下还是好的。不过我还是头一回听说有公司要求员工晨跑的，还必须参加？"

"怎么了？这位先生对我们周氏酒店有什么意见吗？"

冷硬低沉的声音在身后响起，我转身一瞧，是周尧来了。

他正倚在自己那辆大 Jeep 前，身上穿着的还是白天那套西装，不过外套这会儿被脱下来搭在车头上，只穿着一件质地精良的黑色衬衣。

他单手插在西裤口袋里，姿态闲适舒服，可眼神却锐利、深邃得很。

那感觉，嗯……怎么形容呢？就好似黑暗中的一匹狼，专注而安静地盯着自己的猎物。

可这里只站着我和孟学长两个人啊，以他平时对我的态度来看，他完全不可能是盯我，难道……他是对孟学长一见钟情？

这种丧心病狂的想法在我脑袋里出现后就没再消失过，以至于我在为他们两人做介绍时，都有些无从下口。

我咳了咳，强忍着周围这股莫名的尴尬，开口道："总裁，这位是我大学时的学长，孟平生。孟学长，这就是我之前和你提过的，我的衣食父母，周氏酒店的总裁，周尧。"

先回应的人是孟学长，他斯文从容地笑了笑："你好。"

但我没想到的是，周尧连看都没看他一眼，高大笔直的身影几步迈到我身边，语气散漫地问我："可以走了吗？"

这让我意外得很，我狐疑地瞧着他，心里想着：难道这就是传说中的欲擒故纵？通过不理睬而得到更多的关注？高！实在是高！

果然，孟学长一改平日那副温润平和的模样，眉头皱了皱，声音也沉了几分："周先生，弯弯现在没上班，应该不归周氏管吧？"

周尧终于拿正眼瞧了瞧孟学长，眼神流转间，他轻启薄唇："关你屁事。"

"……"

"……"

总裁！欲擒故纵随便使一使就好啦！不要用得这么彻底嘛！

我见此刻的情况实在不妙，所以赶紧挡在周尧前面替他解释："学长，刚刚总裁就给我打过电话说来接我的，所以……"

孟学长看了看我，又看了看周尧，道："我原本是想请弯弯吃饭的，既然周先生来了，那咱们一起吧？"

周尧笑了，很浅淡、散漫的笑容，眼底还划过一丝轻慢。

这让我觉得大事不妙，因为一般他这么笑的时候，都会……

"你觉得我这个未婚夫养不起她这一身脂肪，还需要你这个外人供食？"

果然！

不过，未婚夫？

这三个字让我吓得连他的嘲笑都不在意了，嘴角颤抖了几下，表情有些纠结地看着他说："总裁，你……"

他显然没了耐性，俊秀的眉头轻轻一皱，半路拦下我的话："你到底走不走？"

"走！走！"

我要是再待下去，周尧这厮指不定会说出什么更惊世骇俗的话来，我可真怕孟学长误会什么。

于是我赶紧转身想向孟学长道别，哪料看向他时，却发现他的表情有些不对。

"学长？"

他回过神来，重新看向我，微微一笑："弯弯，我来就是想看看你，既然你没什么事，我也就放心了。走吧，有时间再联系。"

他说完率先转了身，身影消瘦挺拔，带着几分落寞，不一会儿就融入了夜色之中。

我心里有些莫名其妙，明明今天是我的苦难日，怎么身边的人倒是一个又一个比我还要反常呢？

周尧没再多说什么，拽着我就往前走。

他的背影修长挺拔，姿态沉静从容，跟平时比也没什么变化，可我瞧着总是觉得气氛有些不一样。

如果我没猜错的话，他似乎是在生气？

可他有什么可气的啊，明明刚刚是他自己得罪了孟学长，难道是在怪我没极力挽回他的好形象？

我正想着呢，他在前面突然停了下来。我一个反应不及时，一头撞到他结实宽厚的脊背上。

我揉了揉鼻梁，哀怨地看向他："我这张车祸现场的脸，唯一漂亮点的就是这个鼻梁了，你也要让我撞折吗？"

他没说话，白皙修长的手掌捧起我的脸颊，低头凑了过来。

路灯泻下的黄光洒在周尧的头顶，也洒在他过分俊朗的面容上，替他蒙上一层暖意。他的眸子平静地瞧着我的脸，专注得让我有些尴尬。

于是我的目光一路向下，先是看向他的薄唇，再是线条清晰的下颌，接着是白皙修长的脖颈，以及性感的喉结。最后，我将目光定在了他的锁骨上。

以前我只知他的锁骨生得漂亮性感，现在近距离一瞧，更是觉得精致完美。其实一般锁骨好看的男人都很瘦、很单薄，可他完全相反。

"好看吗？"

平静中又透着一股子慵懒的嗓音在头上响起，我下意识地接口便答："非常！"

在反应过来自己说了什么之后，我真恨不得将自己的脑袋揪下来当球踢……

可出乎意料的，周尧没借此嘲笑我，只是碰了碰我撞红的鼻尖，轻声说："走路也能撞到人，我真怀疑你之前的二十几年是怎么活下来的。"

"关你什么事！"我尴尬地反手推开他，转身就想直接上车，结果半路又被他给拉住了。

"又干吗？"

周尧没回答，只是目不转睛地盯着我的外套，长臂一伸，不容置疑地将它扒了下来。

是的，在没得到对方允许的情况下，脱人家的衣服，就是扒！

"你到底想干什么？！"

虽说被一个帅哥扒衣服还挺让人心潮澎湃的，但归根结底也没人喜欢被人强迫吧！

周尧显然完全没理解我不怎么明显的怒气，继续将扒我外套这项工作贯彻到底。末了，他将车头上的西装随手砸向我的头顶，又动作利落地把我的外套丢到了地上。

他这一系列动作让我看傻了，我愣愣地瞧着地上的衣服，有气无力地说："你……你到底抽什么风啊？！"

周尧这会儿已经走到驾驶座旁边开门，闻言，手臂轻搭在车门上，目光慵懒又带了些散漫。

"你觉得我会允许自己的车里飘着另一个男人的气息吗？呵，别做梦了。"

他这话让我彻底傻了。

别的男人？是指孟学长吗？所以他之所以要扔我的外套，就是因为我被孟学长抱过？

这什么逻辑啊？！

不过人在屋檐下，不得不低头啊，我现在这种情况，暂时也不想跟奶奶回到覃家，更不可能再求以前的财主覃月末赏点钱花……在种种不可抗的因素下，我日后的经济命脉可不就掌握在周尧手里了吗？

所以这种时候，我千万不能得罪他。

想通之后，我立马又换上最熟悉的谄媚表情，接着坐到副驾驶座上。

坐稳后，我刚想开口拍些马屁讨周尧开心，却突然想起了一件重要的事。

我整个人一惊，连忙下车四下看了看，找了半天，才在某个楼梯口找到了"你"的身影。

现在我和月末之间的未来全在这条狗身上了，它可不能有一点差池。

于是我赶紧将它抱进怀里，好在周尧不是什么反动物协会的，也没啥洁癖，他只是随意斜睨了它一眼之后，便认真地点火开车了。

后来车子平稳地驶入车道后，我转头看了看周尧的侧脸，最终还是没忍住，将心中的疑惑问出了口："总裁，你今天……有点反常啊！"

其实我这都已经是嘴下留情了，他哪里是有点啊，简直是从头到脚、从指甲到十二指肠都很反常啊。我之前认识的周尧基本对谁都是冷淡的，至多也就再微微损两句。但今天他看到孟学长，要说开始我还能理解成欲擒故纵，那刚刚他的举动就完全是赤裸裸的敌意啊！

难道……他真打算破罐子破摔，想着既然周、覃两家已经当着所有人的面宣布了订婚的消息，他就顺水推舟要了我这个胖子，先稳住他奶奶，之后再肆意虐待我？

"我看是你比较反常吧？"

说话间，他依旧平静地直视前方。车窗外的一排排路灯不停地闪过，昏黄的灯光照射进来，他那张清俊出众的脸在不断变换的光影里安静得诡异。

我咽了咽口水，有些紧张地回："我反常什么了？"

"那好，我问你，你有想过自己现在的立场吗？你觉得以你现在的身份，再加上你小时候的遭遇，你奶奶会再任由你身边出现什么闲杂人等？我那么做，完全是不想他一个青年才俊因为喜欢你而无端被抹杀。"

他这话虽然说得有些绕，但我的智商也是惊人的，所以我立马就透过复杂的表面理解了他想表达的内在含意。

啧啧，他不就是怕自己相中的人受伤嘛，居然这么护着！

可再多想法也抵不住那句"他喜欢你"带来的惊讶强烈，于是我哈哈大笑，摇头道："你别搞笑了，孟学长才不会喜欢我呢，他是个烂好人，对谁都这样，只不过是对我格外好那么一点而已。而且他还跟我承认过，说他喜欢月末，当初在学校我还刻意撮合过他们俩呢！"

他嘴边扬起别有深意的一抹浅笑，后来等红灯时，他侧头看向我，嗓音中透着一股子漫不经心的意味："你智商低得惊人这件事，我第一次感到庆幸。"

"……"

我总觉得他话里有话，却也懒得再深究。

又过了一会儿，车子便驶入了一个高档小区，这里当年开盘时就打着寸土寸金的旗号，买这里的房子的人基本是清一色的富商，只有更有钱，没有最有钱。

守大门的保安貌似和周尧很熟，开门放行后还特意来车旁搭话。

"周先生今天回来得挺早啊！"他说话时笑意盈盈的，活脱脱一只招财猫。

周尧只客气疏离地回了个"嗯"。

保安的目光这时飘到了我的身上，粗眉一挑："这位是……"

我心里正琢磨着到底该怎么说呢，还没想明白，保安在那边倒是又接上话了："是您新请的保姆吧！瞧瞧这长相和身材，一看就比上次那个大妈强百倍！"

"……"

我不想再和那个小保安对话，赶紧催促周尧："快走吧。"

说完我回头看了看后座上的狗狗，结果这一看，把我吓了一大跳！

"总总……总裁！"

"干什么？"

"'你'……'你'拉车上了！"

"……"

那一刻，万籁俱寂，车外的保安反应过来后，一脸复杂地看着周尧，而后者却看着我，脸色相当奇怪。

我咽了咽口水，小声说："我说的是'你'拉了，不是你。"

"……"

周尧深吸一口气，连招呼都没再和小保安打，就一脚油门狠狠地踩了下去，直接将车开进了小区。

直到停了车，我才后知后觉地想起来问："总裁，你带我来的……这是哪儿啊？"

"我家。"

"带我来你家干吗？"

他用带着质疑的眼神看向我，反问："不然你有地方住？"

他这样的鄙视让我心酸得要命，我还一富家小姐呢，却连一处自己的房子都没有。

在这一点上，我甚至都比不上"你"，它至少还有自己的奢华版狗窝。由此可见，我竟然连只狗都不如……

不过现在这些也不重要了，反正我觉得以周尧的身份，他还不至于饥不择食地对我这么个胖子下黑手。所以就算我们同处一个屋檐下，我也不怕有失身的可能。毕竟我所有的外在硬件，看着都挺安全的。

而且，我目前还有更重要的事呢！

我四下看了看，趁着周尧不注意，拿了他擦玻璃的毛巾走到后座，将狗狗抱起后，又拿毛巾将狗屎给抓了起来。

他显然不是很理解我用毛巾抓狗屎的举动，皱起眉问："你干什么？"

我故弄玄虚地清了清嗓子，道："总裁，你难道看不出来吗？这是一坨价值连城的狗屎。"

我也没说谎啊，先不说那链子自身的价值，单从它的意义上来讲，它于我而言，是多少钱都买不了的，所以不是价值连城又是什么？

周尧似乎觉得我是在胡扯，也不再搭话，自顾自地朝楼群走去。

我们坐着电梯一路上了二十一楼，他拿着钥匙开了门后，便先走了进去。我跟在他后面，下意识地四处看了看。

挺简单的三居室，所有房间的门都敞开着，一眼望去，入目的都是黑白装饰，风格硬朗而又冰冷。

房子装修得不食人间烟火也就罢了，居然连双多余的拖鞋都没有。

我有些无奈地看着空荡荡的鞋柜，一时不知该怎么办。

周尧像是看出了问题，毫不犹豫地将脚上的拖鞋踢到我身前，头也没抬："穿上。"

那语气霸道又专横，要不是看他光脚踩在地板上，我还真的很难从这话里理解出他的好意。

我也不矫情，穿上那双大大的棉拖鞋后，有些担心地问他："那你怎么办？"

他那会儿正站在沙发前脱衣服，修长白皙的十指一颗颗解着衬衫扣子，闻言，只轻飘飘地斜睨了我一眼，而后平静地道："你舒服就行了。"

我心头莫名一颤，接着便觉得四周的气氛又不太对了，于是在自己的尴尬病复发之前，连忙抱起狗，抓着狗屎，冲进了卫生间里。

后来我用了一些极端复杂的方法，将手链从那坨狗屎里拿了出来。至于这极端复杂的办法是什么我就不细说了，毕竟过程太重口味了，我怕大家的胃部神经会受到伤害。

然而让我想不到的是，我忍着痛苦弄出来的链子，最后居然会因为周尧突然在身后说了一句话，而被我扔进了马桶里……

而更糟糕的是，在我试图将手伸进马桶去捞时，另一只搭在水箱上的手一不小心按下了冲水钮……

看着那以大河向东流，一去不回头之势冲下去的水，我呆愣在了原地。

我原本有些好转的心情，瞬间又跌回了谷底。

难道这就是老天给我和月末之间最后的结局吗？我们注定要从此分道扬镳吗？

周尧从刚开始就站在卫生间门口看着我，许是瞧出我神色异常，还以为我是心疼那条手链，于是沉声安慰道："都冲走了还看什么？明早商场开了门，我去陪你买条新的。"

其实换了平时的我，听到这种话肯定会喜极而泣。但现在却不同，我心里难过，他却是这样一副轻松的语气，就好像有一簇火苗瞬间点燃了我满心的怒气。

我转过头，不管不顾地冲他乱吼："你懂什么！手链可以再买，那人心能再买回来吗？你以为有钱了不起啊？像你这样的人，就是再有钱，也是个有钱的脑残！什么都不懂的脑残！"

我说完这些，推开他随便跑进了一个房间，关上门，上了锁，随便找了个角落一蹲，由着情绪大哭起来。

事后我想起自己当时的哭声，真可谓是惊天动地，而且上至玉皇大帝，下至魑魅魍魉，几乎都被我骂了个遍，虽然我也不知道骂他们的意义何在。

后来渐渐平静后，我才意识到自己刚刚的失态，更重要的是，我意识到了……自己还没吃晚饭……

我刚刚哭的时候肚子便一直在咕咕作响，与我的哭声搅和在一起，简直要配成一场交响乐了。

我揉了揉肚子，想了想，最后还是决定起身出去。

面子诚可贵，肚子价更高啊，我已经哭得快脱水了，不想再挨饿了。

于是我深吸一口气，打开了门。

我刚才是随便找的房间，所以这会儿出来时还有些迷糊。不过好在厨房的灯是亮着的，我顺着光源找过去，发现"你"正蹲在里面，而周尧却不知所终。

但这些都不重要，重要的是，我居然在灶台上发现了一锅炒好的火腿炒饭。虽然卖相差了点，可闻着味道还挺不错。

我四下搜寻找来碗筷，盛出来之后也顾不上什么，赶紧就往嘴里塞，结果还没吃两口呢，周尧就突然出现了。

他随意抱着双臂倚着门框，身上只穿了件白色背心，臂膀上的肌肉不算惊人，可看着也紧实强壮。他眼睛漆黑，映着头顶的灯光，散发淡淡的光泽。

他平静地看着我，不动声色。

可越是如此，我就越是尴尬。

于是我轻咳一声，想尽力挽回自己的颜面："你做的这东西也不怎么样嘛，味道像狗食一样！"

一道清冽又透着慵懒的声音响起，言语间还带着几分戏谑："那就是狗食。"

他话音一落，"你"还极其配合地在一旁委屈地低声叫了一下，那水汪汪的大眼睛一直盯着我，让我尴尬得不行。

然而我这人别的优点没有，识时务这方面倒挺在行的。我见他们一人一狗这么快就统一了战线，自己要是再这样下去肯定没好果子吃。

于是我赔着笑脸，几步走上前去，小声地讨好："总裁，那个啥……您大人不计小人过哈，我刚刚都是随口乱说的，您可千万别当真。"

他偏了偏头，开口时语气中带了些散漫的意味："说清楚，不然有钱的脑残听不明白。"

得，他这是真记上仇了啊！

想到这里，我咬咬牙，几步迈到他身前，用平生最低的姿态拽着他的衣袖摇了摇，仰头看着他道："总裁，气大伤身啊……"

不知为何，他的脸色忽然变得有些古怪，原本平静的目光也莫名炙热起来。

但我也没多想，只抓紧机会又摇了摇他的衣袖。哪知他突然伸手将我的手抓住，骨节分明的手像带着电流一般，瞬间透过手背传遍我的四肢百骸。

我终于感觉到这周围气氛的微妙变化，整个人又尴尬起来。更要命的是，我胸腔里那头冬眠了很久的小鹿，在这一刻突然又乱撞了起来。

"秦弯弯。"

我双颊燥热地微垂着头，有些害羞地回："嗯？"

"人活着最重要是有自知之明吧？"

"当然。"

"所以麻烦你下次卖萌之前先照照镜子好吗？"

"……"

周围的粉红泡泡瞬间被他的一句话砸个粉碎，我咬牙瞪向他，刚想反驳几句，门铃却在这时响了起来。

他反手将我向外一推"去开门。"接着，他将锅里剩下的饭盛进碗里，递给了"你"。

我朝着他的背影翻了好几个大白眼，之后乖乖地去开门。哪想门外站着的，竟是刚刚在门口遇见的那个小保安。

他手里抱着一个大泡沫箱子，看上去还挺沉的，见到我后连忙将箱子甩给我，一脸卸下重负的神色喘了一会儿，然后目光复杂地向里面望了望，说："你身为用人也得提醒着周先生一点，他肠道不好，这么大晚上就不要再吃烧烤了啊，别明天再继续拉肚子。哦，对了，他的车子清洗了吗？我这里有认识的洗车行，提我能打折哦！"

"……"

借我一百个胆子，我也不敢把小保安的话告诉周尧。于是我抱着箱子回去后，只问了一句："大晚上的，你买了什么啊？这么沉。"

他从厨房走了出来，几步跨到我身边后，将泡沫箱盖子打开。入眼的……竟然是啤酒和烧烤！

各类烤熟的肉味伴着孜然和芝麻的香味慢慢飘散在空气中，我单是闻着便觉得口水直流。

"总裁！谢谢你体恤民情，知道您忠诚可爱的员工肚子饿了，所以……"

我话未说完，他就在那边平静地开口："有钱的脑残是猜不到你肚子饿的，这些是我买来喂狗的。"

"你"像长了顺风耳一样，摇着尾巴欢快地跑了过来，雄赳赳气昂昂地在我面前一蹲，一副小人得志的模样。

我垂眼想了一会儿，问："总裁，你确定这些是喂狗的？"

他没开口，但斜睨向我的眼神仿佛在说："你觉得呢？"

我深吸一口气，做了一个放弃自尊的决定。

我几步跨到"你"旁边，跟它并排蹲着，然后装出可怜兮兮的模样仰着头，朝周尧叫出声——

"汪！"

"……"

"汪汪！"

"……"

"汪汪汪！"

"……"

周尧单手揉着太阳穴，漆黑的眼微眯："秦弯弯，你是上天派来整我的吧？"

我贱兮兮地一笑："好说，好说。"

他也没再回应，只随意地将长腿交叠，伸手将泡沫箱里的东西一样一样拿了出来，末了眼皮一抬，目光扫向我："想让我亲自喂你？"

我眼前一亮，这意思是让我吃了？

我像接了赦免圣旨一般，屁颠屁颠地跑到他身旁坐下，看了看里面的烧烤。一应肉类、菜类都恰巧是我喜欢的，我又数了数啤酒，发现不多不少，正好十二瓶。

"总裁，你怎么叫了一打啤酒啊？"

虽然我确实有点想喝酒，但也不至于这么多吧？

周尧显然没明白我的意思，道："确实叫少了，应该让他们送一箱过来。"

周尧这厮当我是酒缸吗？

他也没理会我的异样，轻轻松松拿起一瓶酒打开，递到我跟前"喝吧，喝完之后想哭就哭出来，想骂就骂个尽兴，然后明天太阳再升起的时候，你又继续做回那个没心没肺的女胖子。"

他说话时表情平淡，声线低沉悦耳，握着碧绿瓶身的手指在灯光下泛着莹莹白光，配着他那张英俊的脸颊，还真是妥妥的偶像剧男主范儿。

但我明白，自己这副尊容在偶像剧里顶多是个打酱油的角色，估计连跟他同时出现的资格都没有。所以我压根儿也没再多想，笑着接过啤酒，随口回了句："谢谢！"

他沉默着又替自己开了一瓶，动作娴熟地一仰头，喉结轻滚，一口一口，喝得野蛮粗犷，可又爷们儿得让人为之心动。

末了，他放下酒瓶看向我，眼神平静深沉："骂吧，把感到难过的事都骂出来，我听着。"

他这话让我有些哭笑不得。我知道周尧是一番好意，他大概是想让我把心里的难受都发泄出来。但他无缘无故让我开骂，这一点我真的做不到啊！

"我刚刚只是口误，现在啥也不想骂了。而且啊，刚刚也已经哭够了。"说完我指了指自己的圆脸，"你没觉得我的脸都小一圈了吗？就是哭脱水了！"

"……"

不过再怎么说人家周尧也是一番好意，我再不知好歹也要有个度。所以后来我还是笑呵呵地举起手中的酒和他碰杯，"咕咚咕咚"一次性喝了整瓶下肚。

周尧也是见过世面的人，我这种豪举显然也没惊着他，而是在我放下空酒瓶打着饱嗝后，他又默默替我开了一瓶新的。

后来的事在我的印象里倒没什么特别的，只是空酒瓶越来越多。三巡过后，我似乎才开始慢慢聊到正题，说自己有多无助，说上天跟我开的玩笑有多大。

在这个过程中，周尧只是默默地听着，时不时帮我递过来一串鸡翅或是一瓶啤酒，不安慰却也不分神，尽职尽责地当好一个倾听者。

只不过当听我说起自己是因为小时候被人绑架了才会惹出这么多事时，他的脸色变了变。

他又递了一串烤猪心给我，接着很平静地开口："那之前被绑架的事你还记得吗？听说……"

我那会儿酒劲已经上头，话匣子也打开了，所以连说完话的机会也没给他便打断他的话，说道："开什么玩笑啊，我当时才那么小，就算有记忆也都模糊了啊……"

这话听得他脸色莫名一沉，不过我当时已经喝得一丁点眼力也没有，甚至还找死地往他身边凑了凑，带着酒气靠近他，低声问："我听说你小时候也被绑架过？怎么？难道是想找我这个盟友讨论一下经验？"

他的目光变得有些迫人，线条分明的脸上又浮现那种冷峻深沉的表情。

他看着我，薄唇轻启："和你讨论？呵，我被绑是意外，而你是活该。"

"喊，真不会说话。"我白了他一眼，"但姐心胸宽广，海纳百川，不和你计较。不过……"

说到这里，我微微一叹，有些茫然地看着前方："其实你是对的，听说我小时候就是因为贪玩才跑丢、被人绑架的。还有啊，之前我跟你说我不介意自己是孤儿其实是骗人的。哪有人不介意曾被抛弃呢？所以后来被领养，我就很拼命地珍惜自己和养父母的关系，一丁点忤逆他们的事都不敢做。那时我没什么愿望，只希望生命里已经存在的不要再离开，养父母、后天的亲人，还有……月末。但可惜，上天一点也不怜悯我。"

鼻子微酸，眼眶微热，我微微抬起头，拼命忍着眼泪，不想让它没志气地落下来。

手臂一紧，我的身子在这时突然被人一拉，然后被轻轻拥入怀中。

周尧独有的男性气息瞬间将我包围，冷冽又炙热，陌生又熟悉。

我的头被他轻按着，他胸前结实的肌肉与我的脸颊之间只隔了件薄薄的背心，我感受着他的体温和心跳，心忽地就乱了。

其实我懂，周尧这是在安慰我，虽然他的安慰方法很容易让人误解，但奈何我心理素质还算过硬，所以就算生理上有了很严重的反应，在心理上也还是尽量保持坦然。

他带着酒香的呼吸轻轻地在我头上吹拂着，一下一下，清冽又舒服。

我的意识有些昏沉，于是我不自觉地就嘟囔出心里的话："是不是人在得到某些东西后，便注定要失去另一些？"

"嗯，万物守恒。"

"那……那你知道怎么才能在被抛弃时不那么难过吗？"我抬头看向他，伸手指了指自己的胸口，"我这里难受得像是得了心肌梗死一样。只要一想到今天发生的事，我就感觉难受得下一秒就要进重症监护室了。"

他听完我的话，静静地抬眼，与我的视线相交时，我看见他眼里有不明且复杂的光在闪烁。

他再开口时，声音比原本更低沉，也更庄重。

"强大，无限强大，强大到成为主宰，强大到别人没有抛弃你的权利。"

那晚到底是怎么睡着的，我已经不记得了。恍惚间，我似乎感觉自己的额头被人轻轻吻了一下。

带着烟草味和酒香的一记吻，像清风般让人舒服，又像是某种宣誓一样，莫名让人觉得庄重。

不过那时的我醉得太厉害，完全没力气再抬起眼皮看一看，索性就当自己做了一场梦。我裹着被子翻了个身，又沉沉地睡去了。

第九章

奶奶病倒

按着一般小说和电视剧的剧情发展，女人一旦喝了酒，必定酒后乱性。

但可惜我没有，不仅如此，甚至我睡醒后发现，自己居然是被人直接裹在被子里的，衣服没脱就算了，居然连鞋也没脱！

好在我也没有酒醒断片儿的习惯，虽然有的记忆有些模糊，却也知道自己现在身处周尧家里，所以面对这种场景也还算能够接受。毕竟周尧那个大男人不像是会将我弄得舒服妥帖，再准备一杯蜂蜜水放在我床头的人。

不过让我难以接受的是，他的别墅如此之大，房间如此之多，他……他……他还要在我这间房里的浴室洗澡！而且现在还堂而皇之且半裸地出现！

我刚刚回忆昨晚的情景有些入神，根本没注意房间内浴室里的流水声，所以当周尧大大方方地开门走出，大大方方地站在我面前，且大大方方地裸露上半身给我看时，我还真有些把持不住了。

他精壮宽厚的胸膛赤裸着，不时有从发梢滴下的水珠滑过，一路蜿蜒向下，最后顺着整齐的腹肌，消失在腰间的浴巾处。周尧似乎一丁点也不在乎这种小细节，就算面对我如此强烈的目光，他也依旧平静地立在那里，随意地拿毛巾擦头发。

为了掩饰心底的异样，我格外大声地喊道："你你……你大早上的来我房间洗什么澡啊！男女授受不亲是我大中华的传统你忘了吗？"

周尧似乎听了什么笑话一般，漆黑的眼睛泛出一丝轻慢的笑意："那你昨晚哭着喊着要和我一起睡时，想到这个传统了吗？"

我觉得自己一口血窝在胸口，憋着嗓子问："我……要和你……一起睡？"

"还手脚齐用扒我的睡衣，无奈之下我只好用被子把你裹起来，以防你再对我不轨。"

我那口血直接呛到了嘴边："那……那我们昨晚，没发生过什么吧？"

他的头微微一偏，声音中带着漫不经心："你觉得呢？"

说完，他将手里的毛巾忽地一扔，而毛巾不偏不倚地砸在了我的脑袋上。

我看着眼前还冒着湿气的白毛巾，心底奔过无数头羊驼。我愤恨地把毛巾拿下来，狠狠地瞪了过去。

哪知我的视线还未清明，我倒先感觉床边一沉。

性感的、精壮的、高大的身子正背对着我坐在那里，从身后看，脊背宽厚笔直，湿漉漉的黑发贴在脖颈上，衬得脖子越发白皙修长。

美色面前，我心里的小鹿又开始乱蹦跶了。

慌张间，我嗓音发紧地问他："干吗？"

他头也没回，轻飘飘地来了一句："昨天折腾我那么久，现在替我擦擦头发难道不应该吗？"

我心里一颤，脑子里堆满了"折腾"这个词。我下意识地拿起毛巾伺候他，小心翼翼地问："我们俩昨晚肯定什么都没做吧？"

话音刚落，我的手腕突然被他握住，他缓缓转过头来，漆黑的眸子看向我，目光深沉。

"你真忘了？"

"忘什么？"

"你搂着我的腰一直在唱歌，歌名是什么我不太清楚，不过歌词大概是'你到底爱不爱我？你到底爱……'"

我绝望地截住他接下来的话："行了，别说了。"

他平静地点点头："成，我不说，你说吧。"

"说什么？"我有气无力地问。

"说你到底喜欢我多久了。"

"……"

见我没答话，他手臂忽地用力一拉，我一个不注意，整个身子都扑进他赤裸的怀里。

四目相对时，他的眼里含着轻浅的笑，开口时，声音醇厚性感，还夹杂着一丝丝慵懒："嗯？"

那一刻，周尧就仿佛是一头猎豹，不动声色，慢慢地向我靠近。

但显然，我虽然好色，却也知道有些色是不能轻易靠近的！

于是我挣脱开来，将毛巾猛地往他头上一扔，大大咧咧地说："就算你牺牲色相引诱我，我也不会和你订婚扮演假未婚妻的！休想拿我当长期的免费挡箭牌。"

其实这也是我瞎猜的，虽说我觉得周尧有些变化，可我不可能自作多情地觉得这变化是因为我。我思来想去，唯一能解释通的，也就是我说的事了。

不过也不知我说得对不对，反正他没再纠缠，只平静地起身，扔下一句"出来吃饭"，便走了出去。

原本我的心情还有些纠结，可一听到"吃"这个字，我立马就像充了电似的，匆匆去洗了脸后便冲出房间，直奔餐厅。

我进餐厅时，周尧正蹲在那里给"你"弄吃的，而"你"倒也乖巧地趴在那里静静地等着。晨曦初上，温暖的阳光洒在他们俩身上，那画面还真是美好得让人心动。

许是听见了响动，周尧连头都没抬，抬手指了指身后的餐桌："自己过来吃。"

他准备的是包子和牛奶，虽然这中西合璧得有点不太对，但我还是吃得很欢快。将所有东西一扫而光后，我抹抹嘴巴上的油，笑着说："我吃完了，咱们去上班吧！"

是的，就算昨天我的世界已经塌陷了，就算我被我最好的朋友抛弃了，但今天太阳还是照常升起来了，我也就没有资格消极颓废。

人不可能总活在温暖舒适里，有光明，有阴暗，那才是人生。

况且，我还突然多了一位至亲。虽然奶奶的身份从"熟悉的陌生人"转变为"熟悉的亲人"，于我而言也还有些别扭，可不管怎样，我不再孤独地存活于这世间，甚至还得知了"其实我没有被抛弃，反而是因为家人太过爱我，才不得不放开我"这种消息，总归还是开心大于难过的。

我这边正想着，所以完全没注意到周尧，结果我一抬眼，便发现他正目不转睛地瞧着桌上的空盘。

"怎么了？"我问。

他看向我："我买的早餐是两人份。"

"呃，抱歉，平时八个包子就是我自己的食量……"我诚恳地看着他，"那不然，我把你的那四个……给你吐出来？"

他的眼神变了几变："算了，其实我也不是很饿。你休息半小时，然后咱们跑步去公司。"

"什么！"

我没听错吧，跑跑跑……跑步？从这里跑步去公司？这里距离周氏酒店少说也有二十公里，就算我最近被公司晨跑活动锻炼得已经可以随便跑个五公里不喘了，但也不代表我能直接跑个半程马拉松啊！

"你又忘了？"

"忘了什么？"不可能是我求你带我跑步的吧？别逗了好吗？

"你说想大变身、大换血，想强大到不被任何人抛弃的程度。"

他说的这个我倒是有点印象，我确实说过想改变，但……

"我没说过随便跑个二十公里去上班吧？"

他冷冷地看着我："不想跑？那走时记得把行李和那条狗带走。我不想跟一个不思进取的胖子同住一个屋檐下，顺带还要照顾她捡来的宠物。"

你赢了！

后来那二十公里我咬牙坚持跑……哦不，是坚持走下来了。因为后面我实在是喘得连路人都看不下去了，大家都以为我和周尧是小两口，然后他是在对我变相家暴……面对热情似火的路人对他的施压，他也不得不退一步，改说让我快走。

然而就算如此，到了酒店后我也基本虚脱了，直接坐在大堂的沙发上，任周尧说什么，我死活都不肯起来。

来往的员工似乎也都听说了昨天周奶奶生日宴上的事，一个个看着我的眼神都变了。更有胆大的，目光在我和周尧之间暧昧地转了几圈后，直接道："总裁夫人好！"

我吓得小腿都要抽筋了！我抬头向周尧看过去，瞪大双眼问："你就不管管？"

他随便斜睨了我一眼："又不是在叫我，关我屁事。"

"……"

就在我默默无语时，周尧的助理小张突然从外面跑了过来，见到我们后连忙朝这边奔来，边喘边说："总裁！总裁！不好了！"

周尧眉头皱了皱，说："好好说话，天又没塌。"

127
WAN WAN
MEI XIANG DAO

"是天塌了！倒不是咱们这儿的……"他说到这里，目光复杂地看向我，支支吾吾好半天，"是 QG 的董事长，也就是秦小姐的奶奶……昏迷住院了！"

去医院的途中，我整个人的思绪都是乱的，各种画面交织着在脑海里闪过，各种不好的设想也变着花样地往我心头压。

周尧在一旁开着车，面容倒还平静。只不过到了医院门口时，他趁着我解安全带的空当，握住我的肩，说："可能是小张有些夸大了，你一定不能自己吓自己，先去跟医生打听清楚再说。"

我机械地点着头，不想再浪费一分钟，开了车门便直奔重症病房。

我进去时，周尧的奶奶已经守在了床边。听见开门的声响，她抹了抹眼泪，转身朝我招了招手："弯弯，你快来看看你奶奶吧。"

即便在来的路上我已经想到了最坏的结果，但如今看着她毫无生气地躺在那里……我还是有些难以接受。

虽然怪她当年乱安排我和月末的命运，但其实我从内心深处对她这个亲奶奶的突然到来，说到底也还是欢喜的。

那种感觉就好似我在饿得不行时，攥着钱去买东西，结果到了饭馆却发现钱丢了。我失望地原路返回，哪想让人意外的是，那钱竟躺在地上没被人给捡走！

那种失而复得的感觉，是何等惊喜和开心啊！

但现在呢，老天爷又开了个玩笑。在我正喜悦的时候，他却给了我一巴掌……

我咬咬唇，平复了一下情绪，问道："医生怎么说？"

周奶奶闻言又抹了抹泪，唉声叹气地说："说她先是气极，心脏病已经有了复发的现象，后又从楼梯上摔下来，碰到了头，于是老病未除又添新症，所以……"

"从楼梯上摔下来？那是怎么回事？"

这时，从病房外有人走进来，她手里拿着热水瓶，视线相交时，我认出了她是奶奶家的用人。

她看见我后也有些激动，眼泪"唰"地就流下来："小姐，董事长她她……她会这样完全是月末小姐搞的！"

我和这个用人不熟，几乎没说过几句话，所以这会儿她说出这话时，我压根儿就不信。

我怒瞪她，嗓音提高了好几分贝："你胡说什么！月末早就离开覃家了！"

"确实是这样，可昨天她又回来了呀。"她越说越伤心，眼泪直流，"早知道我就该拦着她，不让她见董事长的。她来的时候说找董事长有事，我心想再怎么说她也是在覃家长大的，也不敢太阻拦，所以就放她去见董事长了……没想到……没想到……"

就算明白她没有理由说谎，我也还是不太相信。毕竟我印象中的那个月末，就算她平日里再怎么毒舌刻薄，但心地也还是善良的。就算她恨奶奶，恨整个覃家，也不至于把奶奶弄到昏迷不醒！

所以闻言我二话没说就拿出手机拨打了她的电话，听筒里传来冰冷机械的"您所拨打的用户已关机"时，我又不甘心地跑出病房，想去公寓找她问个清楚。

周尧挡在门口拦住我，声音低沉地说"你冷静一点，以你现在的状态，去了又能问出什么呢？况且就算你去了，她会说实话吗？"

我深吸一口气，不知打哪儿来的自信，十分笃定地说："月末她不会骗我的，就算她不说，她也不会骗我的。"

事实证明，我的这份自信还真是对的，月末她确实没有骗我，甚至连让我受骗的机会都没给我，而是……直接消失不见了。

之前的公寓被她换了锁，我不甘心，便找来开锁的人，打开一看，里面一丁点人气都没有。房间里的家具上都罩着白布，满室清冷，要不是我昨天刚从这里搬出去，我还真要以为这里已经几年没住过人了。

接连的打击让我整个人像是坠入冰窖一样，我甚至连站稳的力气都没有了。如果不是周尧在身边扶着我的肩膀，可能这会儿我已经瘫坐在地了。

我明白，越是这种时候，我就越不能倒下，我得赶紧想办法解决眼前的问题。奶奶昏迷了，或许整个覃家，甚至整个 QG 都在等着我这个未来的接班人……

可……可我就是抑制不住伤心，甚至伤心到连三餐都吃不下的程度。

那之后的几天里，我每次随便照照镜子，都会发觉自己瘦了一圈。

每到这时候我都会在心里自嘲：看哪，其实这世间根本就没有减不掉的肥，只有不够难过的心。

我昏昏沉沉地过了大半个月，直到周尧带了份文件回来，我才稍微打起点精神。

他坐在沙发上偏头点烟，猩红的烟头燃起后，他黑亮的眸子看向我，平静的目光中带着一丝漫不经心。

"QG 的股票已经从一周前就开始下滑了，原因你应该知道吧？董事长无故住院，偌大的公司无人接管，很多大项目找不到合适的人洽谈。你要是继续这么要死不活下去，过几天就可以直接替你奶奶宣布公司破产了。"

我心头一惊，这问题太严重了。我之前虽然考虑过这些事，却没想过有一天我会真的去面对。况且我现在就算有心，也无力啊！我只是个教英文的，甚至从毕业到现在连一份正经工作都没做过，每天打交道的人和事也都极有限。如果现在让我来管一家偌大的企业，掌管它的未来，我肯定不行啊！

我沉默的时候周尧就一直看着我，单手搭在沙发上，任由指间的香烟静静地燃烧。

末了，他抬手猛吸一口后，随意将那大半截烟摁灭在烟灰缸里。他几步朝我跨过来，伸出修长白皙的手掌微微抬起我的下巴，声音严肃低沉地说："这是你变强的第一步，你要踏出去，也必须踏出去。"

"我……"

"别说你还没准备好。"他顿了一下，看着我的目光越发深沉，"大家都一样，懵懂地上路。经验这种东西，时间久了，自然也就有了。"

他这话说得平静自然，不由得让我联想到他刚刚接手周氏的场景。我虽然没亲眼看到，可猜也能猜到，那肯定很难。

沉默间，他忽地又将我的脸抬起，目光专注地看着我："秦弯弯，现在不是你行不行的问题，而是你必须行，懂吗？"

我深吸一口气，点了点头。

他这才满意，抬手看了看腕间的表，松开了我，说："我让人送了几本公司管理与红酒方面的书，你准备一下，半个小时之后开始培训。"

就这样，我半推半就地被周尧推上了一条不归路。

哪想我这边还未来得及感慨，那边就先被吓到了。

半个小时后，我看着几个周氏员工一个个抱着硕大的纸箱进来，并且将箱子里的书倒在茶几上。当那些书堆成一座书山时，我真的不能忍受了。

我颤抖着手指了指那些书："这……这……这叫几本？"

周尧单手搭在沙发上，长腿叠起，姿态散漫地翻着其中一本书。

他说话时头也没抬，语气平淡："跟我当初看的那些比，这当然是几本。"

"神和凡人在本质上是有很大的区别的好吗？"

他听完，悠悠地抬眼看向我："你没有管理基础，也分不清红酒的品质或是生产方式，甚至连上等干红与普通干红的区别都喝不出来……要学的东西那么多，就这几本书还多吗？"

行！所谓的专业管理书或是红酒品鉴书我都看，也学，可其他的又是什么啊？！

"这是什么？"我深吸一口气，捡了一本最上面的书递到他的面前，"这些关于'女子的形态美'的书，也是管理公司必须看的？"

他眉毛微微一抬，倒是撇得干净："那是奶奶准备的，说是你进入QG后，仪态优雅得体是必需的。"

我上下看了看他，指着他那身夹克外套和牛仔裤："那你这仪态和搭配就优雅得体了？"

他嘴角一扬，眼底浮出散漫的笑："我不听她的。"

"那她怎么知道我就会听她的呢？"

"你可以不听她的，但你肯定要听我的。"

我瞪他："就算你长得帅，可你也不能自信得不要脸吧！"

他单手撑着下巴，英俊的脸庞朝我凑近一些，语气中带着一股轻慢劲儿："你不记得了吗？现在你所有的经济来源，靠的都是我。"

他不说我还没在意，一说我倒是吓了一跳！

是啊，虽然奶奶公布了我的身份，外界也知道我是覃家的正牌大小姐，可我还没来得及回覃家，奶奶就倒下了啊，一切财务都没交给我，甚至连个银行卡密码都没说过！

　　我绝望地看着周尧，心里暗骂道：贱人，算你狠！

　　"不过奶奶的话我也觉得不太靠谱，她想让一只肥鸭子立马进化成白天鹅，这显然有些困难。"

　　说完，他忽地俯身朝我靠近，修长白皙的手指捏着我的胖脸左看右看，温热的气息洒在我的鼻尖。

　　空气中莫名有种暧昧的气息。

　　其实我老早就觉得周尧有些变了，但归根结底哪里变了我又说不上来。

　　似乎自从那次奶奶公开了我的身份后，他就有了改变。虽然对外他还是那种冷峻平静的模样，可一旦我们单独相处时，他就会多了股任性劲儿。

　　对，就是这个词——任性。

　　他以前不会随便轻易地靠近我，每对我说一次话几乎都没超过三句，看我的目光永远冷冰冰的，我说什么、做什么更不会让他有任何多余的反应。

　　可最近不同了，我说什么、做什么，他虽然表面上依旧不在意，但总能在不经意间提醒我或是教我该做些什么。还有，他跟我说的话多了，肢体触碰多了，语气和姿态也完全换了种模样，甚至我还觉得，他看我的眼神都变了。

　　那感觉，就好像在河边悠闲抛饵的渔夫，静静地、势在必得地等待着鱼儿上钩。

这种感觉我说不上好与不好，可终归有些不太适应。

"不过……"他低沉清冽的嗓音再次响起，悠悠地将我拉回现实，"先减肥倒是应该的。所以，以后学习加减肥，要一起进行。"

其实在我的世界里，"减肥"这两个字几乎是不存在的。我觉得人就活这一辈子，该吃吃、该喝喝才是王道。为了应付别人的审美来折腾自己，到头来嘴巴和胃都不开心，这多不划算啊！

但显然周尧并没有和我开玩笑，自从那天开始，我基本就进入了魔鬼训练模式。

我每天早上六点准时被周尧叫起床，闭着眼睛打着哈欠洗漱完毕后，就赶紧去吃早餐。当然，这所谓的早餐也是减肥餐，什么包子、油条、三明治啊，我连渣都看不见，取而代之的是燕麦片、脱脂牛奶或者红薯、玉米，就连加的配菜也是水煮青菜！

而惨绝人寰的早餐之后，便是跑步去公司了。那……算了，那画面太美，我都不敢回忆。

到了周氏后，我的肉体算是可以稍作休整了，取代它劳动的则是我聪明无比的大脑。

周尧替我规划了学习进程，并且十分"负责"地监督着我。他几乎天天都和我一起坐在办公室的沙发上，偶尔从文件中抬头看见我溜号、放空时，就拽一拽我的头发以示警告。

于是那段时间里，我基本养成了发丝一动就条件反射去翻书的习惯。

不过就算如此，我也会找机会偷懒。

就比如现在，我在看了三个小时的关于"如何与员工斗智斗勇"的书后，实在是连睁眼的力气都没有了。

我叹了口气，可怜巴巴地求周尧："总裁，总裁大人，总裁大大，总裁最伟大……您让我休息一小时成吗？我就睡一小时！劳逸结合才能事半功倍啊！"

他点点头："确实应该劳逸结合。"

这话听得我心花怒放，还以为他终于捡回了一点泯灭的人性，哪知他才刚说完话，就变魔术似的从角落里拿出一张瑜伽垫铺上，扬起下巴指了指："来吧，劳逸结合。"

"我说的劳逸结合是休息好吗？不是动完脑就动身子好吗？"

"小张说过一句话，灵魂和身体必须有一个活动着，挺有道理的，你记着点。"

我咬牙："那句话明明是'身体和灵魂总有一个要在路上'！"

但显然周尧没打算放过我，他双臂环胸，英俊的脸上浮现漫不经心的表情："你要是不做，周末的麻辣烫就取消。"

我以猎豹的速度跑到了垫子上，一脸赔笑地问："要做什么？您说话！"

开玩笑，周末那顿麻辣烫算是我最近绝望的人生中唯一一点希望了，要是取消了，我活着还有什么意思！

他闻言，潇洒利落地走到我跟前，原本插在口袋里的双手拿了出来，一边看着我，一边挽着衣袖。

质地精良的黑色衬衣被微微挽起，白皙结实的小臂露了出来。他抬手又解了两颗纽扣，双腿一弯，姿态自然地蹲跪在我面前。

他伸手拍了拍我的膝盖，说："仰卧起坐两百个。"

我微张着嘴，生无可恋地躺下去，生无可恋地抬手扶住脑袋，接着生无可恋地……没起来。

其实这真不怪我，平时我连基础运动都很少做，更别提这种无氧增肌的高难度动作了。而且我浑身上下最胖的地方就是肚子，突然这么折腾它，那成千上万的脂肪不起义才怪。

周尧看着我这副又蠢又窘迫的模样，默默叹了口气，接着将手递给我，说："来吧，我先拽你两下适应适应。"

其实我是有所顾及的，可无奈我真的起不来，只好将双手递了过去。

可我做着做着，气氛就又开始微妙了。

我随着他的节奏起身，躺下，再起身，再躺下……他的手一直拉着我，五官在近看后，更显清晰俊朗。他的呼吸轻浅，却带着让人无法忽视的灼热。远远近近间，我们的气息也多次交织。

尴尬病彻底爆发前，我赶紧挣开，然后赔笑："我可以了，可以了！我自己来吧！"

周尧似乎完全没察觉出异样，甚至连一句话也没说，继续面容平静地帮我按着腿。

我一瞧没了退路，也就认真起来了。

一下，没成功……

两下，依旧没成功……

三下，还是……没成功……

……

努力了几次后，我开始气喘，情绪也变得烦躁起来。于是带着赌气的心思，我狠狠地一用力……

嗯，这次成功了，我不仅成功地做了人生中的第一个仰卧起坐，还成功地……吻了周尧！

不过这应该也不算是吻吧，我因为用力过猛而一个控制不住，直接将头撞向他，双唇刚好与他的唇贴在了一起。

那短短的几秒钟里，我感受到了他夹杂烟草味的呼吸，还有也不知是他还是我的狂乱而急促的心跳声。

后来是助理小张的闯入才让我们俩分开，他当时看着我们，一脸惊慌"总……总裁，我不是故意的！"

周尧面容平静地看向他，开口时，声音莫名有些低沉："你最好有什么重要到不需要敲门的事。"

那姿态，那语气，我都快看不下去了！

小张咽了咽口水："应该算是大事吧？我刚刚得到的消息，月末咱们S城会有一场上流酒会，去那里的基本都是找合作啊、谈合约啊什么的！你看如果你带着弯弯小姐过去，让她小露一手，拿下几份合约，到时她再去QG报到，是不是会更令人信服？"

周尧点点头："我知道了。"

小张搓搓小手，眨巴着眼睛看着他。

周尧见状，半眯着眼，危险地斜睨着他："还不出去？"

闻言，小张以气死刘翔的速度跑开了，末了还不忘贴心地将门替我们关上。

办公室再次陷入一片安静，原本被驱走的尴尬又卷土重来。我咬着唇，眼珠子一直左右转动，不知道该怎么办。

好在他似乎也没在意，起身道："听见小张的话了？现在距离月底还有不到一周的时间，如果你想在酒会上脱颖而出并拿到合同，就必须更努力。"

我明白他是在故意转移话题，于是很配合地点头道："嗯！"

"还有……"

我以为他还想交代一些工作上的事："嗯？"

"看你刚刚的架势，忍了很久了吧？"

"……"

他漆黑的眸子里眼波微转，淡淡的笑意慢慢浮现出来。他重新靠近我，清俊出众的一张脸紧贴在我的耳边，开口时，声音仿佛都带着电流。

"爽吗？"

"……"

那一刻，我确实挺爽的。

那一记不算吻的吻导致的直接后果是——周尧再叫我做什么，我便毫无怨言地做什么，任何抵触和反抗都没有。

为什么？

呵呵，你会对一个只要你有一点反驳就会明里暗里地嘀咕"早知道你这么不努力，当初就不给你亲了"的人说不吗？

反正我在感受了几次路人甲诧异的眼神后，就不敢了。

但不得不说，周尧这些日子对我的培训还是有效果的，穿的衣服小了两码不说，就连红酒的品种、类型和生产过程，我也能浅谈一二了，用他的话来说就是——

"总算是学会了一点能唬人的东西。"

"……"

很快就到了月末。

当天早晨，我特别自觉地没有吃早餐，试礼服时还故意收了收小腹，以求最佳效果。

礼服穿好后，我便老老实实地坐在化妆台前让造型师帮我化妆。这个造型师是周尧请来的，听说性别男，爱好也是男，无论何时都爱翘兰花指，偶尔掩面娇笑说："哎哟，我的化妆水平又提升了呢。瞧瞧这车祸现场的脸，都被我重新建成绿化区了呢。"

嗯，确实是绿化区，因为我听完他的话后整张脸都绿了！

不过好在他的化妆功力真的很强，虽说没让我脱胎换骨，却也比往日清丽了不少。

整顿完毕后我特意照了照镜子，里面的人虽然还是个女胖子，但和几个月之前比，已经大有不同。一身香槟色的及地长裙，领口是浅V设计，不算暴露却又带着朦胧的性感。而平日一直被我胡乱扎起的头发，这会儿被卷成了大波浪垂在胸前，配着我这一脸精致的妆容，将我整个人衬得既妩媚又不失俏皮。

我在心里微微感叹，人真的每时每刻都在变化。你觉得没有？不，你只是没感觉到而已。

不过我很庆幸，自己正在变得优秀，变得自信，变得强大。

想一想，我在有生之年能看到自己这副模样，还真要感谢周尧。

于是我整理了一下裙子，笑着走到他面前，很认真地说："周尧，谢谢你让我成为更好的自己。"

他闻言，埋在文件中的头微微一抬，上下看了我一遍，点点头："总算有个人样了。"

"……"

后来眼看着要到酒会开场时间了，却不见周尧行动，我有些焦急地催促他："你快点啊，这可是我人生中第一次作为非旁观者去参加上流酒会，我可不想迟到。"

他漫不经心地斜睨我："你懂什么！就因为是第一次，所以你才更应该迟到。"

而后来，我才终于明白了他这话的含义。

确实，我们晚了半个小时才到，而且还是大摇大摆地从正门红毯处进入，但那一瞬间，几乎全会场所有人的目光都聚在了我们身上。

我有些紧张，外加脚下踩了一双十厘米的高跟鞋，搞得我没走几步就险些崴了脚。

好在周尧这时在旁边扶住了我，他紧紧地揽着我的肩，在我耳边低语："秦弯弯，以后这种战场你会经常上，所以现在你必须熟悉起来。"

那一刻，我看着这个与我并肩而立的英俊男人，看着他被华光映着的清晰眉眼，突然就觉得有股力量从心底慢慢滋生。

他以为我还在犹豫，于是继续加码："如果你今天能不丢脸，我就允许你晚上回去吃一顿汉堡炸鸡。"

这话当真让我眼前一亮，我昂首挺胸地面对着所有人，带着脑海里那份炸鸡的香气，加上之前看着周尧的脸生出的那股莫名的力量，对着这帮"怪兽"开战了！

可显然，我和周尧都有些多虑了，这里的人对于我这个新面孔丝毫没有排挤的意思，甚至有几个人还主动上前来搭讪，谈合作。虽然听周尧说这都是些新起步的小公司，但我也很知足。

倒是周尧那边发生了一些搞笑的事。

那会儿我刚刚确定一份合作，兴奋过后我便感觉饿得不行，于是赶紧趁着周尧与别人交谈之时，溜去餐桌前偷几块糕点吃。

我因为怕被他发现，所以躲在了很隐蔽的角落里，可没想到我居然还能在这里听到关于我和他的八卦。

所以说，蹲到好墙角是一件多么幸运的事啊！

其实她们这两位名媛讨论我无外乎就是身材啊、谈吐啊和她们多么格格不入，然后顺带聊了聊我小时候被拐的事也就完了，但后来聊到周尧的话题时，她们倒是热情奔放了许多。

"哎！我之前可听说周尧的风评不好呢，还打女人！"

"是啊，我也听说过，我一姐妹和他相过亲，她说她只是挑逗了他一下，帮他擦了擦嘴角，结果就被他来了个过肩摔。"

"就是就是！这个我也听说过！可……今天一看，他也不像传闻说的那样啊。你看看他对那个女胖子，一副绅士有礼的模样。我刚偷瞄一眼，正巧看见他帮她整理鬓角的碎发，眼神那叫一个温柔！"

"这你就不知道了吧？那女生不仅是覃家找回来的孙女，也是唯一的继承人，而前不久，周覃两家也宣布了订婚！他们俩现在是未婚夫妻关系，他肯定会对她好啊！"

"那这么说，外面传闻的他那个什么'恐女症'也不一定是真的？如果只是传闻的话，我倒不怕了！"

"你不怕什么？"

"其实也不怕你笑话……我对这周尧，早就感兴趣了，要不是听说他有这么一种怪病，怕自己被他打，我肯定早就去搞定他了。我家的地位也不输覃家，我跟那个女胖子比更是天差地别，如果我出手，哪还会给她留机会！不过也没关系，现在还来得及！"

"来得及什么？"

"你等着看好了！"

那女生说完，便提着她那火红的深V长裙走向周尧。那窄腰丰臀的身影，看得我这个爱好男的都要把持不住了。

想到这里，我心下不自觉地暗暗发狠，周尧那厮……不会真从了吧！他要是真拜倒在那美女的石榴裙下，我肯定鄙视他一辈子！

　　但显然，周尧同志的品行还是很好的，面对这种尤物风情万种的引诱，他不仅没啥感觉，居然还给人家摆冷脸。那冷峻深沉的面容哟，我看着都有些于心不忍。后来也不知那女生跟他说了什么，他更是不耐烦，索性迈开长腿直接离开。女生急了，不管不顾地拉住了他的手……

　　于是，传说中的一幕发生了——

　　几乎连反应的时间都没给对方，他就拽过那女生的手腕，狠命地一扯，然后以肩膀为支点，用力一摔。

　　那一刻，世界都安静了，所有人都目瞪口呆地看着周尧，不敢相信。

　　而他自己似乎也有些吃惊，这个我能理解，他最近一直跟我待在一起，刚好我身上的脂肪太厚，让他感受不到我的雌性激素，所以就算有肢体接触，他也没啥感觉。

　　由此可见，胖子还是有好处的！

　　不过说真的，我从未见过哪个男人能将过肩摔做得如此行云流水，且对象还是个大美人！

　　那女生被摔倒在地后，先是发出一阵惊呼，接着躺在地上，一脸不可思议地看着周尧，不算亲切地朝他大吼了一通。她当时身上被砸了不少糕点，裙子上满是污渍，她的长发上满是酒水……这种种惨状再加上她那一脸狰狞的模样，画面简直惨不忍睹。

　　我原以为周尧至少会道个歉什么的，哪想他连眉毛都没动一下，只是用非常冷漠散漫的目光看向女生，随口道："抱歉，我有病。"

　　女生这会儿已经站起身来，咬牙切齿地看着他"周尧！你给我等着！我们家以后肯定不会再找周氏酒店合作了！"

　　他平静地看了看她："我会在乎？"

　　周围的人都开始议论起来，话题无外乎就是周尧的做法和态度。但不知为何，此刻蹲在角落里目睹了全过程的我，莫名觉得他……太帅了！

对嘛，都是有未婚妻的人了，当然要守身如玉，誓死捍卫贞操啊！

这想法一出，我微微一愣。

到底是从什么时候开始，我居然也潜意识地以周尧的未婚妻自居了？而且我还开始在意他是不是会将目光投向别的女生。

这想法让我心头一惊，可还未等我再深究，周尧就先找到了我。

他居高临下地看着我，双手插在口袋里，英俊的脸颊上浮现一丝不耐烦："戏看得还过瘾吗？"

我赶紧起身赔笑："还行还行！不过咱们周大总裁不愧是警队队长出身，那擒拿动作，简直是李小龙再世啊！"

他没理我，转移话题道："走吧，今天咱们该做的都已经做完了。"

我朝他身后瞧了瞧，发现那女生还在满脸怒气地盯着这边，不禁咽了咽口水："就这么走了？不用处理一下？"

他漫不经心地向那边斜睨了一眼："我得罪的人多，不差她这一个。"

我一脸浮夸的崇拜之情外加星星眼："哇！总裁，您真是我的偶像！"

"走吧。"

我觉得确实也没什么好待的了，索性也就依了他。哪知我们二人脚步尚未迈开几步，就被人截住了。

那人一身西装穿得笔挺，一张脸我莫名有些眼熟。仔细想想，我发现这男人正是在周奶奶生日宴上扶过我的那个人。

他微笑着朝我伸出手，说："覃小姐，你好，还记得我吗？"

我大方地与他握了握手，也笑着回道："扶过我的好好先生？"

"是的，我叫付斯言。"语毕，他的目光在我和周尧之间徘徊了两下，"你们二人的感情还真是深厚，才宣布要订婚，现在居然就一起公开参加活动了。"

这话题于我而言忒尴尬了，我不知该怎么回应，只"呵呵"笑了两声。

周尧似乎不太想和他浪费时间，眉头轻轻皱起，脸上又浮现出冷漠的表情。

他问："你有什么事吗？"

"嗯，我刚刚看覃小姐似乎谈好了几份合约，看来 QG 之前所缺的赤霞珠是找到种植地了？"

我听得一头雾水，转头看向周尧，低声问："他说的那啥珠是什么？"

——赤霞珠？我还七龙珠呢！集齐七颗能不能召唤神龙呀？

周尧没有立刻回应，而是目光深沉复杂地盯着付斯言看了一会儿，接着回头看我，语气淡淡地道："书都读到猪肚子里去了？赤霞珠是一种葡萄，原产地法国，你们 QG 的中档红酒原料就是这个。"

"啊！"一听这个解释我才恍然大悟，不过那个付斯言刚刚说啥？缺？我们缺那个了？

周尧显然比我知道的要多，他抬抬眉毛，平静地看向付斯言："付先生有备而来，是来谈合作的？"

"周总快人快语，我确实是想和 QG 合作。"

"QG 似乎老早就缺这东西了，为什么你之前没找老董事长？"

付斯言突然苦笑一下："怎么没找啊？是老董事长不待见我，可能瞧着我那是新成立的公司，所以连个机会都不肯给我吧。这不，我听说咱们覃小姐马上要新官上任，所以赶紧来求她赏口饭给我。"

这奉承话听得我都觉着违心，不过我倒是抓住了另外一个重点，赶紧转头问周尧："葡萄那东西不是到处都有的吗？怎么会缺原料呢？"

付斯言抢在周尧前面回答了我的问题："覃小姐有所不知，你们 QG

之所以做到现在这么大、这么强，完全是因为老董事长从前就主张用国外进口的高品质原料。本来你们在法国有专门合作的葡萄园，但那里的老板前不久突然转让了园子，所以……"

"那继续和新的园主合作不就好了吗？"

他抿嘴很斯文败类地一笑："不巧，新园主就是我。"

等等，我脑子有些不够用了……

他的意思是，他买了奶奶一直合作的葡萄园，然后想继续和奶奶合作，可奶奶却莫名其妙不跟他合作了？觉得他是个新手？这原因也太扯了吧！

不过奶奶现在还昏迷着，想具体问问她到底为何也不可能，于是我退而求其次，转头低声问周尧："那葡萄难道就只有他那里有吗？咱们去别的地方买成吗？法国不可能就一家葡萄园吧。"

周尧看着对面笑意渐浓的付斯言，目光深沉，带着探究的意味。

末了，他对我说："别家的赤霞珠要价都比他那里高，因为是比较大众型的中档红酒，原定价也不高，走量销售，所以整体算下来，不赚钱不说，可能还要自掏工人的工钱和包装费。"

"那既然是缺原料这么大的事，为什么之前没听说过？QG 这两个月都在卖什么？"

付斯言这会儿适时地接过话："周总刚刚也说了，赤霞珠产出的只是中档大众型红酒，虽说你们 QG 有一半的营业额是靠着这个，不过还有另一半是靠陈年佳酿，啊，就是有年份的高档红酒。我估计现在 QG 应该是在卖那些了吧？不过按现在的市场，可能也卖不了什么好价钱。"

听完他的话，我突然觉得对面这个突然出现在我视线里的男人不简单。

上次宴会上他莫名扶了我一把混了个脸熟，这会儿又直接拦住我谈合作，而奶奶病前又特别排斥他，他说那是因为他是新人，可这话怎么听都不可信啊！

我的思绪乱得很，所以我觉得不能再继续待下去，于是赶紧客套地冲付斯言一笑："你说的我再考虑考虑，今天有些不舒服，我们就先走了。"

他微微耸耸肩，脸上闪过一丝无奈："看来覃小姐和老董事长一样，也不相信我啊！不过没关系，我相信有志者，事竟成，咱们肯定会合作上的。那么今天就先这样吧，不再打扰二位了。"说完，他很潇洒地转身离开了。

出大厅时，我问周尧："他的话你相信吗？"

许是在里面憋坏了，他出门后的第一件事就是掏出一支烟。

他将烟轻含在嘴里，把头偏向一侧，银亮的打火机在他手中轻启，传来"嗒"的一声。接着，火苗蹿高，烟头瞬间变红，稀薄的烟雾慢慢散开，将他的脸隐在其中。

吸了一口之后，他动作娴熟地朝空中吐了个烟圈，平静而随意地说道"一个字都不信。"

"唉，我也不信。但刚刚你们俩的对话里不也说了，QG现在面临危机，要是真的找不到原料怎么办？难道真的不能用别的葡萄代替吗？我感觉任何葡萄吃起来都是一个味啊……"

"不行。"周尧这次倒是答得很认真，"QG之所以能做大、做强，就是因为有不欺骗消费者的原则。不然你以为中国也有的葡萄，为什么非要去法国进口空运？要的就是质量和口碑。"

这话倒是让我不知该如何反驳了，我垂眼想了想，忽然想到一件事："听你的口气，你像是早知道了这个问题，为什么之前没告诉我？"

他夹着烟的手微微一顿，片刻后又轻吸了一口，抬起头看着头顶的夜色。

月光如水，照射在他那张英挺俊逸的脸上，他目光悠悠地望向远处。

他再开口时，声音变得异常动听迷人，低沉中带着性感："男人能解决的事，还让女人操什么心。"

那一刻，万籁俱寂，我仿佛听到自己胸腔里的心脏开始躁动，一下又一下，越跳越快。

我深觉再这样下去太危险，于是赶紧慌张地寻着手提包，想拿出电话看看，以掩饰自己的异样。但看着自己两手空空，我突然意识到，自己的手提包……落在会所里面了。

我尴尬地轻咳一声，连看都没敢看周尧，垂着眼说："我的手提包忘了拿，你在这儿等我哈，我去取一下。"说完便一溜烟地跑开了。

重新进了会所大门后，我的心跳得比刚刚更快了，当然，这也不排除是因为我突然撒欢跑。

服务生见我走了又回去，忙上前问有什么可以帮助的。我说了原因后，他微笑着回答："哦，您是姓覃吧？刚刚有位付先生让我告诉您，手提包他替您收好了，如果您回来了就去向他要。"

"那他现在人在哪儿？"

服务生想了想："刚刚似乎往洗手间的方向去了。"

我点点头："谢谢，回头你们要是有业务反馈单寄到我那里，我会给你好评的！"

服务生一脸遇见神经病的表情走开了。

后来我按照他说的一路去了洗手间，原本还想着在走廊等付斯言，毕竟男厕那种地方，不是想进就能进的。

可哪想，我这在走廊里还没走两步呢，一抬头，居然就看见了他。

而且，不止他，还有……

覃月末！

对！就是那个我视她为友，传言却说她伤害了奶奶的覃月末！

说实话，我当时真是激动得不行，真想一个箭步冲过去跟她问个清楚，一切到底是怎么回事？为什么家里的用人说她害了奶奶？她又为什么会莫名消失？

不过这些都不如"为什么她会出现在这里，并且和付斯言扯上关系"让我来得好奇，于是我赶紧闪身躲到了一面墙后，竖着耳朵听了起来。

"付总，之前我说的事你考虑得怎么样了？"这是覃月末的声音。

周围安静了片刻，付斯言的声音响起，带着一丝玩味："虽然我真的很想做生意，但我不明白，你忍辱负重地搭上个叔叔辈的大款，哄他给你投资开红酒厂……其实一切都可以往好的方面发展，你为什么一定要搭钱断了 QG 所有的路呢？况且我还听说，你曾是覃家的养女。对于养你成人的恩人，你就是这么回报的？"

"恩人？呵！别搞笑了！不过你有个词用得我很喜欢——忍辱负重。确实，我现在就是在忍辱负重，我就是要用尽一切手断来毁掉覃家！"

付斯言又笑了，言语间似乎流露出她不自量力的意味："所以你就想买了我果园里的东西，让 QG 没有原料生产红酒？你是不是太天真了？覃家如果因为这点事情就倒闭的话，那它也不配在商场屹立这么多年。"

听到这里，我算是全懂了，这覃月末什么意思啊？傍了个大款，赔上了自己的青春骗来一些钱，然后……报复我们？而且报复的方式，就是要买断我们所需要的原料葡萄？

这是不是太扯了？

可我当时来不及想那么多，覃月末这些日子的变化之大让我万分惊讶，惊讶之余还有愤怒。我觉得墙侧那边站着的人已经不是我的朋友了，她因为仇恨把自己的灵魂变得面目全非，更因为仇恨而处心积虑地想着伤害别人。

于是盛怒之下，我连犹豫都没有，直接现身走向他们。

显然，他们见到我都有些惊讶，尤其是覃月末，视线与我对上之后，就再没离开过。

她今天的打扮风格与往日不同，平时她几乎不怎么会穿黑色，用她的话讲就是："年轻最大的好处就是可以理所应当地张扬，既然这样，我为什么要穿七老八十还能穿的颜色呢？"

可她似乎忘了自己曾说过的话，此时的她身穿一条黑色的大 V 领包臀短裙，显得身材凹凸有致，烈焰红唇以及上扬的眼线将她衬得妩媚又冰冷。

要换了平时，我肯定要调侃她一句："您老人家这是在扮演巫婆吗？"

但现在不了，她已经不是我熟悉的那个好友，我也不想再和她多说一句废话。

付斯言似乎看出了我们之间凝重的气氛，笑着想调解："覃小姐是回来拿手提包的吧？你这心也真是宽，这么重要的东西也能落下。"

我继续冷冷地盯着覃月末，一边看着她，一边一字一句地对付斯言说："付总，刚刚你说想和 QG 合作吧？行，我答应你，这几天等你有空，就带着合同来 QG 找我吧。"

他似乎很惊喜："你说真的？"

我依旧盯着覃月末，从牙缝里挤出两个字："当然。"

覃月末见状，露出一脸嘲讽的冷笑，精巧的下巴扬了扬："你以为这样就打败我了？"

"打败？不，我觉得咱们之间的战争才刚刚开始。"我几步迈到她跟前，靠近她耳边，"覃月末，我从未想过咱们俩有一天会是敌对关系，但既然你用尽手段挑起了这场战争，我当然会奉陪到底！"

她斜睨着我笑了笑："你以为我会怕你？"

"你当然不怕。"我也回了个冷笑给她，"你不是刚刚亲手害了干奶奶，又搭上一个干爹吗？怎么？这座靠山比覃家还大、还稳？所以你就敢这么肆无忌惮了？"

她瞪向我，还没来得及说话，走廊的尽头忽然有人叫了她一声。

"月末啊……"

那声音中还带着点流氓的感觉，我回头一看，果然是个挺着圆肚外加秃头的矮胖子，单看外表就能猜到他是个不折不扣的色狼。

覃月末咬咬唇，没再说话，而是垂下眼，似乎在整理情绪。半晌后，她重新直视前方，整个人又忽然变得我不认识了。

阿谀奉承、百般讨好、谄媚献笑……反正跟这些词相近的形容词，都可以用在此时此刻的她身上。

我在看着她那一脸甜腻虚假的笑，以及她在走向老色狼，他向她的臀部伸出的咸猪手时，心底还是隐隐有些难过。不，不应该是隐隐，是非常、特别、极其难过。

我甚至都心有不忍地想上前拽住她，要求她忘掉过往，让我们回到以前的关系，之前都是她养我，现在可以换我养她。

但我知道自己不能，因为我现在代表的不仅是自己，还有奶奶、覃家，甚至是整个 QG 集团。

如果我现在软弱，说不定她就会利用这一点，再施加报复。

最近经历了太多事,就算我再没心没肺,再相信世间的美好多过丑恶,也真的不敢再轻易相信任何人了。

不过显然,我因为愤怒而答应与付斯言合作还是太冲动了,以至于周尧听完我说的话之后,面无表情地赏了我一句:"你确实没长脑子。"

事已至此,我只能服软:"哎呀,我觉得就算他真有什么阴谋诡计,也逃不过你的法眼!毕竟咱们周大总裁是有为青年,有你站在我身边,他肯定不敢轻易动什么手脚!"

说话时,我和周尧已经坐上了车。

他那件笔挺的西装外套早已被扔在一旁,身上只留了件质地精良的黑色衬衣,袖口处微卷着,露出一截紧实的小臂。

他单手搭在车窗上撑着下巴,另一条手臂则随意地搭在椅背上,目光顺着窗子平静地投向外面,姿态沉静又透着一股慵懒。

而我刚刚奉承的话也没能让他有任何反应,他静静地晾了我好半天,搞得前面开车的小张都看不下去时,他才淡淡地开口:"你叫他先拟好合同送过来,我找个律师瞧瞧,没问题再签约。"

我一听律师,首先就想到了孟学长,于是抱着"有便宜不占是傻子"的原则,连忙道:"这个不用你找啦,我也认识律师的,而且很靠谱!业界口碑超赞!人好又大方!对我也不错!我相信,我的事情他肯定会尽全力的!你也见过,就是上次你对人家很不客气的那个,我的学长,孟平生。"

他闻言,忽然转过身,手依旧撑着脑袋,向我投过来的目光中,又透出那股子散漫和慵懒:"还是头一次听你如此仔细地形容一个男人,怎么,你很了解他?"

他说得很随意,语气也平静得没有丝毫波澜,可我怎么听都觉得有些阴森森的。

于是我回答时一丁点儿的谎也不敢撒，连忙道："还行还行，我大学前三年他几乎一直陪着我。"

"那还真挺久的。"他面色平静地点点头，话锋一转，"那咱们相处也挺长时间了，你也形容形容我？"

"你当然是英明神武、气度不凡、天姿卓越、长相一流啦！"开玩笑，我现在衣食住行都靠着他，不夸他不是自个儿给自个儿挖坟吗？

不知是我哪句话说得不合他的心意，他的眉眼间忽然生出一些不耐烦："说实话。"

结果我一紧张，还真将心里的实话和盘托出："烟鬼，神经病，压榨狂魔！"

这话一出，小张吓得双手滑下了方向盘，我反应过来后也被自己惊着了。

我……我……我……我刚刚是说了什么啊？！怎么办？周尧不会因为我的这些话就扔下我不管了吧？

哪知周尧闻声没有任何反应，甚至平静得让我觉得诡异。直到我们回家后，他也没再和我提起车上的事，当然，后来他也没再跟我说过一句话。

起初我还以为他生气了，所以第二天一早特意早早起床去买了早点以示歉意。可餐桌上他依旧只字未提，让我阵阵心慌。

无奈之下，我只好低头认错："对不起啦，你别生气啦。"

他闻言，眼皮轻抬，平静地瞧着我，一本正经地说："厕所刚刚难道是被你弄堵的？"

"……"

我小心观察着他的脸色，觉得确实没什么异样后，才稍稍放了心。

过后我还暗想，难道真是我小心眼，误会他了？

不过不管怎样，我和他之间没有任何隔膜就是好的，毕竟我回到 QG 上班后，能依赖和求助的人，也只有他了。

后来饭吃到中途，他忽然开口："奶奶已经和 QG 的高层打好招呼了，叫你今天去上班。"

我惊得嘴里的半个包子都掉了："你逗我的吧？"

天哪！我马上要去 QG 了，他为什么现在才告诉我？至少得给我一些准备时间吧！

他像是读懂了我在想什么，眼神悠悠地飘过来："就是怕你退缩才现在告诉你，这种时候，你想退也没退路了。"

是啊，现在箭在弦上，我想退缩都不行了！

直到周尧将我送到 QG 大门口时，我还有些不敢相信。我看着眼前高耸的大厦，一想到自己一会儿就要独自面对各类陌生人，并且要与他们共事，还要做着自己毫不熟悉的事，心里就不停地涌出恐惧。

我抓着安全带，回头冲周尧装可怜，道："周总裁，总裁大人……你再让我适应几天呗？我觉得自己还有很多东西要学呢！我现在去上班也完全像鸡肋一样，起不到任何用处。不如你再教我几天？这样我也能少给你丢些脸嘛。"

周尧根本没理我，凑过来替我解开安全带，又伸出白皙的手扳过我的脸。

微妙的气氛又开始在我们之间流转，他漆黑的双眸紧盯着我，开口时，低沉的声音中带着几分认真："万事最复杂、最艰难的就是开始。你迈出去了，就等于成功了一半。"

他英俊出众的脸庞上浮现专注的神色，我却有些心猿意马。

我眼前是他近在咫尺的脸，鼻尖萦绕的是淡淡的烟草香和一种清冽陌生的味道，有点像……

"你吃薄荷糖了？"

"……"

显然，他没想过我的话题会跳得这么快，沉默不语之余，脸上也浮现一丝可疑的异样。

末了，他侧身坐回了驾驶座，姿态沉静地看着远方。

"怕被你这位未来 QG 的继承人嫌弃是烟鬼，所以才吃点糖遮住烟味。"

我先是一愣，接着发自内心地微微一笑。

哎哟！装出一副很不在意的样子，其实心底早就憋死了吧！啧啧，这么别扭，还真是不符合他的风格啊！

他见我迟迟未动，回头又对我说："行了，这些都不是重点。秦弯弯，今天你唯一要做的，就是努力迈出第一步，其他的都不用怕。"

说到这里，他微微一顿，漆黑的双眸里透出沉静而认真的光："记得，一切都有我，捅了多大的娄子，我都在身后替你扛着。"

那一刻的他，简直出奇地爷们儿和性感。

不过这话却听得我的心情复杂得要命。

末了，我郑重地点了点头，说："你放心，我尽量捅些钱少的娄子，让你少破点财。"

"……"

后来真正站在 QG 门口，我深吸一口气，回头看看还一直望着我的周尧，接着迈开步子，一步一步，很郑重地向里面走去。

但意外的是，我进去后并没有看见任何接待员工，甚至连前台小妹都不认得我是谁。这让我不禁疑惑，周尧不是说已经通知过了吗？那为什么现在还会是这样？要不要打电话问一问？可我要是刚一进 QG 就打电话过去，会不会被他笑死啊……

我正纠结着，迎面突然走来一个中年男人，看他那副满脸无笑、斜眼看人的模样，一瞧就是个不好惹的角色。

这难道就是周尧所谓的打过招呼的高层？

如我所想，这位确实是周奶奶嘱咐过的人，他甚至问都没问便认出了我，面无表情道："大小姐吧？你的办公室我已经吩咐人准备好了，辅助你的秘书我也已安排妥当，二十一楼左转第四间，你现在可以直接去工作了。"

这话听得我一愣，随即我又赶紧点头，露出讨好的表情，小心翼翼地问道："请问，怎么称呼您？"

他这次甚至连正眼都没瞧我一下，目视前方，道："估计咱们也共事不了多久，你没必要知道我的名字。"

这话一出，我明显听见身后有偷笑的声音。我忍着尴尬和委屈，强扯出一抹微笑说："不管怎样，以后还请多多关照。"

其实我明白，于 QG 而言，我就是个异类，似乎连前台小妹都比我熟悉公司的运行流程和业务。可现在，我这个空降的无知者要做这个公司的领头人，别说管事的高层，估计就连最底层的员工都不会服气。

但事已至此，我不可能再退缩了，就如周尧所说，万事迈开第一步是最难的，但我这第一步，也是必须要迈的。

于是我深吸一口气，带着伪装出来的微笑，一路乘着电梯去到二十一楼。

进到那个冷面高层说的办公室，我首先看见的是一个吃着手抓饼的眼镜妹。瞧见我后，她惊慌地将饼收起来，末了还不忘擦擦嘴边的沙拉酱。

看她这副样子，我莫名觉得有些亲切，笑着走到她身边，挑眉问她："手抓饼……"

她一听更加紧张，镜片下的眼睛不停地眨啊眨："我……我……您……您……您……"

我的笑意更浓了，扶着她的肩膀，我继续问："手抓饼……还有吗？"

"啊？"她微张着嘴愣了一会儿，接着连忙问，"您要吃，我现在就下去买！"

说罢，她真的抓起钱包要出去。

"我开玩笑的！"我笑着拦住她，接着伸出手，"你好，我叫秦弯弯，以后咱们应该就是一个战壕的伙伴了，请多多关照哦。"

她的眼睛又开始眨啊眨的，好半晌她才反应过来，手蹭了蹭裤子，很小心地与我握手："应该是我请您多多关照！"

这一刻我看着她，心底忽然明朗了不少。我有预感，这个菜鸟四眼妹似乎能成为我在这个公司里可以信任的小伙伴。

好在我的判断没错，四眼妹虽然看着很菜，但能力绝对是上等。她带我熟悉业务时，一副严谨专业的模样，将我也渐渐带入了工作气氛里。

人一旦认真投入某件事当中，时间就会过得很快。转眼便到了午休吃饭时间，我看了看表，拉着她说："走吧，我请你吃饭！"

她看着我这举动似乎很惊讶，连忙推辞："不用不用，我有带盒饭，覃总您赶紧去用餐吧，不用管我。"

"覃总你个头啦！"我以为经过一上午的相处，我们俩至少不再生疏，结果一脱离工作状态，她居然还这样，这让我实在别扭得很，"我叫秦弯弯，你以后就叫我的名字就成。对了，之前忘了问，你叫什么啊？"

"我……我叫唐……唐……"

我拍拍她的肩膀："你紧张什么啊？好好说话！唐什么？"

"唐糖，姓唐，名糖。"

"还挺甜的。好了，咱们俩算认识了啊，以后你叫我弯弯，我叫你糖糖。"我再一次认真而郑重地伸出手，"我初来乍到，对这个公司有太多不熟悉的，所以，以后真的要请你多多关照才行。"

她似乎纠结了好一阵，才握住我的手，带着一丝激动地看着我，说："覃总……不对，弯弯！你放心，虽然我不是 QG 最厉害的秘书，但我一定会尽我所能帮你的！"

唐糖这段话直接导致我下班后，嘴边都是带着笑意的。

周尧见着，眸子里浮现出饶有兴趣的光："我以为你出来又要脱水一圈呢，没想到还会笑。"

我得意地扬扬下巴："哼，我适应能力这么强，怎么可能因为一点小挫折就哭啊？再说了，上天赐了我一个好帮手，这次就算再困难，我也不是孤军奋斗了，你说我该不该笑？"

他似乎对我所谓的帮手没多大兴趣，也没再继续这个话题，一边给车子点火，一边说："叫你那位学长来我家，付斯言的合同拟好了，让他来看看有没有法律漏洞。"

付斯言那边是我今天通知的，所以他说这话我并不感到意外。只不过我满脑子还是昨晚的事，心里难免有些忐忑。

我小心地瞧着他的脸色："真的叫孟学长？"

他眼神轻飘飘地看向我，说："不然呢？"

"没有没有！我立刻打电话！"

说罢，我赶紧拨通了孟学长的电话。待他接起后，我跟他说了大致的情况，他听完后沉默了好一会儿。我还以为他是没时间，所以连忙道："学长，不一定非要今晚，你看你哪天有时间都可以的。"

"不是。"他又顿了一下，问，"我今天会去的，但是弯弯……你给我的地址，是之前你那位未婚夫家吗？"

"未婚夫"三个字听得我胖脸一热，我用余光看了看周尧，又往旁边躲了躲后，小声道："对，就是他家。"

那边又是良久的沉默，末了，孟学长才又说："好，我知道了。"

接着，电话便被挂断了。

我有些意外，往日他从未先挂过我电话，而且也没这么反常，今天这是怎么了？

不过我心宽得很，也没太在意，晚上见面时他也没再表现出异样，所以我那一点点疑惑也就直接翻过去了。

而让我更意外的是，周尧与孟学长再见面时并没有像初见那般充满敌意，反而互相都客气得很。

宽敞明亮的书房里，两个俊逸出众的男人相向而坐，一个温润如水，一个冷漠散漫。

他们手中一人执着一份文件，都看得极专注认真。偶尔有需要讨论的地方，两个人也相当有默契地凑近，没有任何排斥的感觉。

跟他们一比，我倒真觉得自己像个局外人似的，有时为了刷一下存在感，我也会凑过去提提自己的意见。当然，这并没什么用。

大概研究了两三个小时左右，他们终于将合同里所有的条例都检查完了。

孟学长理了理文件，抬头温和地冲我一笑："没什么问题，可以签约。"

得到这个结果，我无疑是开心的，毕竟 QG 最大的问题能得到解决，我也算是对得起覃家和奶奶了。

兴奋之余，我赶紧留孟学长吃饭，毕竟人家大老远来的，总不好办完正事还让他空着肚子回去吧？

不巧的是，他似乎一会儿还有别的工作，听完我的话，笑着拒绝道："我明天还要出庭，一会儿要见原告，再交代一些事。这顿饭先欠着好了，改日再说。"

我点点头，有些遗憾："那学长，我送你出去吧。"

"好。"

路过周尧身边时，孟学长还很客气地朝他伸出手，他这次没再忽略，伸手握了上去。

"周总，谢谢你这么帮弯弯。"

周尧破天荒地回了个礼貌的浅笑，平静又客气地开口："哪里，该我这个做未婚夫的谢谢你这么帮她。"

短暂的沉默后，孟学长又恢复了往日那副浅笑温和的模样："那么，再见。"

后来我将他送到了别墅门外，他在上车前欲言又止地看了我半晌，似乎想对我说些什么，可最后说出口的只是一句："弯弯，任何时候，只要你需要我，我都会来找你。"

末了，他目光灼灼地看着我，又强调了一句："任何时候。"

我不知他为何突然要说这些，可见他这种神色，我也不好细问，于是只能点头。

送走他之后，我转身意外地瞧见了周尧。

他这会儿正闲适地倚在门口，双手随意地插在裤子口袋里，一脸慵懒。

"你怎么出来了？"

"秦弯弯。"

"嗯？"

"你这个孟学长，平时不健身的吗？透过衬衫也没看到什么肌肉，身子单薄得很……"

我心底一惊，赶紧打断他："你一个大男人这么在乎另一个男人的身体是闹哪样啊？难道你真喜欢他？"

他斜睨了我一眼，没在意这个话题，继续道"再有，他似乎也不抽烟？男人不抽烟，还能算是个纯爷们儿吗？"

我更无语了，腹诽道：人家那是爱护身体！

"最后，他刚刚满嘴这个条例那个条例的，让人一看就觉得他是个只识书本的书呆子。"

我彻底无言以对了，这都是什么逻辑啊！

说到这里，他颀长的身子悠悠地向我压过来，气息骤然逼近。

四周瞬间异常寂静，我心一颤，慌乱地伸出双手抵住他的胸口。

我原是想拉开我们之间的距离，哪想触到那炙热结实的胸膛后，气氛更加尴尬。我慌张地将目光投向别处，很没气势地问了句"你干吗？"

哪知我的举动并没能让他收敛，反而让这状况愈演愈烈。

他甚至单手抓住我的双腕，倾身，肆无忌惮地贴到我的脸旁。

他说话时，我几乎都能听到他在我耳畔喘息的声音。恍惚间，一股炙热的气息向我袭来。

"一个不爷们儿又不强壮还是个书呆子的男人，你居然会觉得他比我好？"

他说到这里，漆黑的眸子看向我，带着一股子慵懒的散漫劲儿。

他再开口时，声音悠悠的、轻飘飘的。

"你瞎啊？"

"……"

所以他之前表现出来的不在乎都是装的吗？又是吃薄荷糖又是跟孟学长比，幼稚王在他面前都要跪下唱《征服》了好吗？

我无语得不行，刚想回敬他两句，哪想他口袋里的手机这时突然响了。

他直起身子接听，没说几句便脸色一变。

"你确定吗？"

……

"好，我知道了。"

他挂断电话后，我察觉出了异常，于是赶紧问："怎么了？"

"我找人查了付斯言，刚刚收到的结果是，他二十岁之前的所有资料皆为空白。"

空白？一个人的底细怎么可能空白呢？所谓的空白肯定是有人故意要遮掩啊！

"你觉得他有问题，不想让任何人知道他的过去？"

他目光散漫地望了望远方，说话时声音很轻，但语气极为笃定。

"不是觉得，而是肯定有问题。"

我原本愉悦的心情一下子又跌到了谷底，要真是这样，合约还是不能签啊，那原料葡萄可怎么办？

许是瞧见我垂头丧气得太明显，周尧捏着我的脸左右摇晃了两下，语态轻松地安慰我："屁大点事也至于你这样？抗压能力都被脂肪取代了吗？"

屁大点事？这要是算屁大点事，那放屁的肯定比我还要胖！

不过我也明白，他之所以说这可信度几乎为零的话，其实是在安慰我。所以我也没太在意，微微叹道："算了，咱们再找别的葡萄园合作吧，法国有那么多葡萄园，我就不信没有一家既优质又便宜的赤霞珠。"

"没时间可以浪费了。QG现有的高档供货撑不了多久，中档又一直没生产，你不还签了几家新的合作商吗？所以，不能再浪费时间了。"

这话让我的心情更加沉重，我耷拉下脑袋，长叹一口气："那可怎么办啊？"

"合同是没问题，那咱们就再去看看那个葡萄园是否正常好了。"

"亲自去法国查那个葡萄园？"

"对，亲自。"

第十章
巴黎遇险

//////

周尧的效率很高，他将周氏的一切事务处理完毕后，便订了两张飞往巴黎的机票。

而我呢，去 QG 也才短短几天，虽说不像第一天那般如透明人，却也没什么大事需要我亲自处理。况且现在 QG 最需要解决的，就是葡萄原料的问题。

所以拿到机票后，我丝毫犹豫都没有，直接和周尧上了飞机。

我们是当地时间晚上七点左右落地的，他似乎早就安排好了酒店，所以我们一出机场便有酒店接机员来接。

一路都很顺利，我们将行李放进房间后，便一起出去觅食。

也不知周尧是不是瞧着我最近试可怜，也没怎么提过减肥的事。

倒是我自己，潜意识里开始莫名地控制起食欲来，甚至吃饭前还会查一查食物的卡路里。

最近经历了太多，如果说我还是那个整天没心没肺的吃货，脑子里整日想着的除了猪蹄就是麻辣烫，那我也确实是五行缺心眼了。

人就是这样，不经历大的挫折，就很难浴火重生。

想看见曙光，就必须先忍受黑暗。

而我想保护我的亲人，想保护整个覃家、整个 QG，就必须改变，从头到脚，从肌肉到脂肪。

不过减肥这件事与其他事情相比，确实也真的不值一提。可是以我现在的等级，我似乎也只能完成这种看着难度系数挺高，实则最简单的任务。

后来我们简单地吃了点东西后，周尧便带我去看巴黎最著名的塞纳河。

我们一路踩着梧桐树的落叶走在岸边，河水波光粼粼，时常有游轮经过，远眺河对岸，还能瞧见埃菲尔铁塔的塔尖。映着昏黄浪漫的光，埃菲尔铁塔耸立在夜幕中。

怪不得电视或是杂志上都说巴黎是世上最浪漫的城市，现在看来，确实如此。

似乎被周围的气氛所感染，我和周尧这一路都没有多说什么。我偶尔停下来欣赏景色，他也会安静地立在我身旁。

我望着河上的豪华渡轮，不禁感叹："以后一定要来巴黎结婚！"

周尧的目光也平静地投在河面上，开口时，语气中带着一股散漫和慵懒："巴黎的浪漫把你颓靡的荷尔蒙都激发出来了？"

什么叫颓靡的荷尔蒙？！

"说的是你自己吧？对任何女生都毫无兴趣的人，居然也好意思嘲笑人家荷尔蒙颓靡？"

他没再多说什么，俊美出众的脸庞微微转向我，漆黑的眸子里带着笑意，安静却又迫人地一点一点向我靠近。

不过这举动他最近做得太多，于我而言早已熟悉，况且我也是看过无数韩剧的人，一般这种情况下，肯定是男主要调戏女人，说她头上有根草啦，或是嘴边有颗饭粒什么的。

于是面对他逼近的俊脸，我很淡定地摸了摸脑袋，又摸了摸嘴唇，说："你放弃吧，我是绝对不会给你调戏我的机会的！"

"秦弯弯。"

他开口时声音低沉，温热的气息喷在我的脸上，一时又让我乱了方寸。

我努力控制情绪，强装镇定地回道："干吗？"

"我有没有说过，其实仔细看，你长得也挺漂亮的？"

话音落下，他甚至还伸手轻轻抚上我的脸，手掌慢慢下滑，最终停留在我的脖颈上。

他的脸上溢满浅笑，伴着塞纳河畔的轻风，看得我都有些微醺了。

我的意识有些恍惚，与他对视间，除了耳边越来越快的心跳声外，几乎什么都听不见。

不知过了多久，周尧再次开口。

他低哑的嗓音中透着一股子性感，目光轻飘飘的，却带着迫人的气势。

"心跳成这样？看来你说得没错，论荷尔蒙，我确实没你高。"

果然！我又被他耍了！

我咬牙切齿地瞧着他，心里想着要怎样才能报复回去。哪想这时不远处突然走来了一个醉汉，恰巧又被我伸直的胖腿绊倒了。

他倒下后随口骂了一句脏话，仔细一听，居然还是中文。

我还挺惊讶的，虽说来巴黎的中国人不少，但被我绊倒的可是独一个呀！

于是我赶紧扶起他，关切地问："同胞，你没事吧？"

"呃！你被摔一下看看！"

他一边说话一边朝我看过来，可不知为何，当他越过我看向周尧时，表情突然一滞。下一秒，他就像是喝了十盒雀巢似的，一阵风似的跑开了。

周尧也一刻没耽误，身姿矫捷地立马追了上去。

看着两人奔跑的背影，我脑海里只剩下一句话——

巴黎确实是一座能让荷尔蒙升高的城市。

其实我开始是不想跟着他们一起跑的，毕竟这种"你是风儿我是沙"的场面，不好有第三者在场。可当我下一刻发现自己没有手机也没有钱包时，我便不得不迈开双腿去追了。

显然前面那两位的体力都比我要出色，他们一路跑过河边，跑进了街道，又从街道跑向了人烟稀少的村落，这过程大概有几十分钟，他们居然一下都没停歇过！

到底是何等的爱恨情仇才能让他们迸发出如此惊人的体力啊？！我一边大口喘气，一边在心里想。

等我再追上他们俩时，两人已经停下来对峙上了。

周尧挺拔如松的身子立在对面，呼吸微乱。他面容冷峻地盯着这边的醉汉，眼底有一丝狠戾。

我那会儿累得不行，眼力见儿也实在没跟上去，更没察觉出气氛不对，所以还不怕死地调笑道："哟，现在不玩'你是风儿我是沙'，改玩'默默无语两眼泪'了？照这剧情发展下去，一会儿你们是不是就该抱在一起做出什么限制级的动作了？"

显然我的到来于他们而言有些煞风景，两人的目光一起向我投过来，但里面的含义截然不同。

那醉汉的眼底透出一丝狠戾，而周尧，则满眼惊慌！

是的，那个一直习惯掌控全局的人，第一次变得如此惊慌，仿佛看到了什么极其可怕的事一样。

下一秒，他突然大声朝我吼道："秦弯弯！快跑！"

我还没反应过来是怎么一回事，就见那醉汉突然拿着酒瓶朝我飞奔过来。

他一脸邋遢的胡子，疾速靠近时挺像关公，而他手里扬起的酒瓶，则更像关公手上那把大刀，看着就极有杀伤力。

世界仿佛被人摁了慢放键一样，我眼睁睁地瞧着那醉汉的酒瓶朝我落下，却一丁点该有的反应也没有。

我该转身、该逃跑、该躲避……可我都没有。

我整个人就像被钉在了原地一样，只能任由他宰割。

脑子里突然闪过一个相似的画面，我似乎曾经也被这样对待过，只不过当时我的身旁还有别人。

是谁呢？我不知道，那画面太模糊，不过同时响起的对话，倒是清晰得很。

我似乎搂住了一个人，那人全身都赤裸着、颤抖着，仿佛全身上下都充满了惧意。

而与他相比，我则多了无知无畏的天真。

我抱着他，说："不许你们打多多！要打就打我！"

而下一刻，那重物也确实落在了我的身上。

回忆与现实重叠，在我整个人回过神后，那酒瓶也重重地落在了我的脑袋上。

短暂的麻木过后，撕裂的疼痛从头皮传来，与之一起出现的，还有温热鲜红的血液。

其实我打小就有些晕血，小伤之类的还好，一旦出血量大，我必定反胃，而后眩晕。

所以当我看着自己的鲜血顺着头皮一路淌过眼睛，再流到嘴边时，我没有丝毫犹豫地晕倒了。

昏迷期间，我仿佛听见有人一直在我耳边呢喃着。

"媛媛，媛媛……"

那声音低沉沙哑，似乎带了很深沉的感情。

到底是谁在老娘床边喊别的女人的名字？不知道我在昏迷吗？不能影响病人休息这种简单的道德标准也不明白吗？

后来我也不知自己又昏昏沉沉睡了多久，反正再睁开眼时，外头的天色依旧是暗的。

我动了动脑袋，一阵撕心裂肺的疼蔓延开来。

好啦，我承认，撕心裂肺确实有点夸张，可我是头一回受这么重的伤，也没什么经验，实在找不出更合适的形容词了。

我伸手摸了摸，得，被包成木乃伊了。

想了片刻，我向四周看去。

入眼是一片纯白，空气中飘着消毒水的味道，不用想，我肯定身处医院。

想到这里，我忍着疼将头偏了偏，却意外地没有看到周尧的身影。

唉，童话里果然都是骗人的。一般这种情况，女主角受伤，男主角不是应该寸步不离地守在床边吗？然后女主睁开眼的一刹那，首先看到的就是他那张憔悴而邋遢的脸，接着他紧紧拥住她，说尽软绵的情话。

虽然我不奢求周尧像一般男主那样对我，可他也不能像路人甲那样对我啊！

我正抱怨着，病房的门突然就被推开了。我原以为是周尧，结果目光转过去，发现进来的是一位棕发白肤的洋护士。

她眼睛很大，笑容也很亲切，手里拿着点滴瓶，一边帮我换药一边用英文对我说："嘿，美丽的女士，看你的样子似乎恢复得不错，头还疼吗？"

我同样也用英文回应："疼，不过不动的时候还好。"

"那有眩晕的症状吗？"

"暂时没有。"

之后她又问了些别的症状，听完我的回答后，她突然话锋一转，大而深邃的眼睛里含着浅笑："女士，我很羡慕你，你有一个无比爱你的未婚夫。"

她这不知从何说起的话让我有些诧异，我想了想，试探地问出口："未婚夫？"

"嗯，周先生。"

周先生？那肯定就是周尧了。

我有些诧异，这洋护士居然会认为一个连照顾都懒得照顾我的人无比爱我！

片刻的安静后，病房的门突然又被人打开了，周尧高大英挺的身影出现在了门外。

这洋护士见到他之后，简直比见了亲爷爷还要亲，端着医护盘便向他走过去，很热情地对他说："嘿，周先生，你的未婚妻醒了！"

哪知他并没理会她，只是目光平静而深沉地看着我，说："我想和她单独待一会儿。"

显然，这句话是说给那位洋护士听的。可她听完并没有因为被撵而生气，反而更加笑意盈盈："晚安。"她离开时，还特意将门紧紧地关上。

一室寂静。

我望着那个始终平静看着我的人，撇撇嘴："周大总裁，你是不是相中那个洋护士，然后一直在调戏人家，都没……"

我的话还没说完，他笔直的身影突然气势汹汹地朝我走来。

他的脸一直阴沉着，步子急却很稳，身上的黑风衣被风微微吹起，一股迫人的气势跟着他的身子一起向我袭来。

"你怎……"

清冽又炙热的气息猛然将我包围，我的脸磨蹭着他质地精良的衬衣，用存在感极低的语气将后面的话补完："么了？"

他没说话，而是单手捂着我的后脑，尽可能地避开我的伤处，然后加大力道，紧紧地将我拥住。

那是很长的一段时间。

在这段时间里，房间里是安静的。我虽与周尧亲密拥抱着，可出奇的是，这次让我觉得很舒服，是那种全身心都很放松的舒服。

我不去想他为什么抱我，也不去想一会儿分开后自己该用何种反应来应对，只想这么静静地靠在他的胸膛上。

头顶是他清浅的呼吸声，耳边是他规律绵长的心跳声，伴着这些，我犹豫地伸出手，也回抱住了他。

这种感觉应该怎样形容呢？

反正我觉得现在我们之间是不带任何暧昧的，只有安心——劫后余生的人才能体会的安心。

末了，他低沉沙哑的声音在我头顶响起，语气像紧绷了许久的弦忽然放松了一样。

"还好你没事。还好。"

"呃……"我推了推他，吃力地一扬头，"虽然这次见血了，但也不至于让你紧张成这样吧？"

我腹诽：你装成这副深情款款的模样是想怎样啊？！不要以为如此，我就可以忘记之前你明里暗里百般羞辱我的种种事！

哪想他根本就没理会我的话，大掌一按，再次将我搂在怀里。

我实在忍不住，挣开他的怀抱，装出一副很不耐烦的样子："你够了啊！"

虽然被他抱着的感觉还挺舒服的，但我也不能一直被他抱着啊，万一抱着抱着，我就抱出感觉了可怎么办？

毕竟我是一个孤独了这么多年的单身人士，每年情人节或七夕只有系统消息会给我发短信的女胖子。我那颗玻璃心虽号称高处不胜寒，可其实也都是装出来的呀！

谁不想拥有一个"双十一"帮你清理购物车的伴侣呢？

我不傻，当然也会想，尤其对方还是周尧这种帅得臭不要脸的英俊男人。

但我也知道，虽然我与他有了婚约，可自己始终不是他喜欢的人。

我正感慨郁闷的时候，周尧的声音再次响起，依旧深沉而冷冽，语气中夹着几分莫名的强势，可说出的话又莫名幼稚得不行。

"秦弯弯，你记住，你是我的未婚妻，从头到脚甚至连一根头发在未来都将属于我。所以现在，无论发生什么情况，你都不能再轻易让自己受伤。"

其实他这话里疑点挺多的，可我不敢在这种情况下一一揪出来，所以强忍着笑，冲他点了点头。

哪知他眉头微皱，骨节分明的手指捏住了我的下巴，气势迫人："我没有一丝玩笑的意思，你最好认认真真听进去。"

我见他这副模样，不怀好意地调戏道："所以你这是在告白吗？"

他目光深沉："不，是警告。"

这话听得我在心里翻了好一阵白眼，我赌气地伸手再次将他推开，瞪向他："那我也警告你，以后不要随便对我搂搂抱抱！"

哪知他听完只回了我一句毫无人权的话："这可由不得你。像你说的，我过去那么多年里，身边一个能碰的女人都没出现过，这好不容易碰上了，而且还是能光明正大地碰的未婚妻，怎么可能还控制着？"

说话时他的表情很随意，连看也没看我，一副天经地义的模样。

我瞧着他这种有恃无恐的样子，一边气得呕血，一边在心里微微感叹。

这周尧确实变了啊，以前他就算再毒舌、霸道、大男子主义，可从未如此不要脸啊！

我真想打开他的脑子看看，看看里面到底是进了水银还是进了硫酸，不然怎么可能把脑主板烧到如此短路，让他如此反常！

我深知与他再将这个话题纠结下去，吃亏的也只会是我自己。于是我话锋一转，问："那个醉鬼被逮起来了吧？"

我这话让周尧的目光又忽地一暗，沉默片刻，他冷冷地道："没有，让他逃了。"

原来昨天那个醉汉砸伤我之后，周尧只顾看我有没有事，根本没心思再管他，于是他便趁机逃了。后来周尧又分析，估摸那人就是因为知道再与他对峙下去肯定逃不了，所以才将攻击目标改成我。

乖乖，结果我还是自己跑去的，真倒霉啊！

"那你到底为啥追他啊？看你那副不罢休的模样，我感觉他要么欠你八百万，要么是杀了你全家的仇人。啧啧，你是不知道，当时你那气势，我都被惊到了。"

似乎我这个问题有些难以回答，他线条分明的侧脸上现出犹豫的神色。沉吟片刻后，他才缓缓将事情的来龙去脉讲清楚。

原来这个人就是当年杀死小小父亲的凶手的同伙，因为他逃得快，而且又被神秘人物秘密送往了国外，所以这些年周尧根本没机会再抓住他。

而当年那个落网的杀人凶手，在供出自己的罪行同时，居然还供出了许多年前的一场绑架案！

是的，你们都没猜错，那场绑架案的受害者就是周尧！

更让人意外的是，似乎那次行凶的主要任务是想置周尧于死地。小小的父亲真的是误打误撞，间接替他受了死。

得知这个事实的周尧怎么可能受得了，没日没夜地盘问那个凶手。可无论周尧怎么问，那人都说自己只是个小角色，雇佣他们的神秘人物他根本就没见过，都是他们的老大在联系。

而那个所谓的老大，就是那个醉汉！

不过我的智商原本就有些欠费，况且我的大脑还被人砸了这么一下，有些事情我还是没太听懂。

于是我赶紧问："你是说当年绑架你的人，又雇人想杀你？为什么呢？当年他绑架你不就是为了钱吗？而且你安稳地活了这么多年，他为啥不在更容易下手的你的青少年时期杀你，而是选择在你当了警察之后？"

显然病房里那个"No Smoking"的禁烟标语对他这个痞子绅士没多大用处。他这会儿摸索着从兜里掏出一支烟，头一偏，动作利落地将它点燃。

他吸了一口后，许是想到了我这么个病患，于是长腿一迈，几步走到窗前。

他当时跨坐上窗台，一条腿支在窗台上，另一条腿则悬着。

那是一种沉静又颓唐的姿态，再配着他指间静静燃着的那支烟，他就像一座完美出众的雕塑。

沉吟良久，他才缓缓开口："你知道我为什么退伍之后执意要回B市当警察吗？"

我摇摇头："不知道。"

他朝空中吐了口烟雾，目光平静地望着远方，语气也极平静："其实当年的绑架案，受害者不止我一个，我想找出另外的那个人，所以才选择了最为便利的职业。而当年我似乎查得有些深，触及了那些人的底线，所以才会让他们动了杀人的心思。"

这话让我有些吃惊，心底也有些难以接受。当初国民的生活压力似乎没现在大啊，犯罪率也挺低的，怎么绑架还成双成对地绑呢？

后来我又联想到自己小时候也被绑过的经历，莫名地微微一叹，谁说有钱好？孩子很烦恼！虽然我们是含着金汤匙长大的，可谁也难保这金汤匙不被人惦记。

而我更悲惨，还没意识到自己有金汤匙，就先被人扔进了炖稀粥的锅里。虽说我从小也没在经济上有什么大的压力，可终归和那种真正的富家子弟还是有区别的。

至少没有哪个富家小姐会因为抢淘宝打折的商品而等到凌晨三点！

后来我脑子一转，突然又想起了一件事："你为什么这么执着地想找和你一起被绑架的人呢？他对你很重要？"

他吸了一口烟，眼神平静地看着前方："是的，很重要。"

我瞧着他这副模样，又起了调戏之心："哟！怎么的？是初恋吗？呀！难道你就是因为她，才守身如玉这么多年的？或许……你那恐女症也是装的？"

其实我觉得这个问题问得毫无意义，因为在我的潜意识里，周尧这种人，因为一个女人而执着了这么多年，是完完全全不可能的。

可我万万没想到的是，他听完我的话，沉吟片刻后，沉声开口："对，是初恋。"

他说话时把头转了过来，漆黑的眼睛注视着我，安静却灼人，深沉又深刻。

其实换了平时，我肯定要诧异一下，他为什么会莫名其妙这么看着我。

可当下我满脑子都是他刚刚的回答——

对，是初恋。

简简单单四个字，却无端在我心里掀起了一阵浪。

我原以为这世上所有女人于他而言都是萝卜，感觉都一样。可当我听到他说起初恋，还对她这么执着深情时，我心里莫名就有些不舒服，像是少了点什么东西，感觉空落落的。

我强忍着心上的异样，装出一副没心没肺的样子冲着他哈哈一笑："哈哈，那你快说说你的恋爱过程！顺带也形容一下那个人！哎呀，我真是太好奇了，到底是哪个女生能收服你这个妖孽的心！不过你们一起被绑架，她还是你的初恋的话，那她应该比你要大吧？毕竟当年你还挺小的嘛！"

周尧似乎有些犹豫，目光也慢慢变得有些复杂。想了很久，他才再次开口。

他说两人确实是一起被绑的，但对方的年龄并不比他大，相反的，是他还年长她三岁。

"你当年被绑架的时候不是才六七岁吗？比你还小三岁，那人家还是棵小嫩草啊！你怎么忍得下心去啃？"

他叼着烟，目光悠悠地看向我，含糊地说："想继续听就闭嘴。"

哼！

不过接下来他也说了，那么小的年纪，他们怎么可能懂初恋不初恋的问题。幼时两家关系好，双方家长经常带着他们互相走动，久而久之，他也挺喜欢这个妹妹的。况且当初两人又一同被绑架，到了陌生恐怖的地方，能依靠取暖的也只有彼此，而且……

他说到这里，突然没了声音，似乎在犹豫接下来的事情到底应不应该继续说。

但沉吟了一会儿后，他又继续说了下去。

原来他们被绑架后都被运往了偏远的山村，可有些莫名其妙的是，那些绑匪也没将他们卖了赚钱，只是每天关着他们，定时给饭、给水，保证他们饿不死。但好景不长，那些看守他们的人似乎也厌倦了这种事，于是每次看见他们就厌烦得不行，最后甚至经常在喝醉酒后，对着他们又打又骂。

那似乎是很漫长而痛苦的一段日子，周尧在回忆时，神色都变得很不一样。

我有些心疼，哪想后来他说出的话让我更加震惊。

当时社会上突然流行起了"乞讨行骗"的骗术，尤其乞讨的角色还是小孩子，赚取的同情与钱会更多。

于是那些绑匪就利用了这一点，将周尧他们推上了那条路。

许是与他一起被绑的姑娘当时太小，还不懂什么技巧，甚至连话都很难说利索，所以他们的重心就都放在了周尧身上。

那会儿他们为了让这个"小乞丐"看上去更加可怜，也更加真实，甚至将他的衣服扒光了！

偏远的北方，寒冷的天气，周尧就那么毫无尊严地、一丝不挂地被人扔到了街上。

从小便养尊处优的少爷何时受过这种待遇，于是从最开始就激烈地反抗起来，可换来的，是一顿史无前例的毒打。

那时小姑娘就在旁边，看着他被打得奄奄一息时，鼓起所有勇气护住他。

说到这里，他的目光突然变得平和起来，言语间还带了一丝若有若无的笑意。

　　"她当时小小的一个，甚至还没那个绑匪的腿长，看样子也哆哆嗦嗦的，很害怕，但还是很坚定地用双手抱着我，吐字不甚清晰地说：'不许你们打哥哥，要打就打我。'从我这个角度看她，她的眼珠又黑又亮，还蒙着一层雾气，睫毛长长的，很密实，说话时还浑身颤抖着。那会儿我就在心里想，如果我们能活着回家，往后的人生里，我一定要守着她。"

　　听完这些，我心里那股不舒服的感觉更加浓厚了。

　　我暗暗深吸一口气，问："那你为什么又在那场绑架里莫名其妙得了恐女症呢？"

　　闻言，他又恢复成那副冷峻的模样："小县城里有些女性没什么道德观念，偶尔有人施舍了钱之后，会很莫名地摸一摸我的身体，阴影就是从那时候形成的。"

　　这我倒能理解，有些偏远地区的妇女，可能一辈子都没见过像他这种标致、白嫩的男娃娃，况且他当时还被扒光了，有便宜不占岂不是傻子？尤其她们又捐了钱，当然得趁机揩油一把了。

　　"嗯，那既然这样，为什么后来你得救了，那个小姑娘却消失了？你不是说两家关系很好吗？那她家的条件应该也不差呀，富人家的孩子，不可能说丢就丢了吧？况且你们还是一起被绑架的。"

　　后来他说，两人被救前，又被绑匪们好一阵毒打，并且双双昏厥。等醒来时，他便发现自己被救了，再问家人小姑娘的下落时，他们却很难过地告诉他，她失踪了，被人运去哪里，甚至是生是死，都没人知道。

　　我有些诧异，都已经这种情况了，知道寻找到的可能性也很渺茫了，他居然还凭着一股执念坚持到现在！

　　想到这里，我静静地望着他，语气难得认真地说："那……你找了这么多年，找到了吗？"——那个你心心念念惦记的小姑娘，那个和你同生共死过的小姑娘，你找到她了吗？

其实我问出这话时，心里到底是抱着什么样的心态，我自己也不是很清楚。

我觉得现在的自己矛盾得很，一方面觉得上天如果开眼，就应该让他找到她，毕竟二人经历过生死劫难，他又这么执着，单说这份感情就让人觉得既心疼又美好；另一方面，我又莫名其妙地不想他找到她，但究其原因，我也想不太清楚。

难道我在妒忌？

他听完我的话，平静而深沉的眸子又看向我，语气轻飘飘的，可我听着觉得格外刺耳。

"不久之前找到了。"

我有些诧异，找到了？还不久之前？这段时间我一直都和他在一起呀，没感觉他有什么异样呀，而且似乎也没见过其他什么人啊！

不过想了一通，我又觉得自己想得太简单了。虽然我现在住在周尧家，但这并不代表我每天二十四小时都和他待在一起啊！再说了，他就算抽空去见了那个初恋小姑娘，也不需要来向我报告吧。

为了掩饰自己郁闷异样的心情，我故意冲他笑了笑，虽然我自己都能感觉到，此刻自己的笑似乎比哭还要难看……

我说："那你可得抓紧追啦，不然那么好的姑娘万一被人抢跑了可怎么办？"

他又吸了一口烟，薄薄的烟雾下，他英俊出众的脸上似乎浮现了一丝笑意。

"放心，正在追。"

他的话就像块大石头似的，重重地压在我的胸口。我难受得很，什么也不想再问，更不想再听，于是装出一副头疼的模样，道："我有些不舒服，想睡一下。"

"不舒服？我替你叫医生，先别睡。"

我装个病而已，哪里需要叫医生过来，这么兴师动众、浪费资源。

所以看到周尧真的转身要出去时，我连忙拉住了他："不用医生！你陪我睡一下就可以了！"

其实我说话之前完全没想太多，我的意思就是自己想睡一下，周尧也不可能一直都坐在那儿等着吧，他不如也在旁边的沙发上休息一下啊。

可不知为啥，我说出口时，它竟成了这样一句话。

所以下一秒，在我反应过来自己说了什么之后，我恨不得拿输液管上吊自杀。

显然周尧也没料到我会说这些。

他明显一愣，片刻后，嘴角微微勾起，过分俊朗的脸上破天荒地浮现笑意。他眼睛里全是浅浅淡淡的光泽，配着英俊清晰的五官，看上去就让人感觉舒服又悦目。

"成，那我就陪你睡一下好了。"

说罢，他慢条斯理地将身上的风衣脱下，扬手丢到沙发上。

我瞧着他一边解着衬衫扣子，一边朝病床走过来，心里急得不行，失声喊道："你要干什么？停！你别再过来了！"

周尧一脸无辜却狡黠的样子，像极了一只奸计得逞的狐狸，悠悠地对我说道："不是你叫我陪你睡一下的吗？"

"不不不！"我连忙伸手挡住他，"是我口误，口误！况且，就算我叫你陪我睡一下，你也不需要脱衣服啊！我是个病人，我……"

我话还未说完，身子忽然被人轻轻一推，再反应过来时，整个人已经被周尧搂在怀里了。

他一只手轻搭在我的腰间，另一只手则按着我的后脑，有一下没一下地轻抚着。

我感受着他身上清冽又温热的气息，看着他脖颈下露出的那一块白皙精壮的胸膛，一时间有些愣怔。

"睡吧，我陪你一起睡。"

"……"

他能不能不要用如此平淡无奇、醇厚深沉的嗓音，说出这种暧昧至极的话呀？就算再觉得我没心没肺或是缺心眼，他也不能这么肆无忌惮地撩拨我啊！

况且……况且他不是还有个心心念念的小姑娘吗？他对她表现得那么深情，现在干吗又这样对我？

这明显是渣男才会做的事呀！

怎么办？我该明明白白地说他是脚踏两条船的神经病，然后甩开他独自离开吗？

我想了想自己的护照和钱包都被他塞进兜里的场景，默默否决了这个想法。

那现在怎么办？我感觉头快要炸了！

后来我灵光一闪，推了推他的胸膛，抬起头，装出一副自然的神态，道："我又不想睡了！不然咱们去看那个葡萄园吧，反正我也没什么大事，就当活动筋骨了。"

周尧原本已闭上的双眼又悠悠地睁开，眼底的笑意全无，取而代之的又是那副冷峻深沉的模样。

半晌后，他平静冷漠的声音响起："不用，我已经看完了。"

"看完了？那有没有问题？"

"没有，等你养好伤回国就可以签约了。"

我心里一阵惊喜，可惊喜过后又觉得有些不对劲。

既然没什么问题，为什么他一提到这件事又是这种表情？不是应该开心才对吗？毕竟他这次辛辛苦苦地陪我来国外，就是为了弄清葡萄园的事啊！现在问题解决了，他怎么还是这副表情？

像是察觉到了我的疑问，他终是开口说出了原因。

"之前伤你的人，他消失的地方，其实就是葡萄园附近。"

我起初还不明白他话里的意思，后来想了想，心头一惊。

"你怀疑……那醉汉，其实是付斯言的人？"

"还没证据，只是猜测。"

"猜测也不行啊！这种事，有一点点苗头都不行！"

我气得一把推开他，坐了起来。看着他那张俊朗的脸，我吼道："那人要真是付斯言藏起来的，那我以后再和他合作，肯定就会置你于险地啊！虽然我不知道那样会给你带来什么危险，但这样看来，那家伙肯定是有备而来的，不然也不可能这么心心念念地一直找我合作啊！不行！不行！不管怎么样，这合同一定不能签！"

听完我的话，周尧的眉眼间又隐隐含笑，他单手撑着头，侧躺着瞧了我半晌，悠悠地开口："这么关心我？"

这话说得我一阵呆愣，我好一阵才反应过来。是啊，我为什么这么关心他？关心到宁可不要那所谓的原料葡萄，宁可让 QG 继续面临困境，宁可让大家对我失望……也不想让他有任何被伤害的可能。

还有刚才，为什么我听到他说起那个初恋小姑娘时，心会那么难受？

又为什么我对他的触碰、拥抱，甚至是微微靠近，都会有如此强烈的反应？

答案似乎马上就要呼之欲出，可我却不敢继续往下想了。

我咬咬唇，再看向他时，抬手拍了拍他的肩膀，一副哥俩好的表情。

"当然啦，作为帮我至今的小伙伴，我早就把你当成哥们儿啦！不关心你关心谁啊？"

他表情淡淡地看着我："哥们儿？"

我点点头，强装镇定："对呀！"

我原以为他还会再说些什么，哪知下一秒他居然侧了侧身，重新闭上了双眼！

我不明就里地看了他好半天，发现他确实没有接下来的动作后，伸手推了推他。

"喂，你怎么还睡啊？咱们的问题还……啊！"

话未说完，我整个人被他忽地一拽，片刻后，我便又被他重新搂在了怀里。

这整个过程中他的双眼一直未睁，开口时，眉眼间也没有多余的神色。

"现在你的任务就是好好睡觉养伤，待一切安稳后再回国签约。只要原料葡萄没有问题，你的问题也就解决了。至于其他的，那是我的事。"

说到这里，他忽然轻抬眼皮，目光平静却专注地看向我："而且，两个男人之间的问题，需要你一个女人管什么！"

这话我分外耳熟，似乎不久之前，他站在夜色下，也说过类似的一句——

"男人能解决的事，还让女人操什么心。"

他还真是有够大男子主义的啊！

第十一章
原来媛媛是圆圆

//////

我大概又住了一周的院，大夫才批准我出院。

而我出院后的第一件事，便是和周尧上了回国的飞机。重新踏回国土的一刹那，扑面而来的亲切感让我差点当街大唱国歌。

果然啊，还是自己家里舒服。

虽然我平时嫌弃得不得了，但一旦离开，就又会想得不行。

更何况，我的家还是美食丰富的大中华呢！

于是回家放好行李，我便拽着周尧出去吃饭。可哪想这饭店还没到，我的手机便突然响了。

不对，似乎也不能说是突然，因为我登机之后便一直关机，下了飞机也忘了开，拖来拖去，拖到刚刚才想起来。结果这一开机，手机上连珠炮似的一直跳出各种消息，我还没来得及看，电话就打来了。

来电显示是唐糖。

我莫名心头一紧，总觉得有事发生，于是赶紧接了起来。

"弯弯！不好了！你之前签约的那些客户今天早上都来公司闹。他们也不知道在哪里听到的风声，说咱们QG现在没有原料葡萄加工红酒了，要么退钱，要么赶紧交货，不然就要告咱们了！"

我惊得赶紧直起身，想了想那些合同，忙问："合同上的交货日期不是还没到吗？他们怎么现在就来了？"

"说是为了证明QG没有问题，要咱们提前交货。那些合作商像是商量好了似的，一股脑地都赶在一起来了，非要见您。不过好在刚刚王经理去见了他们，似乎已经谈妥了，他还说咱们QG肯定能提前出货。"

"王经理？"我回忆了一下，"那个在我刚进公司时带我去办公室的高层？"

"是啊是啊！就是他！"唐糖的声音突然有些兴奋，"我以前还以为他很不喜欢弯弯你呢，但这次看似乎是我误会他了。你猜他今天和那些合作商说了什么？他说：'我们大小姐是我见过除了老董事长之外，最认真负责的一个人了。所以她答应诸位的事，肯定会办到的，请你们和我一起相信她。'"

这话不仅让唐糖意外，连我都惊得不行。

那个王经理从我第一天进公司开始就没给过我好脸色，结果却在外人面前大大方方地一直夸我？虽然那赞美里面的水分还挺多的，但我听着还是有些欣喜。

我想，那王经理之前一定是奶奶的得力干将，忠心辅佐的那种。现在奶奶病了，他虽然觉得我万事不行，但因为我是奶奶唯一指定的接班人，更是她唯一的亲人，所以便在外人面前维护我。

莫名的暖流在我心头流淌，我暗暗地想，等奶奶苏醒那天，我一定要让她给他升职加薪！

挂断唐糖的电话，我将事情复述给一旁开车的周尧听。

他听完，没什么大的反应，依旧表情淡淡地目视前方。想了想，他薄唇轻启："马上给付斯言打电话签约。"

他的想法和我的是一样的，所以我也没再犹豫，直接和付斯言约了签约时间。

当晚，我们约在周氏旗下的一家酒店见了面。

周尧陪我赶到时，付斯言似乎已经到了好一会儿了。

他叫了一壶红茶，选的位置在窗边。我望过去时，他正巧执着茶杯望向窗外。那身姿虽没周尧看上去那么惊艳让人心动，却也是极为出众的。

见我们来了，他笑着起身和我们握手："终于把你们盼来了。"

后来的签约还算顺利，因为合同提前就看过，这次我们只注意了有没有变动的地方，觉得无异后，便直接签了字。

接过合同之后，付斯言提出想请我们吃顿饭，周尧立马反驳，说这里是周氏，就算吃饭，也该他这个东道主来安排。

餐桌上我吃得还算尽兴，毕竟刚签好了合同，解决了 QG 的一个大难题。虽然我还是很担心周尧那件事，但也正像他说的，不管怎样，我都帮不上什么忙，现在我管好自己、管好 QG，就算是对他最大的帮忙了。

所以总结下来，我的心情还是很不错的。

也许是我放松了警惕的原因，我根本没注意到他们二人之间的暗潮涌动，待付斯言再开口时，我才察觉出一丝不对劲。

他说："二位去我的葡萄园考察得如何？"

他的话让我的心尖一颤，面上挂了些尴尬。

再看周尧，他似乎丝毫不在意，还平静地拿起桌上的高脚杯，轻轻摇晃。

映着窗外的夜色，他的侧脸更加清俊出众，修长白皙的手掌握着酒杯缓缓地向薄唇边送去。他抿了一口红酒，接着喉结轻轻滚动。

放下酒杯时，他忽地一抬眼，目光冷峻又迫人。

他问付斯言："付总认识曾平吗？"

付斯言没有什么表情变化，他只是微微挑了挑眉毛,语气平静地回道"不认识。周总怎么突然问起这个？"

周尧一直平静深沉地看着他，半晌才面无表情地沉声开口："没什么。还有，我们去巴黎也是为防万一，毕竟生意场上，不能相信的人太多，这点付总应该比我要清楚吧？"

付斯言的笑意更浓："当然。"

那顿饭还算吃得宾主尽欢，我们将付斯言交给他的司机后，便也起身往回走。

也不知为何，后来我越想越兴奋，拿着合同一直看一直看，看了好多遍还有些不敢置信，缠着周尧问："我们就这么解决了QG的大问题？"

"我只是辅助，主要的功劳还是在于你。"

周尧说话时，就安安静静地立在我身边。他英俊白皙的脸庞映上了街边的璀璨霓虹灯光，那彩光将他原本冷硬的五官轮廓都衬得十分温和。

看着那张带着浅笑的俊脸，我胸膛那颗心又有些不正常地扑腾起来。我不停地叫自己赶快清醒，不要再轻易被这美色所迷惑，甚至还在心里念起了"色即是空，空即是色"之类的佛经。

但显然，佛祖这时没有显灵来救我，过了好一会儿我的心跳也没平复下来。

我想了想，决定赶紧叫个人过来转移我的注意力。

于是我笑吟吟地向周尧提议："咱们合同成功签约了，是不是应该找孟学长出来庆祝一下？毕竟当初为了这份合同，他也出了不少力！我理应谢谢他！"

周尧听完，目光莫名冷了几分，看了我半晌，只扔了句"随便"给我，之后便迈开长腿先走了。

我当时也顾不上他的反应，赶紧给孟学长打了电话。

后来我将地点约在了B市一家还算高档的KTV。找好包间后，我叫周尧先进去，自己则出来接孟学长。

唉，其实只有我自己知道，接孟学长？屁呢！以前只有他接我的份，我哪接过他啊！我这次会出来，完全是因为自己根本不能再继续和周尧独处一室了。估摸着再待下去，我要么是心跳加速而死，要么就是紧张得窒息而死。

之后接到孟学长时，时间已经过了半小时。

他自夜色中匆忙走近，手里还提着公文包，身上的衣服依旧穿得那么一丝不苟，鼻梁上的镜框也还是禁欲范十足。

他见到我的一刹那，目光平和地冲我笑了笑，清俊的脸庞上写满了温柔。

"弯弯。"

面对着他，我才找到了一丝老友之间的舒适感，哥俩儿好地挽过他的手臂，笑嘻嘻地对他说："孟大忙人，我可是站在门口等了你好久啦！一会儿进去要罚你酒才行！"

他笑着揉了揉我的头顶，开口时，声音清澈温和，像是清风拂过一般："都听你的。"

可哪料，孟学长这笑容，在推开门见到周尧的一刹那，莫名地就僵住了。

我想了想，似乎自己刚刚确实忘了还有周尧来着，于是赶紧解释："这次的合同是你们俩一起帮我研究的嘛，我就想着咱们仨约着玩一玩，也算是我的谢礼啦！"

周尧当时坐在沙发上，长腿交叠着搭在前面的茶几上，双臂抱在胸前，英俊的脸庞上是种极淡漠的表情，就连抬眼看向我们时，眼神都轻飘飘的。

他听完我的话，没有动，也没说什么。

倒是孟学长，还算给我面子，反应过来后又冲我笑了笑："挺好的，反正大家也都熟悉。"

其实我找孟学长过来，主要还是想分散一下自己的注意力，可谁知后来他居然被周尧给虐了，而且还是身心各方面都被虐。

周尧开始那个样子，让我以为他全程都会无互动地冷场，但哪想后来他不知抽什么风，在我和孟学长说过几句话后，他莫名地说要和孟学长来几场男人之间的游戏。

当然，KTV里能有什么男人的游戏，无非就是拼酒啊、摇骰子啊、玩纸牌啊什么的。

可天晓得，孟学长从上学开始就是一等一的好学生，平时除了应酬，基本滴酒不沾，那些酒桌上的游戏更是没几个拿手的，跟周尧这种一看就是老手的人完全没法比。

我看了几轮，看着他被周尧一杯杯地"罚酒"后，实在看不下去了，赶紧去救场。

我一把夺了他们的酒瓶，笑嘻嘻地挤到他们中间，假装生气的样子，说："你们俩也真是的，难道忘了这包间里还有我的存在吗？我这么大的体积，怎么就能被你们忽略得如此彻底呢？不行不行，哪有一直你们玩的道理！"

我转了转眼睛，拉过孟学长的胳膊："学长，还记得咱们上学的时候不？那时候在KTV唱歌，你经常和我合唱，怎么样，再和我来一首？"

孟学长的眸底已经染上了一层醉意，他看着我时，笑容比往日更加浓烈，也更加温柔。

"好，你想做什么我都陪你。"

他说话的时候带着清浅的酒气，不熏人，反而让人闻着也想要和他一起醉下去。

我微微一笑，余光不受控制地扫了一眼周尧，他此刻从怀里掏出了一支烟，偏头点燃后，便表情淡漠地自顾自地抽着，似乎也没在意我们这边的举动。

我深呼一口气，忍着心里的异样，去点歌台选了一首《被风吹过的夏天》。

这首歌，我和孟学长几乎从大一唱到他毕业，当时只觉得歌词朗朗上口，曲调也大众好唱，所以也没太在意是不是有暧昧，每次在 KTV 唱歌都是必点曲目。

因为毕业有一阵了，我们俩也有段时间没来过 KTV 了，前奏再响起时，我心里不自觉地溢出让人舒服的暖意。

所以接下来唱歌时，我脑子里堆满了那四年的校园回忆，整个人都很投入。

可哪想，后来一阵关门声将我又瞬间拉回到现实。

很响的关门声，震得我一阵心惊。我转头一看，包间里哪还有周尧的影子。

我潜意识里就有些着急，也顾不得歌曲是不是还在放，连忙搁下话筒去开门，探头看过去。

当时周尧刚走到走廊附近，我喊了一声他的名字，哪想他连头都没回，闪身转了个弯，彻底消失在我的视线里。

我一时不知该怎么办，想出去找他，可又不好意思单独把孟学长留在这里。犹豫了片刻，我还是选择转身先回包间。

哪知我转身抬头的一刹那，发现孟学长也正瞧着我。

他这会儿表情平淡，虽还是温和平静的模样，眉眼间却没了笑意。

他望着我，有些无力地扬了扬嘴角，很勉强的样子："弯弯，你喜欢上他了。"轻飘飘的一句话，没有疑问，是很直接的肯定句。

而这句话，像是和我心底一直以来隐匿的想法——我尽量忽视，不去正面相对的想法，来了个大碰撞。

那种冲击仿佛在我心底掀起了一阵巨浪，我很无力，不知该怎样面对，却又无可奈何。

我没说话，只是微微垂着头看向地面。

KTV房间里不断摇晃着的旋转灯洒下满地的彩光，那乱糟糟、无头绪的样子，就好像我现在的心境一般。

是啊，我喜欢上周尧了，说不上多深刻，却是实实在在地喜欢上了。

无论我走到哪里，目光都会不自觉地往他身上转；吃什么、做什么，心心念念的也是他。

甚至回忆的时候，我脑子里闪过的画面，也几乎都有他的身影。

这种种加在一起，应该算是喜欢了吧。

可我就算喜欢，又能怎样呢？

他有着让他魂牵梦萦的对象，他们一起经历过生死，而且看他的模样，似乎这辈子非她不可了。

而我呢？要身材没身材，要长相没长相，虽然刚刚有了个富家小姐的身份，可现在公司又面临危机，能不能顺利度过都不一定。

这样的我，这样糟糕的我，又拿什么和他回忆里的美好去比呢？况且我也没想过要去比。

似乎察觉出了我的异样，孟学长缓步走到我跟前。

他的手抬到半空，似乎犹豫了一下，最后还是将我拉进他怀中。

"弯弯。"

头顶响起他温和清润的嗓音。

"弯弯，你是我见过的最优秀的女生。你无须自卑，也无须退缩，想要什么就努力争取。你连简单的表达都没有过，又怎么知道别人的想法呢？这世上有很多人，他们是极胆小又极会伪装的。他们很害怕万一把那层关系挑破，他们和对方就连朋友都没得做。所以说，你要自信起来，你很好，好到足以配这世上的任何一个人。"

他的话像清风一样拂过我的心间，我知道他在安慰我，所以极其配合地点点头。

他握着我的肩膀微微推开我，望着我的眸子里带着浅淡的光泽。

"所以，现在就去告诉他吧。"

告诉他？告诉什么？告诉周尧我喜欢他？

显然这对我来说是不可能的，先抛开周尧是不是还有位初恋不说，单从让我当面去表白这一点……我真的做不到啊！

不过我现在倒真想去找周尧，刚刚他似乎也喝了不少，我真怕他自己出去会有什么意外。

所以我扬起头，也不说破，含糊地对孟学长说："那……学长，我先去找他？"

"去吧。"

"那你在这里等着我，到时我们一起来找你，咱们出去吃夜宵。"

孟学长望着我的目光突然变得有些复杂，一种我说不清道不明的情绪浮在他眼底。沉默片刻后，他微微一笑："好。"

像是得到了大赦，我头也没回地跑了出去。

后来我跑到走廊尽头后，身子刚向右一拐，远远地便瞧见了周尧的身影。

他高大挺拔的身子立在墙边，目光淡淡地看着前方，单手插在裤兜里，另外一只手姿态慵懒地夹着香烟。

四周的环境又昏暗又暧昧，可硬是没让他周身的氛围暖起来，反而还多了一丝冰冷的感觉。

似乎察觉到了我的目光，他缓缓看过来，四目相对时，他望着我的眸底不带一丝多余的神色，平静、淡然得让人感觉不出一丝危险。

可下一秒，他忽地将烟头往地上一扔，鞋子随便朝下一踩，接着，气势汹汹地朝我走过来。

那过程中，他好似一头暗夜里蛰伏已久的狼，不动声色地观察许久后，开始朝自己的猎物进击。

他的步子既快又稳，然后他连一丝一毫反应的机会也没留给我，站到我面前后，直接俯下了身。

扑面而来的酒味、烟味还有他独有的清冽气息让我愣了一下，接着，我双唇一热，整个人更是直接僵在了原地。

起初只是双唇简单的碰撞，轻柔而炙热，我们的鼻息交缠在一起，暧昧不已。

后来他的唇齿包括湿滑的舌头都开始不老实，起初他只是用舌尖轻描着我的双唇轮廓，渐渐地，他开始探进我的口腔，带着热烈和迫切。

我们的呼吸越来越不稳，可他像是永远不知满足似的，舌头胡乱地搅着我的嘴巴，霸道又不容拒绝地占据了我口腔的每一寸空间。

分开时，我们二人都气喘吁吁。我甚至还有些神志不清，脑子里嗡嗡作响，丝毫不敢相信刚刚发生的事。

不久后，我听见耳畔响起周尧的声音，是那种压抑很久之后的满足的语气，又带着淡淡的责怪之意。

"媛媛，你还要折腾我到什么时候啊？"

媛媛？这个名字怎么这么耳熟？

啊！我想起来了！之前在巴黎受伤时，我昏迷期间似乎也听见有人在我耳边叫着这个名字。

难道这就是他初恋的名字吗？之前我受伤了，让他不由得想起了那个女生？现在他喝醉了，也将我当成了她？

想到这里，我心头一堵，抬头狠狠地瞪过去，接着抬手一挥。

"啪！"

这记巴掌我用了毕生最大的力气，几乎一下就把周尧的头打歪了，他白皙英俊的脸颊上瞬间出现了淡红的"五指山"。

我当时难过得心都要碎了，哪还顾得上他的感受，扔下一句"浑蛋"之后，便率先转身跑开了。

跑出KTV后，我沿着路边一直走。街道上的落叶被我踩得咯吱作响，我听得极烦，心头又是一阵抑郁，气得抬脚冲地面一踢。

结果我的力道一个控制不稳，叶子没踢起两片，倒是先把自己给弄摔了。

我深吸一口气，整个人在摔倒的瞬间像是被摁了开关似的，所有的元气和坚持都被放空了，甚至连再站起来的力气都没有了。

我将头深埋在双膝间，放声大哭起来。

我以前只觉得人家为情而落泪太矫情、太丢人，可现在换成自己后，才知道，原来求而不得的委屈，确实能让一个人崩溃。

"身子不想要了？这么凉的地面也敢坐！"

清冽的、散漫的、熟悉的声音在头上响起，我忽地一扬头，果然看见了周尧那张英俊出众的脸。

他单手插在风衣口袋里，另一只手则拿着我的包包，平静的眼神中含着一丝慵懒。他居高临下地看着我，看不出喜怒。

我现在看见他这种无所谓的样子就觉得心烦，估摸着再这样下去，自己肯定又要控制不住地给他来一巴掌。于是我吃力地撑起身子，伸手去拿自己的包包。

哪想周尧身子微微一侧，很轻巧地躲了过去，微微抬了抬眉毛，问："都这么晚了，你不回家想去哪儿？"

"我去哪儿也轮不到你管！渣男！"

他眉头一皱："亲你一下就成渣男了？"

他这话让我惊了一下，我刚刚还以为他只是喝醉了，将我认成了别人。

可现在，看他这副不知歉意还理所当然的表情……难道他从一开始想亲的人就是我？

天哪！他心里想着一个女人，嘴上亲着另一个，这不是渣男又是啥！

我一生起气来就开始不管不顾，所以也没想什么，扬手又朝他挥了过去。

他这次倒是有了防备，不仅轻巧地躲过，甚至还一把抓住了我的手腕。

"放开！你这个脚踏两条船的浑蛋！我说你是渣男都是好的，你这样的，根本就应该……"

我接下来的话悉数被他堵在了嘴里，他单手扣住我的后脑，又狠狠地吻了上来。

这记吻和刚刚的有很大的不同，如果说刚刚的吻只是试探，那这次则是赤裸裸的占有，一寸一丝都不放过的占有。

我挣扎着用力推开他，反而被他越抱越紧，腰身以上被他一只手紧紧地压着，牢牢地贴在他怀里。

没多久，我就感觉到唇舌发麻，大脑缺氧，四肢更是无力地垂到身侧，一丁点反抗的力气都没有了。

不知又过了多久，他终于放开了我。

他白皙的脸颊上不知是因为缺氧还是因为尴尬，浮出了淡淡的红晕。

半晌后，他微喘着用头抵着我的额头，轻声道："哪来的两条船，是你，都是你，一直都是你。"

那天晚上后来还发生了什么，我都不太记得了。

似乎我听完周尧的话后就一直呆愣着，一路被他拥着回了家，直到上床之后才反应过来。可那时为时已晚，我想了想，还是决定明早醒了再问清楚。

毕竟周尧之前已经喝了不少酒，而我被他吻来吻去两次之后，也有些微醺，以致神志不清了。

那晚我胡思乱想了很久才睡去，恍惚间似乎还做了个梦。梦中周尧搂着一个白嫩水灵的美女出现在我对面，两个人手挽着手，一个高大俊朗，一个笑靥如花。两人含情脉脉地对视许久后，给我递来一张请柬，是很喜气的红色请柬，上面还印着烫金的"新婚"字样。

之后我便瞬间惊醒了。

我看着周围，好半天才反应过来刚刚只是一场梦，接着大脑只放空了几秒钟，我立马想起了昨晚的事。

于是，我连脸都没洗，就气呼呼地冲出了房间。

周尧这个时间一般都会在厨房做早饭。显然昨天的事对他没什么大的影响，他这会儿依旧有条不紊地在厨房里忙活着，偶尔还会给脚边的"你"喂两口。

许是听到了响动，他微微回头看向我，英挺的五官在晨光中更显俊朗。

他神色挺平静，用下巴指了指餐桌的方向："过来，等着吃早饭。"

我咬牙瞪过去，但显然我眼波的信号太弱，他根本没理我，注意力依旧放在锅子上。一旁的"你"倒是注意到了，吭哧吭哧地哼了几声。

我本就心气不顺，瞧着它这副为新主卖命，不顾旧主喜怒的谄媚模样，更是怄得肚子疼。于是我目光一转，冲它吼道："再出声就从窗口把你扔下去！"

"你"的灵性特别高，许是听明白了我的话，委屈地望向周尧。

它这位新主也挺给力的，目光冷冷地看向我，平静地调侃道"能耐啊，大清早的跟狗干架。"

我瞪向他，恨不得从眼中射出小李飞刀杀死他："我岂止想跟它干架啊！更想和你干！"

其实这话说出口我也没觉得有什么不对，但哪想周尧听完，眉毛一挑，清俊的脸庞上浮现出饶有兴趣的表情，声音故意拉长："想和我干？"

他都说成这样了，我要是再不明白，那可就真是傻了。

于是我眼神更毒、更愤恨："少放屁！你明白我在说啥！"

哪知他闻言，眉头一皱："再骂人，你就不要吃饭了。"

哈！还吓我？老娘是被吓大的吗？

我奋力反驳："你不给我吃，我就不吃啊？老娘不能叫外卖吗？"

他似乎有意克制着情绪，抿了抿双唇，拿起碗盛饭："先吃饭。"

这话听得我更不爽了，我不再控制，大步向前一迈，到他身边后，抬起头想开口，后来又觉得我们俩身高差距太大，这显得我很没气势，于是我四下一看，决定站到凳子上。

我居高临下地看向他，顶着满身的火气，喊道："昨晚的事你不打算给我一个解释？别用喝醉来搪塞我，我就算瞅着比较笨，但也不是真的笨！"

这话给他听得直乐，我发觉自打从巴黎回来以后，他脸上的笑容似乎真的多了不少，最近更甚，有时我甚至连笑点都不知道在哪儿时，他已经咧开嘴了。

虽说帅哥笑起来确实挺赏心悦目的,但这也不代表他能不分场合啊!他没看到老娘正在很认真地生气吗?

他笑着笑着就又开始忙起了手里的活,拿着饭勺向碗里盛饭,眼皮也没抬地说:"行,既然你先提出来了,那就说说吧。"

我狐疑地看过去:"我说?我说什么?"

"说你打算怎么对我负责啊。"

我惊得差点从椅子上摔下来:"我对你负责?负什么责?"

周尧闻言,脸色忽地一沉,手里的饭碗"啪"地一扔。

突如其来的声响吓得我腿一软,接着便晃晃悠悠地跌坐在了餐桌上。

这时他慢悠悠地朝我俯身过来,脸上带着说不清、道不明的神色。

"你吻了我,不该负责吗?"

他的身子立在我前方。

"当初夺了我的初吻,昨晚又夺了我的二吻、三吻,不该负责吗?"

他的双手撑在我的身侧,目光灼灼。

"还有……"

他英俊的脸缓缓朝我逼近,漆黑的眸子里映着我失措的神情,炙热的呼吸更是带乱了我的心跳。

"我的心原本被守得严严实实的,可你一来就将它偷走了,不该负责吗?"

"……"

他贴得这么近,我连思考的能力都没有了,更别提拿出刚刚那样的气势了。于是我紧张地扭过脸,尽量忽视他极强的存在感,小声反驳:"你臭不要脸。"

他抚过我的脸,轻轻捏住我的下巴,强行将我的脸抬起来,牢牢地盯着我，开口时，声音有些暗哑低沉："我之前就是太要脸了，所以才一次次放任你和别的男人眉来眼去。"

别的男人？眉来眼去？他说谁？孟学长吗？

想到这里，我心里又升起一股火，他可以心里装着初恋，身边还拽着我，可我只是与好朋友玩一玩，说说话，他就这样？

再说，他是谁啊！凭什么管我！

于是我怒瞪向他，吼道："你还真是不要脸！自己脚踏两条船也就算了，现在居然还来管我？凭什么！"

"凭什么？"他又向我靠近一些，额头抵住我的额头，微微蹭了蹭，语气深沉而又暧昧，"凭我一直在你的船上。"

"媛媛，求你动动脑子吧，好好回忆一下我昨晚的话。我明明说了，都是你，一直都是你。初恋？对，我这一生所有的明恋、暗恋、早恋、晚恋全部葬送了，就是为了这段初恋。可你怎么就是不明白呢？所谓的初恋，就是你啊，媛媛就是你啊！"他这字字句句敲打在我的心头时，我整个人都愣住了。这剧情突转，可似乎又那么合情合理。

现在回忆起来，周尧似乎早就暗示过我，只是我自己一直在乱猜瞎想。

还有那个名字……媛媛……

我以前听着有些堵心，可现在仔细一想，似乎这个名字也很熟悉。

"Yuanyuan……其实是圆形的圆吧？是不是你奶奶最开始叫我的那个名字？她当时还挺执着的，无论我怎么说，她都那么叫。这么看来，她也是从小就认识我吧？"

"对。"他蹭了蹭我的鼻子，双眼轻闭，"你奶奶最开始在我的办公室见到我之后，回去就和我奶奶说了。所以这两位老人一早就知道，只是没告诉我而已。我当时没仔细想过，可后来在寿宴上听了你奶奶的话后，就全反应过来了。圆圆，其实是你的乳名。"

"所以，小时候和你历经生死，又被你找了那么久的人，就是我？"虽然事情已经明了了，但我还是想彻底问清楚，想从他嘴里明明白白地听到肯定的答案。

"对，一直是你，都是你。"

简简单单的几个字，却给了我一种尘埃落定的感觉。

我长吸一口气，搂过他的脖子，将脸深深地埋在他的脖颈间。

"周尧……"

"嗯？"

"谢谢你。"——谢谢你一直喜欢我，谢谢你一直没放弃，还要谢谢你，让我也喜欢上了你。我一直以为自己会长久地孤独下去，也一直埋怨老天爷为什么在给予我一些东西后，又要夺走一些。可现在我明白了，他似乎在等待时机，等着让我重新遇见你。

周尧搂着我腰身的手紧了紧，带着笑意的声音在我头顶响起："是我该谢谢你。我几乎都以为自己要一直生活在冰冷阴暗的冬天里了，谢谢你回来，带着我重新走回了春季。"

那天相认后，我们也没有太多的变化，几乎还和平时一样，一起吃了早饭之后又一起出门，然后他送我去 QG 上班。

我们也没有一般刚刚恋爱的男女那种缠绵，甚至他在放我下车时，也没有跟我要一个吻，一丁点异常也没有，只是嘱咐我说下班再来接我。

这让我有些郁结，但也不能直接说"周尧，你把脸伸过来，我想亲你一下再下车"，如果真这样，估摸我这一辈子都要被他嘲笑得抬不起头了。

于是我也装着很平静地下了车，看着他连一丝犹豫都没有地开车离开时，我恨恨地跺着脚，小声嘟囔："你等着！以后你想亲，老娘都不给你亲了！"

不过那天除了早上的小插曲之外，还算挺顺利的。

更棒的事是，付斯言提供的赤霞珠，在那天下午就运来了一批。

这事让我惊喜得不行，毕竟我们头天晚上才签约，我完全没想过他的效率会这么高。

因为我是这批葡萄的负责人，所以按着公司的规定，要随机抽出一箱葡萄来检查。可奈何付斯言那边的包装忒严实，我弄了半天也没打开，后来还是唐糖捧了一箱打开的来找我，我这才揪下一颗尝了尝。

其实虽然我上班有一段时间了，也学了不少关于红酒的知识，可在我眼里，这世上所有的葡萄都是一个味儿。所以这会儿我就算尝再多，也只能尝出这葡萄甜不甜啊、新不新鲜啊，别的一概尝不出来。

王经理看着我一颗又一颗地揪着赤霞珠往嘴里送的场景，一脸恨铁不成钢的表情，最后索性夺过我手里的半串，亲自尝起来。

而他只吃了一颗，便舒展了眉头，很肯定地点点头："是上好的赤霞珠。"

他这种元老级的人物都说好，可见这葡萄确实不错，于是悬在我心头的那块大石头终于稳稳地落下了。

我兴奋地朝身后搬运的工人们大喊："亲人们！撸起袖子干活吧！这批红酒生产完毕后，我给大家发奖金！"

自古没人不爱钱，所以听完我这话，所有人都兴奋得惊呼起来。

当天晚上，我提前下了班，直接打车去了医院。

奶奶身体没什么大碍，却一直没有转醒，我之前因为刚接手 QG，中途又闹出赤霞珠的事，所以来看她的次数很少。

这会儿见奶奶安详平静地躺在病床上，我心头一时感慨万千。

我搬过椅子坐到她床边，双手握着她的手，蹭了蹭自己的脸，小声说：
"奶奶，我最近办成了很多事，你如果醒着，一定会为我骄傲的。"

"其实我到现在都还有些不能理解你对我和月末做的事，但一切都
不重要了。毕竟我只有你一个亲人了，只要你健康到老，别的都没关系了。

"啊，对了，虽然不知道你当初为什么不想和付斯言合作，但不得
不说，这次我能挽回 QG 的业绩，还真是全靠他呢。

"还有还有，我和周尧……我们俩也相认了。虽然我没有太多小时
候的记忆，感情也不如他深刻，但……"

我絮絮叨叨地说到这里时，奶奶的心电图突然有些波动，后来则波
动越来越大，医生护士听到警报声后，连忙赶了过来。

我心底又慌又惊，不知到底发生了什么。被医生赶出病房后，我哆
哆嗦嗦地咬着手指，来回在病房外走着。

好在后来医生说奶奶没什么事，只是我的话里有什么事似乎刺激到
了她，所以她的心跳才会反应强烈。

刺激？我说什么刺激到她了？

我想了半天，最终想到的也就只是我和周尧的事了。

难道……奶奶是开心？开心我们俩走到了一起？

后来我出了医院，跟周尧说起了奶奶的情况。他沉吟片刻，沉声问：
"那医生说了她什么时候能醒吗？"

我叹了口气，摇摇头："没说，可医生也透露了，现在奶奶已经能
听明白我的话，就代表她开始有意识了。虽然意识还不完整，但总归是
好事，可能不久之后奇迹就会发生了。"

他点点头，没再说话。

我望向窗外，沉默一会儿后，才突然反应过来"你这是要去哪儿啊？这不是回家的路啊！"

"奶奶叫我们回一趟老宅。"

奶奶？周尧的奶奶？

我有些不解，但也没再追问，反正有什么事一会儿到了也就知道了。

果然，我这前脚刚踏进周家大门，后脚周奶奶就迎了过来，那一脸喜气的模样，活脱脱一招财猫啊！

"圆圆啊，快来快来，奶奶挑了几个好日子，你看你喜欢哪个，咱们定一定。"

我被她拉过去坐到沙发上后，一头雾水地看向周尧，用眼神问："挑什么日子？"

周尧平静地耸耸肩，一脸"你问我干吗？我也不知道"的表情，搞得我头更大了。

"周奶奶啊，您……"

周奶奶一板脸："周奶奶什么啊周奶奶，叫奶奶！我都听那个臭小子说了，你已经大发慈悲地接收他了是不是？两人都确定关系了，还叫什么周奶奶，得叫奶奶才行！"

接收？这词听得我一个没忍住，"噗"地笑出了声。

我得意扬扬地抬头看过去，用眼神对周尧说："听见没？你奶奶用的是'接收'，你以后要是敢对我不好，老娘就退货！"

可他一丁点理我的意思也没有，平静地拿起桌上的咖啡，靠在一旁，漫不经心地往嘴里送。

周奶奶似乎注意到了我们这边的暗潮涌动，抿着嘴不住地偷笑，末了，拍了拍我的手背，说："你瞧，你们俩现在都这么旁若无人地秀恩爱了，还不定日子想干吗？我虽然不是个封建的老太太，但也不能委屈了你不是！总之，你快点来定个日子，咱们抓紧把你们的婚事给办了。"

这回轮到我吃惊了："婚……婚……婚……婚事？"

周奶奶瞪着眼睛，缓缓点了点头。

我有些不敢置信地看向周尧，见他一副早就知晓的淡定模样，不淡定地问："等等，我是不是理解错了？你们说的婚事只是订婚吧？不是结婚吧？"

周奶奶一拍我的手："废话，你们俩都发展成这样了，还订什么订，直接结！而且越快越好！"

这下我彻底不淡定了，高声惊呼："我还一点准备也没有，这也太快了吧！"

周尧当时坐在我们对面，双腿很随意地交叠着，一只手臂搭在沙发靠背上，一只手则扶着身旁的扶手。

他一脸淡漠散漫的神情，目光悠悠地投向我，用再平淡不过的语气说了一堆深刻得让我无法反驳的话。

"快？我等了你二十多年，如果有可能，我希望今天就能把你娶回家。你说快？不，于我而言，已经很慢了。"

这番话让我的心尖颤了一下，周奶奶则一直在旁边抿着嘴偷笑。

这男人还真是……要么不说，要么让你无话可说啊！

但不得不说，他这番话还真是成功地讨好了我，我这心里，别提有多甜了。

那感觉，就好像心头被人倒了一瓶冰镇可乐，甜得都要冒泡了。

后来出周家大宅时，我笑嘻嘻地挽住了周尧的手臂。

"喂，如果不是知道你有恐女症，我真要误会你是情场浪子了。这小情话说得，来之前喝了糖水吧你！"

他反手扯开大衣，将我拥进怀里，接着搂过我的腰，伴着徐徐的夜风，沉声道："你以为这么多年我都是随便过的？不外露不代表我不会，有些东西我都攒着呢，等着一点一点说给你听，做给你看。"

他说话时，头顶有昏黄暧昧的路灯照着，漆黑的眼底浮着浅浅的光泽，漫不经心中又透着一股执拗的认真。

我既甜蜜又感动，末了，踮起脚，第一次主动献吻。

"行，我等着。"

第十二章
一波又起

如果说我之前的人生像被人设置了无数关卡，还经常死机要重新升级一样，那我最近的人生，就跟开了外挂似的。

事业顺心，爱情甜蜜，虽然身边没什么交情深的知己好友，但我也并不觉得孤单。

偶尔我也会想起覃月末，毕竟她当初那么信誓旦旦地说过要报复，可到头来一点行动也没有。虽然我不怕她，却也不能不防她。

但除开这些，我想到她时，更多的还是心疼。

也不知道她现在过得如何，那个叔叔级的秃顶男是不是还霸占着她的身体。有时候我觉得自己还真是挺矛盾的，要说对她不怨吧，我经常会想起她害得奶奶生病的事；要说对她怨吧，我又常常祈祷她能赶紧想明白，然后回头是岸。

不过我想得最多的，还是希望我们能快点再见一面，我的人生顺坦了，我也不想再争什么了，想劝她也放下。

只要她放下，能看开，我也能放下一切重新接纳她。

毕竟，她曾是我最好的朋友。

可显然我想得太天真了，她对覃家、对奶奶，甚至是对我的仇恨，都到达了一定的高度，怎么可能轻易放手呢？

等我意识到这一点时，已经是一个月以后了。

那天我照常上班，可一进公司，就能察觉出气氛不对。

唐糖更是一见我就惊呼"不好了"！

"弯弯！不好了！不好了！那些买家……都是空头公司！"

我一时没太听明白她话里的意思，耐着性子问："你说清楚些，发生什么事了？"

唐糖四下看了看，面对周围员工不友善的目光时，她又将声音降低一个分贝："就是之前你刚上班时带过来的那些买家，那几家小公司。今天咱们工厂的员工去给他们送酒，可他们就像一起蒸发了似的，一个都联系不上。还有，他们给的地址，咱们的人过去一看，也都是假的！根本就没有那些公司！"

　　她的话像一记重锤砸向了我，我一时有些呆愣，不可置信地说："你……你再说一遍？"

　　唐糖看着我的脸色，又小心翼翼地重复了一遍刚刚的话，末了，问："弯弯，你没事吧？"

　　没事？怎么会没事！

　　当初签那些合同时，因为每家公司的订单都很少，而且他们在隔日都将订金打来了，所以我也没怀疑过，更没调查过他们的虚实。结果就这个失误导致了现在的局面，我怎么可能没事！

　　虽然他们每家要的货都不多，可加在一起，就是很大一批出货量了啊！而且这一个月以来，除去进赤霞珠的成本，工人们加班加点地赶工，还有产品的包装……处处都是钱！那一丁点的订金，怎么可能够啊！

　　我深吸一口气，努力在心底强调要冷静要冷静，可事已至此，我怎么可能还冷静得下来！

　　我抱着侥幸的心理，拿着那些合作商的地址，挨个又去找了一遍。

　　可事实就如唐糖所说，所有的公司都是空头公司！

　　我不知道该如何形容此刻自己的心情，也不敢细想这些事情的背后藏着的内情。

　　例如为什么那场宴会上会凭空出现那么多空头公司的合作商，又为什么他们都单单来找我签合同，还有为什么之前他们同时知道QG没有赤霞珠，不能及时交货，而齐齐向我们发难。

我不敢想，而且想下去也没有任何意义。

现在，我最该做的，就是解决眼前的困难。

但让我想不到的是，短短一天的时间内，就又出现了别的突发事件。

其实按 QG 原本的出货量，就算那些合作商都消失也没什么，毕竟我们还有老客户，还可以继续给他们供货。

可我之后派人联系他们，得到的答案无一例外，都是"要考虑一下"。

"考虑？考虑什么？以前他们找我们 QG 合作时，都是特意上门来的，现在咱们主动去给他们供货，他们倒要考虑了！"王经理在听完我的话后，很愤恨，他说着又看了看我，一改往日的态度，"你也不用太在意，商场如战场，墙倒众人推。他们肯定是听到了风声，都变着法地想跟咱们压价呢。等我明天挨家走一走，商量一下，他们都是一些跟 QG 合作了许久的老伙伴，应该还是能给我些面子的。"

我明白王经理是在安慰我，更明白他想帮我的心，可我听完，还是摇了摇头："不，不用你去，我自己闯的祸，我自己来收拾。"

当天晚上周尧来接我时，我并没有主动说起公司里的事，倒是他，在回到公寓时，先对我开了口。

"明天我陪你去找那些老客户，QG 加周氏的力量，应该能让他们好好考虑的。"

我有些吃惊，可转念一想，这段日子里，唐糖和他早就建立了亲密的盟友关系，我有什么事她都会第一时间去报备。估摸今天这种情况，我还不知道呢，她就先告诉给他了。

我叹了口气，认真地看向周尧，说："不，不需要，这次的事情，我谁都不需要。祸是我闯的，烂摊子理应我自己来收拾。"

周尧看过来，目光深沉："当初宴会是我陪你参加的，要说责任，我也有一份。"

我哪里会听不出来他是想帮我才故意找的理由，所以我拍了拍他的肩膀，装出满不在乎的样子。

"帅哥，你肯接受我这个又能吃又爱闯祸的女胖子已经很不容易了，真的不用再为我做什么了。况且我之前一直在你的庇佑下，连基本的人心险恶都快忘了，你还想让我继续这样下去吗？人需要成长，就得经历磨难，现在于我来说，是最佳的时机。"

我目光灼灼地看着他，勾起一抹微笑给他："我想强大，真正的强大起来。"

他看了我许久后，有些无奈地叹了口气，伸出白皙修长的手捏了一下我的鼻尖，说："好，给你机会强大。"

但有些事情，说的时候轻巧容易，真正办起来，却是困难重重。

我拿着王经理给的老客户联系方式，一家家地上门走动，可连续走了一周多的时间，却一家都没有谈成。

他们接待我时，倒是都还客气，但只要一听我说想将酒卖给他们，他们就一脸为难。几番下来，我得到的答案都是"考虑考虑"。

我明白，这都是推脱的说辞。但我不明白的是，明明之前都有良好合作记录的客户，怎么一夕之间，全都变得如此了。

后来我走访到最后一家时，才终于知道了答案。

那个客户的秘书似乎知道我要来，看见我后直接将我领到了经理办公室外的休息区，端了杯咖啡，笑着叫我等一等，还说等他们经理见完一位重要的客户后，就会见我的。

我当时被之前的几个客户磨得只剩下耐心了，所以怎么可能还有别的想法，于是我真就坐在那里乖乖地等着了。

可没想到的是，半个小时候后，我不但等到了那位经理，还等出了覃月末！

她一身成熟的黑色职业装，长发披散着，胸口微敞，性感呼之欲出。她脸上化着的依旧是之前那种大浓妆，火热的红唇衬得巴掌大的小脸更加白皙妩媚。

她见到我，似乎一丁点也不意外，很平静地与我的视线相交，接着也没有想打招呼的意思，直接向外走去。

倒是走在她身后的经理有些尴尬，开着办公室的门，伸手做了个"请"的动作："来来来，覃小姐，里面请！"

我整理着再见覃月末后惊讶的情绪，将已经说了无数遍的说辞又重新与这位经理说了一遍。末了，我很诚恳地说："贵公司与 QG 是合作过数次的老客户了，QG 的红酒，无论质量与口碑都是上上乘，这一点我想您肯定明白。现在我代表 QG，郑重地恳求您再与我们合作，价钱方面，只要合理，我们都可以商量。"

经理一脸的为难，他搓搓手，看了看我，最后叹道："覃小姐，我跟你说实话吧，刚刚出去的那位你认识吗？她旗下也有个红酒厂，而且保证质量与 QG 的相同，甚至还能超过你们，但她给出的进货价格，却连你们的三分之一都不到。你也是商人，在商言商的事你应该懂，老董事长之前确实与我有些交情，可是……"

说到这里，他有些为难，吞吞吐吐的，不知该如何继续说下去。

我也明白了，深吸一口气，笑着打断他："成，您不用再说了，我都懂，打扰了。"

话都说到这个份儿上了,我再纠缠也没什么意义,索性直接出门离开。

不过表面上我虽然潇洒,心里却气得不行。

原来如此!

原来这一切都是覃月末搞的鬼!

她故意安排了一些不存在的合作商给我,交了一点点订金后就又催着我赶紧把全部产品都生产出来,之后又安排那些客户凭空消失,最后还故意压低自己的酒价,对我赶尽杀绝!

呵!好计策!真是好计策!

似乎一切都在她的计划之内,我就像个傻子一样,一步一步走进她安排好的陷阱里,到最后反应过来时,连挣扎的机会都没有了!

亏我之前还一直想着能不能与她重新和好,呵,如果让她知道了我的这种想法,想必她会笑得脸上的粉底都掉下来吧!

我带着满脸的自嘲和冷笑低头往外走,并没有注意前面的人,直到那熟悉又陌生的声音在我身边响起时,我才重新抬起头。

"哟,覃家大小姐现在走路都把脸埋胸里啊?怎么,蠢事做太多,没脸见人啊?"

我看着她,看着她那副陌生的小人得志的嘴脸,心底有不知名的情绪蔓延开来。

我还记得上学的时候,她是最不屑用言语攻击别人的,虽然她一直对我是刀子嘴,可我明白她的胸膛里是有颗豆腐心的。

可现在呢?她忘了自己以往做人的原则,忘了自己的善良,甚至连人性和最基本的良知都忘了。

我觉得自己应该恨她,可现在看着她,却满心的怜惜。

我咬咬唇,重重地叹了口气:"月末,你不该这样的。"

她一脸的冷笑和嘲讽："不该怎样？不该做对你不利的事？不该报复你们覃家？"

我知道现在自己说什么她都不会相信，可还是忍不住说出口："不，不是，我的意思是，你不该因为仇恨而毁了自己。你知道现在的你有多可怕、多面目可憎吗？你连最基本的善良都抛弃了，到头来就算赢了我，可你还剩下什么呢？"她突然变得有些激动，几步跨到我面前，狠狠地拽起了我的衣领："少用你那同情的眼神看着我！我可怕？我面目可憎？呵！我倒是想问问，我变成现在这副模样，是谁害的？当初我那么信任你，觉得就算全世界都背叛我，至少我转身还有你。可实际上呢？你就是那个带着全世界一起背叛我的人！换了是你，你不恨吗？"

四周的职员们看着我们都很吃惊，有些男生更是主动上前，似乎想帮我将她拉开，最后都被我挥手拒绝了。

我也不知道哪来的自信，就是觉得覃月末再狠，也不会这么明目张胆地对我造成什么实质性的伤害。况且，就她这小体格，又怎么可能撼动得了我。

我将她的手指一根一根从我的领口上掰开，带着失望的情绪，冷冷地看向她："算了，我也不想再和你多说些什么了，你那种全世界只有你受伤的感觉，已经在心底根深蒂固了，衍生出来的仇恨更是疯狂得让人觉得可怜。既然你不信我，要害我，那我也没理由再顾着你了。"

我缓缓贴近她，用了平生最冰冷无情的语气，对这位我曾经最好的朋友说："月末，这是我最后一次这么叫你。以后我们就是仇敌，我对你，一丁点都不会再手下留情了。"

她冷笑着看过来，哼笑一声："手下留情？我看是你比较需要吧？"

我不想再听她说什么了，于是也没再回应，转身就走。

她在我身后再次开口，带着幸灾乐祸的口吻："哦，作为曾经的好朋友，我倒是能好心地给你指条明路。你现在不是堂堂周氏总裁的未婚妻吗？你可以把红酒卖给周氏呀！虽然覃家与周家老早就有过'好友不做生意'的约定，但现在掌门人不同了嘛，你和周尧还这么相爱，互相帮忙也是应该的。"

她这话在我心里连一丁点涟漪都没激起来，先不论QG是不是真的能与周氏合作，单单这方法是从她嘴里说出来的，我就不能信。

她现在这种状态，像是好心给我出主意的意思吗？谁相信谁就是傻子！

所以理所当然，当晚我没将她的话说给周尧听。

可是临睡前，周尧敲响了我的房门。

他当时一身舒适的家居服，暗色的格子款，与我身上的粉红格子款是情侣装。那会儿超市打特价，我兴冲冲地淘回来，他看见后那叫一个嫌弃，宁死不穿。不过后来我几番撒泼卖萌，甚至还搬出"你根本不爱我，不然不会连情侣睡衣都不和我穿"这种话。他无奈之下，只好揉了揉眉头，一边认命地穿上，一边沉声说："秦弯弯，你果真是上帝派来整我的。"

自从相认了之后，他只有在很严肃或是很无奈时，才会叫我以前的大名。但那会儿我也没在意，依旧笑嘻嘻地帮他换衣服，末了还摸了他的腹肌，揩了把油。

看他进来，我将之前所有的挫败情绪都藏起来，装成一副看见怪叔叔的模样，问："大半夜的，你来我的房间干吗？想行什么不轨之事吗？龌龊！"

他目光平静地看着我，"啪"地将手里的牛奶往床头柜上一放，看着我说："是啊，这牛奶也被我下了药，你最好别喝。"

其实他每天睡前都会喊我喝一杯牛奶的，只不过很少有送进我房间的时候，所以这次我会意外也挺正常的。不过意外之后，我便心安理得地端起牛奶，大口大口地喝起来。

最后，我献宝似的将空杯子往他面前一递："论吃吃喝喝的实力，方圆几百里之内，肯定找不出比我更强的。"

他静静地看着我，半晌后，指了指我的嘴唇："这里有奶渍。"

我刚想随手一抹了事，哪知他忽地一俯身，双唇轻吻起我来。

那个吻还挺短暂的，事后周尧也不承认那算个吻，他说他只是想帮我吮走嘴唇上的奶渍而已，心思比天池的水还要纯净。

但显然我不是傻子，他这话根本骗不了老娘。不过反过来想想，睡前能得到他这种神级帅哥的晚安吻，怎么算我也不吃亏嘛。

于是我也就以一颗宽宏之心，没与他继续计较。

可就算我不计较……也不代表……他能得寸进尺地爬上我的床吧！

看着他不动声色地搂住我的腰，我再也不能淡定了，推了推他，说："我说，过分了啊！我就算看起来挺色的，但其实心底也没那么色！咱们才确定关系多久啊，怎么能发展得这么快！"

他没理我，只是又顺势将我的身子一搂，面无表情地说："闭嘴，不然我现在就要了你。"

他的声音沉沉的，醇厚中还带着一股嚣张劲，听得我那叫一个心跳加速。

末了，我眨眨眼看向他，一副视死如归又甘之如饴的模样，诚恳地对他说："来吧，让暴风雨来得更猛烈些吧！"

其实我知道，周尧根本不会对我怎么样，至少现在不会。

而他也确实如我猜想的一样，面对我肆无忌惮的调戏，他的回应只是发狠地吻了我一会儿，再无其他。

后来他抬手关上台灯，映着窗外沉沉的夜色，他搂在我腰间上的手臂紧了紧。

"这几天拜访客户的事还顺利吗？谈到合作了吗？"

我有片刻的犹豫，接着把脸在他怀里蹭了蹭："开玩笑，我是一般人吗？这种小问题我肯定已经解决啦！你不用担心了，我说了能搞定就肯定可以啦！"

不知为何，周尧在我的头顶莫名地轻叹一声，低声道："我有些怀念最初的日子了。"

"最初？什么最初？"

"你奶奶刚病倒，你总依赖我的时候。"

我好笑地瞥了他一眼："看不出来啊，你骨子里的大男子主义居然这么强！怎么，女朋友强大了，你不高兴了？觉得自己没有存在感了？要不要这么幼稚啊？"

他沉默了一会儿，再开口时，声音缓慢而低沉。

"圆圆，我们马上就要结婚了，成为彼此在这世间最亲密的人。所以有时候，你就算是依赖我，也是理所当然的。"

我那会儿也不清楚他这么执着说这些是为了什么，所以也就胡乱应付："嗯，明白。"

"不，你不明白，你要是明白，就不会骗我了。你走访的客户没有一个答应和你合作的，这就是你所谓的很顺利？"

我有些吃惊。因为这些事发生后，我为了不让周尧担心，曾一度警告过唐糖，让她一定不能再透露消息给他，可……他怎么还是知道了呢？

像是早就猜到了我的心思，没等我问出来，他又道："QG 我又不是只认识你那个小助理，如果断了她那条线我就什么也不知道了，那你也太小瞧你的男人了。"

我深深叹了口气，回道："周尧，我不想事事都麻烦你。"

他忽地抬手捏住了我的下巴，一副发狠的模样："秦弯弯，你找死吧？到现在你还跟我用'麻烦'这种字眼？"

我一听，得，他那股子男权主义又开始作祟了。于是我赶紧改口："小的嘴误，嘴误！"

他依旧捏着我的下巴，向上抬了抬，漆黑的眸子沉沉地看着我，说："我已经退掉了周氏下半年的所有订单，明天你就叫人把红酒运到我那里。这不是跟你商量，也没给你拒绝的权利。"

"我……"

他截住我的话，继续说："秦弯弯，如果你觉得自己遇难时，我还能袖手旁观的话，那不只是小瞧了我对你的感情，更是小瞧了我作为男人的自尊。"

我有些哭笑不得，想了想，最后还是将覃月末的话告诉了他。

"你以为我不想让你帮忙啊？我哪有那么大的能耐，我只是怕覃月末又有什么阴谋。你想想，她处心积虑地陷害我，到头来又提醒我该怎么应对，想想都不可能啊！"

"你是高估了她还是小瞧了我？她就算再能耐，也不可能翻出什么大浪来！周氏的根基在那里，你男人也没那么容易被打倒。"

我想了想，觉得他的话也在理，于是又向他怀里凑了凑，低声道"成！我有这么厉害的男人，还怕她做什么？就听你的！"

后来我去公司将决定告诉 QG 的高层们时，他们都惊讶不已。原本对我不满至极的几个董事，这会儿也都支吾着不再说什么了。

事情到这里，还算是解决得比较圆满。我站在办公室里，透过落地窗向楼下看，瞧着员工们一箱箱往车上抬酒，再统一送往周氏时，一时间感慨万千。

像是看出我在出神，唐糖拍了拍我，一脸坏笑地调侃："怎么，在想如何报答你家那口子吗？他这又出钱又出人的，估摸着你也就是以身相许才够了！"

我拿自己性感的臀部拱了她一下："滚一边去！"

不过我虽然表面上如此否认，但心里其实也决定了要做些什么来感谢周尧。

我咬了咬嘴唇，想了一阵，犹豫片刻，悄悄向唐糖的身边凑了凑。

"你说，女人向男人求婚，是不是有点奇怪啊？"

她愣了一下，再出口的声音简直能媲美女高音："你要向你们家总裁大人求婚？"

我连忙捂住她的嘴，低吼："你是想全公司都知道是吧？"

她满脸歉意地尴尬一笑，轻推开我的手，放低了声音："懂！懂！男人向女人求婚，那是浪漫；女人向男人求婚那就是搞笑了。你放心，我这次铁定替你保守秘密，不让你成为咱 QG 的笑柄。"

"……"

"不过我可真的要赞美你一下，这种臭不要脸的想法，一般女人都很难想出来，你居然还想实施，勇气可嘉啊！"

"……"

我控制着想把她的脑袋拧下来当球踢的冲动，几下将她踹出了办公室。

不过就算被她打击了一下，但我还是没改变自己的决定。那天我们被周奶奶叫回周家老宅选日子，看他的样子，他似乎没什么求婚的打算，我虽然也不太在乎那些没什么用的仪式，可有些事，该做还是要做的。

况且，除了求婚这一种惊喜外，我也实在想不出什么别的送给周尧了。

但我万万没想到，我这想法还没来得及实施呢，就先被人浇了一盆冷水。

那天中午，因为楼上办公区的厕所堵了，找来的维修工搞了一个多小时也没搞定，我急得没办法，去了底层加工车间的厕所。

许是 QG 可爱的车间员工们没想过我会来这边，所以在厕所八卦时，丝毫没有忌惮。

"唉，真羡慕咱们大小姐啊，从小被老董事长护着；老董事长昏迷不醒，又有周氏继承人护着，简直是一路开挂，人生赢家啊！"

"人各有命，你羡慕有什么用啊？"

"我也就嘴上说说啦！她虽然命好，但她身材不行啊！你看她往周氏继承人身边一站，啧啧，那比例……"

"哈哈！对！你说的也是我想说的。你说她都恢复富家小姐的身份了，怎么就不知道管理一下体重和形象呢？无论远看近看，她都像个球似的。"

"哈哈哈，你嘴也太毒了！"

……

声音渐渐远去，确定她们已经走出洗手间后，我才默默地按下马桶冲水按钮。

出来洗手时，我看着镜子里的自己，默默叹了口气。

其实我现在跟最开始比，已经瘦了许多，至少脸上的轮廓已经渐渐清晰了，衣服的码子也比从前小了两个码。

不过也确实如她们所说，就算如此，现在的我，从外表上看，也实在配不上周尧。

人家是帅到丧心病狂，而我呢？顶多算个看着顺眼的胖子。

换了以前，我可能还会安慰自己是个有能力的胖子，可这点能力放在周尧面前，似乎也被比得渣渣都不算了。

怎么办？难道我真要为了能更好地站在周尧身边，而虐待这一身的脂肪吗？

可反过来一想，周尧为我做了那么多事，又默默等了我那么多年，我随便减个肥，又能算得了什么呢？

对！为了能与心爱的人更相配，任何牺牲都不算牺牲！

而且在此同时，我也变成了更好的自己呀！

想到这里，我就像被打了鸡血一样，身心充满了力量。

第二天趁着午休，我还特意去 QG 附近的健身房办了一张卡。卡拿到手后，我又胡编了个理由让周尧先回家，不用来接我。

他听完我的话，在电话那边沉默了片刻，慵懒的声音透过听筒传了过来："要让我独守空闺？"

"空闺什么啊，你是大姑娘吗？还空闺！"

他在那边轻声笑了笑，再开口时，声音里添了一丝暧昧："那让我孤单几小时，是不是应该有些补偿？嗯？"尾音带着一股性感、散漫劲儿，隔着听筒也让我心尖一阵微颤。

我红着脸小声嘟囔："再滥用美色，小心我收拾你。"

"哦？去哪儿收拾？你的房间还是我的房间？"

我按着胸口，控制着那颗跳得一下比一下快的小心脏："周尧，你还是从前那种冷漠的模样比较正常，高岭之花的形象才是你啊！求你快把节操捡起来好吗？"

他在那边的笑意更浓，出口的话也更暧昧："成，那我捡起来，然后献给你。"

论臭不要脸，他如果排第二，无人敢争第一！

我实在受不了他的调戏，趁自己自燃之前，赶紧挂断他的电话。

后来我早早地下了班，去附近的专卖店买了一套专业的运动装备。换好衣服后，我看着健身房里那些充满活力的男男女女，默默在心里给自己打了打气。

不过因为之前被周尧训练过，所以一般的有氧运动我还能撑住，热身跑了半小时后，我就去了器械区。

哪想我这边才刚躺下准备做几个仰卧起坐，还未起身呢，居然就看见……

周尧！

他上身只穿了件黑色背心，结实却不夸张的肌肉暴露在空气中，隐隐带着些性感，配着他那张人神共愤的脸，简直是不给别的男人留活路了。

我在心里惊叹了一下自己男人的帅气，之后突然反应过来，忙起身惊讶地问："你怎么知道我在这里？"

他斜眼看了看我："你以为全世界的人的智商都和你的在一个水平线？"

"……"

他拍了拍我的脑袋，接着拿起哑铃站到我的正前方："开始吧。"

接下来的一个小时里，周尧身体力行地对我展开了惨无人道的肌肉虐待，四十公斤的倒蹬机他居然敢让我蹬五组，每组三十个！

然而最让我不能接受的是，我已经被他虐得体无完肤，旁边居然还有妹子花痴，一个劲地说："啊，你看那个帅哥！对女朋友真好哦，还帮她健身！简直是新时代的暖男代表！"

当时我正在拉着锻炼肩部的器械,听完这番话,眼含热泪地看向周尧,"到底是什么让她们对你的误会如此之深啊？你这么虐我，居然还被说成暖男，天理何在！"

他姿态慵懒地挑了挑眉，用散漫的语气回道："颜值就是天理，你这辈子估计是体会不到了。但是……"

周尧说到这里，忽然俯身朝我靠近，一脸暧昧的笑意："你倒是可以借我的基因生个颜值高的孩子，怎么样？想生吗？"

这厮真的变了，以前见到女人连话都不说两句，现在居然能将调戏进行得如此行云流水！

我被他这话弄得有些脸红，目光随意向旁边瞟，结果看到周围这些身材修长、腰细腿长的妹子后，突然想到一个问题。

我抬起头，冲周尧撇了撇嘴："之前你追我的时候，我还以为你不在意女生高矮胖瘦呢。结果在知道我偷偷来减肥之后，你不也没拦着吗？承认吧！你也跟大街上那些俗气的男人一样，也是在乎外貌的！"

听完我的话，他的目光突然变得有些深沉，再开口时，语气无比认真。

"我喜欢你就是喜欢你的全部，你的优点、缺点，包括身上的每一块肉，我都喜欢。可如果是你自己想改变，我也会毫不犹豫地支持你。你以为我在意你的外貌？不，我只是在意你的每一个决定。"

他说这番话时，健身房的背景音乐恰好换成了《终于等到你》，那旋律和歌词配着他现在的神色，忽地就让我心头一暖。

我一直都看不惯那些情侣间的矫情，可此时此刻，我满脑子只剩下

没想到
弯弯

几句话——

这个高大俊朗，时而冷漠，时而暖心，毒舌却又善良的男人，他是我的男人啊！

我何其有幸，今后的余生，可以与他并肩相伴，看遍桃花，仗剑天涯。

不过不得不说，每天在健身房泡个两三个小时还是有用的，虽然我没练出人家那种线条优美的肌肉，但身上的肥肉确实少了许多。

后来看着自己脸部的轮廓越来越清晰，就连手指都瘦了两圈后，我心底的自信终于渐渐回来了。

而那之后，我做的第一件事就是去买婚戒。

导购员见到我时相当热情，拉着我介绍了好几款又大又闪的钻石对戒，我想了想自己羞涩的钱包，冲她微微一笑，问："美女，有那种看着挺高端，实际挺便宜的吗？"

一句话后，她的热情瞬间减半。看着她那张爱答不理的脸，我心中不由得感叹，现在的人真是功利、现实，一点都不可爱了！

几番对比之后，我选了一对铂金的素圈戒，没有任何钻饰，特别简单的两枚指环，可我看在眼里，却不由得喜欢。

当然，也可能是它们朴实的价格让我很喜欢吧。

当天中午，我早早地离开办公室，又顺道去底层顺了瓶年头还算久远的红酒，接着到超市买了一堆做西餐和蛋糕的食材，然后忙了一下午，在华灯初上时，才堪堪将一切都准备妥当。

其实我弄得挺俗气的，满屋的彩带、气球，看上去极其热闹，桌上摆着的是我刚煎好……啊，不对，是刚煎煳的牛排。桌子中间还放着一块形状有点诡异的蛋糕，最顶层被我撒了几片玫瑰花瓣，那对戒指则安安静静地躺在上面。

我看了看时间，还算来得及，于是赶忙下楼，想去楼下卖盗版碟的小贩那里买张轻音乐光碟。

别问我为什么不买正版，你在穷得吃土后，还会在意版权问题吗？我现在没去打劫银行，已经算是个优秀市民了。

小贩的职业素养显然比金饰店的导购高多了，我来来回回拿了好几张光碟问东问西，他都答得不厌其烦。之后我又想了想，问："帅哥，你有没有什么推荐的？我想求……"

话没说完，他便突然打断我，热情又神秘地说："啊！大妹子！你不用说！哥都懂！有有有！你看你早暗示我嘛，还浪费那么多时间干吗？"

我一阵惊讶，心想 这东北大哥这么神？我还没说要干啥,他就知道？

随后他拿了张光面的复刻碟给我，上面写着"速度与激情加强版1.0"。

"不是，哥们儿，我不看电影，我想要点浪漫的，适合求……"

"我知道，我知道！"他再次打断我，笑得那叫一个奸诈，"我经常看你和一帅哥一起回家，暗恋对象吧？放心，你今儿买了哥这张碟，我保证你明天桃花满面，心事达成！"

我打心眼不相信一张复刻的光碟就能让我怎样怎样的，不过既然人家如此热情地推荐，我也不好拒绝嘛。所以我怀着一颗成人之美的心，砍了三块钱后，将那张光碟带回了家。

其实我压根儿没对那张碟抱太大的希望，可这也不代表它可以让我绝望啊！

我看着 DVD 里放出来的片子，听着里面的女主角一个劲地叫着，心里的起伏那叫一个大。

怪不得那哥们儿说保证我桃花满面，现在看来，他那话说得还是保守了，何止桃花，再看一会儿，我鼻血都要满面了。

我手忙脚乱地想把碟拿出来，可这时手机却突然响了。我像做了什么遭天谴的事似的，红着脸急匆匆地关掉 DVD。

我拿起电话一看，是周尧的助理小张打来的。我清了清嗓子，接起点话："喂。"

"秦小姐！不好了！"

我在这头嫌弃地回道："是周尧出轨了还是出柜了啊？你慌成这样，小心他听见收拾你。"

"总裁他……"他顿了一下，声音低沉了几分，"他被警察带走了！"

第十三章
周尧遇难

小张的话起初我是不相信的。

开玩笑，我男人以前当过兵，当过警察，在他心里，正义和法律就像呼吸一样，早已融进他的生命里，说他自杀我可能还会信，犯法被抓？简直是开国际玩笑！

可后来我匆匆赶到周氏，看见所有职员都一副惶恐、忐忑的模样，心底的想法突然就有些不坚定了。

小张原本是在一楼大堂内焦急地走来走去，看见我后，连忙赶了过来。

"其实总裁叫我瞒着秦小姐你的，可我急得这一整天都不知怎么办，所以才……"

我心尖一颤，抓住他话里的关键："一整天？他什么时候被抓的？"

小张看着我，有片刻的犹豫，最后深吸一口气："上午，上午十点左右，警察过来把他带走的。"

"上午？上午被抓，你为什么现在才联系我？"

他有些为难，想了想，说："其实是总裁临走前交代的，说能瞒你多久就瞒多久。可这一整天我都想不到办法，然后周老太那边，我又怕她那么大年纪，受不了打击，也就一直叫人瞒着……"

我听得有些头晕，意识也恍恍惚惚的，满脑子想的都是周尧被抓时的画面。

虽然我没有亲眼看见，可是他这小半辈子正直、善良，没有任何污点，现在突然莫名其妙被抓，肯定难受死了。

可就算如此，他也还是叫小张瞒着我，不想让我担心分毫。

心里到底是什么感觉我已经说不清楚了，我只知道，不管因为什么，我相信这个男人肯定不会犯错！

怀着这份自信，我在心里暗暗调整了情绪，深吸几口气后，开口问小张："周尧……到底为什么被抓？"

小张看着我，满脸的为难，话在嘴边却迟迟没说出口。

我叹了一声："你说吧，我已经做好准备了。"

他抿了抿嘴唇顿了好半晌才小声道："有人举报，说周氏酒店供应的红酒有严重的质量问题。所以警察过来，带总裁去协助调查。"

"周氏又不是红酒商，让他们去……"说到这里，我突然想了起来，周氏的红酒在上周……已经全部换成 QG 的了！

也就是说，别人举报的是 QG 的红酒！

我脊背莫名有些发凉，联想到最近 QG 所发生的事，还有上次覃月末的反应，一种不好的预感在我心头升起。

我做着深呼吸，在心底不断告诉自己，越是这种时候就越不能乱了阵脚。想了想，我对小张说："我先去警局看看周尧的情况，清楚怎么一回事之后再说。你先别急，稳住酒店的员工，至少保证他们不要到处张扬。"

小张看着我，重重地点了点头。

我出了周氏之后立马去了警局，那里的警员恰巧是当时逮我的那几个，他们似乎知道我过来的用意，也没再多问。

"小嫂子，周队现在是协助调查，一般家属是不能随便探望的。而且刚刚问话的过程中，他一直否认是进货商的问题，还说货源都是通过质检的……所以，他现在是重点监管对象。"

我的心情复杂得要命，我明白周尧这么说是想保全我和 QG，可他知不知道，他越是这样，我的难过和不安就越多？

这个深情的浑蛋！

警员们见了我的神色，似乎有些于心不忍，又连忙安慰我："小嫂子，你也不要太担心，虽然现在局面不太乐观，但他是可以见律师的。"

说到这里，他悄悄朝我靠近，压低声音"你可以找个正经的律师过来，然后装成他的助理。今天值班的都是咱们自己人，我们睁只眼闭只眼也就放你过去了。"

我当时心情沉重得要命，一时也没什么反应，点点头向他表示了谢意，接着就出了警局。

外面的天色已经彻底暗下来，漆黑的夜幕上挂着寥寥几颗星星，让人看着莫名觉得失落。

我坐在路边的台阶上，双手捂着脑袋，手指深深地插进发丝里，一时不知该如何是好。

信得过的律师好找，孟学长就是不错的人选，我如果现在找他，他肯定也会立马赶来，可那之后呢？见了周尧又如何？周尧现在已经一口否定了问题出在 QG，我再去说什么，他也不可能改口的。

可是不见他，我又能做什么呢？我现在对整件事都毫无头绪，甚至连问题出在哪里、为何会有人举报红酒有问题、有问题的红酒在哪儿都不清楚。

其实有时候压垮一个人特简单，让那人无能为力、手足无措就足以。

但我如果真的因为这些困难就被打倒了，周尧会不会对我很失望？

那个还在警局里替我受苦受难、全心付出的男人想看到的，肯定不是我现在的样子。

想到这些，我抬起头深吸了一口气，目光向上一转，又看了看夜幕，心里忽然就闪过一句话——

眼前全是阴影也不要怕，那是因为你身后有光。

对！周尧现在就是我的光，就算我面对着黑暗，可有他一直在我身后，我不能退缩！

稳定了心绪后，我拨通了孟学长的电话。

其实我也挺浑蛋的，自从与周尧确定关系后，一个电话也没给孟学长打过。他似乎也觉得我有了恋人，想着避嫌，也没再主动联系我。

唉，像我这种重色轻友，有事才知道使唤人家的人，被雷劈九九八十一回都不够。

不过好在孟学长不是个记仇的人，他接起我的电话后，声音依旧如往日般清润温和。

"弯弯？"

"嗯，孟学长……"

"怎么了？声音怎么有气无力的？"

我沉吟片刻，决定实话实说："孟学长，周尧他被抓了。"

孟学长永远能抓住事情的重点，他丝毫没犹豫，也没多说，直接问："你现在在哪儿？咱们见面详谈。"

我说了警局的地址，等了没多久，就瞧见一辆出租车远远地朝我驶过来。车子还未停稳，孟学长就推开车门从里面迈了出来。

不知为何，司机瞧着我，莫名一脸暧昧地道："小姑娘，收收心吧，抓紧这个好男友。你不知道啊，刚刚他一路都叫我加速加速，还说会替我交罚款。遇到对你这么好的男人，你可要好好珍惜啊！"

我一时错愕不已，敢情这大叔误会我是个不良少女，因为做了什么错事而被带到了警局？孟学长则是为我操碎了心的男友？

这大叔明显是黄金档电视剧看多了吧！

孟学长莫名地耳根微红，清俊的脸上浮起一丝尴尬。

他从怀里掏出钱包，一边给司机付钱一边解释："您误会了，我们俩只是朋友。"

司机接过钱后一阵惊讶，随后眼神复杂地看了看我们，莫名一叹："唉，深情总被无情误啊！"

……

后来司机走后，我才来得及问他："你怎么没自己开车过来？"

"接你电话时正在和一个原告吃饭，喝了点酒。"

这么说他是抛下工作来找我的了？想到这里，我心里的歉意与谢意都更浓了，于是我深深地看着他，说："孟学长，谢谢你，现在除了你以外，我真不知道还能信谁了。"

他微微一笑，目光中带着令人舒服的温柔："该我说谢谢，谢谢你能记住我的话，在困难时第一时间就想到我。"

之后我们也没再寒暄，我简单地跟他说了事情的经过，他缓缓点头，接着从包里掏出一片口香糖塞进嘴里，嚼了几下去除酒气后，便对我说："走吧。"

有了孟学长这个律师为伍，再进警局显然顺利了不少。有警员带我们去到了看守室，刚一进门，我就瞧见了周尧。

他的身影入眼的那一瞬间，我险些控制不住自己想要去抱紧他，幸好孟学长在一旁拽住了我。

接下来的时间里，孟学长进入了寻常的工作状态，表情和语气都认真了许多。

而我则坐在一旁，一直看着周尧。

他身上穿的还是早晨出门时的那套西装，里面衬衫的扣子还是我一颗颗替他扣好的。这会儿他也没什么变化，姿态沉静地坐在那里，长腿叠在一起，双手则轻搭在膝盖上。

我们两人的目光在空中交汇，短短几秒后，他便缓缓地将视线挪开了。

接下来，他和孟学长一问一答地交流，对我再无其他回应。

他们的对话其实也挺普通的，孟学长只是简单地问了一些基本问题，周尧也都一一如实回答。只不过最后要结束谈话时，孟学长问了一句："周先生，我最后问一次，你能确保自己所有的行为都没触犯法律吗？"

周尧沉吟片刻，再开口时，言语中莫名含了一丝笑意："孟律师，咱们上次替圆圆检查合同时，你似乎跟我提过一个阿富汗富商被诬告商业欺诈的案子，他当时说过一句话'清者自清'，而我现在想说的，和他完全一样。"

周尧的话说完，孟学长的神色明显一滞，接着他沉默半晌，然后拉着我起身。

"那我们先回去了，你不用急，等我的消息。"

周尧看了他一眼，接着又将目光转到我的身上，沉沉地看了我好一会儿，才道："好。"

出了警局后，我越想越不对，总觉得他们后来的对话似乎别有深意，于是忙拉着孟学长问道："孟学长，刚刚……"

哪知我的话还未全说出口，他突然伸手抵住了我的双唇，带着深意地向我使了个眼色。

接着，他从包里掏出我的手机，用指甲在四周一划，掀开了后机盖。

整个过程看得我有些莫名其妙，可当我瞧见手机的电池板上贴着薄薄的一层电子芯片时，那些莫名其妙都变成了发凉的冷汗。

那是什么东西？怎么会出现在我的手机里？想到刚刚孟学长阻止我要说话的举动，难道是……监听器？

其实这个想法闪过时，我也只是将信将疑，毕竟这是电影里才会出现的东西，况且我又不是什么大人物，谁会这么无聊来监听我的一举一动呢？

可当孟学长将手机重新装好，又狠狠地朝大道上一扔，任由来往的车辆将它辗碎时，我突然就觉得自己的猜想似乎是对的。

我呆愣地看着自己破碎的手机，轻声问："到底是怎么回事？"

"刚刚周尧说的阿富汗商人的案子，上次我们根本就没讨论过，但他为什么会莫名其妙地提起来呢？肯定是里面有什么是他想说的。正巧我前不久刚研究过那个案例，里面有个重要的线索……"

我心底涌起不好的预感，瞪大双眼看向他，问："是什么？"

孟学长看着我，有些犹豫，但最后还是将话说出口。

"内奸，而且内奸还是那个商人最信任的人，他所有的所谓的犯罪证据，全都是对手公司通过那个内奸陷害到他身上的。"

"你是说……"我脑子里忽地闪过刚刚手机里的芯片，一脸不可思议地看向他，"我身边有内奸？还是我最信任的人？"

他轻轻点了点头。

我不知该如何形容此刻的心情，感觉受的打击真的很大。虽然我还不知道内奸是谁，可那种被信任的人背叛欺骗的感觉，真是很不好受。

不过现在看来，事情似乎也有些明晰了。无论这个内奸是谁，他背后的人肯定就是覃星末。因为除了她，没人会如此不遗余力地陷害我。而且当初也是她莫名其妙地建议我把红酒卖给周氏的。

如此想来，她这个办法还真是好，将我最爱的人害得进警局，让他在人身自由和我之间做出选择。

如果他选了前者，我肯定会受到牵连被抓，估摸那会儿我也会心灰意冷地觉得他不够爱我，所以才将一切责任都推给我。

如果他选了后者，那么就是选择牺牲自己来保护我，而这对我而言，跟杀了我也没什么区别。

她的心思这么缜密而歹毒，我还真是望尘莫及。

可以往那些TVB的电视剧我也不是白看的，想了想，我深吸一口气，重新看向孟学长，说："内奸的事你不用担心，等我明天去公司演出戏，这个内奸大概就能出现了。"

其实要说我身边我比较信任，且还能轻易将窃听器安装在我手机里的人，来来回回也就那么几个——唐糖、王经理，以及周尧的助理小张。

当天晚上我一夜没睡，来来回回想着这几个人。

小张似乎从很久以前就跟在周尧身边了，如果说是他想陷害我们，于情于理都有些说不过去。而且看他之前那副为周尧担惊受怕的样子，要真是装出来的，那他还真能拿个奥斯卡小金人了。

再来就是唐糖，这个女生知道我的一切动态，而且我有什么大小事也都第一时间跟她说。毕竟覃月末从我身边离开后，我一个真心朋友都没有。而人一旦孤独了，便见着个人就想掏心掏肺的。

可也正是如此，我的什么事她都知道，她还有必要再在我的手机里装窃听器吗？

而王经理……

我想着他第一次见到我时那一脸不屑和嘲讽的样子，又想着他后来态度上的莫名转变，心情忽然就沉重了几分。

难道真的是他？

因为奶奶病倒了，他不想辅佐我，就为了某些利益而投奔了覃月末？

他后来之所以对我和颜悦色，完全是想让我放松警惕？

我叹了口气，揉了揉快想破的脑袋，心里暗下决心：总之不管是谁，他已经存了害 QG 的心思，又间接地将周尧害进了警局。这样的人，无论如何，我都不能再留他。

后来在天亮时分，我拖着沉重的身子去卫生间洗了把脸，涣散的精神瞬间清醒了不少。

我看着镜子中的自己，突然觉得再这么下去不行。

敌人现在可能就是想看我的笑话，我如果真的如此憔悴不堪地去公司，那不正合了对方的心意？

即使我心里已溃不成军，表面上也要装成铜墙铁壁。

想到这里，我找出上次参加宴会时那个性别男、爱好男的化妆师留下的化妆品，照着网上的教程像模像样地化起妆来。

之后我又选了一套周尧以前买给我的衣服，是一套名牌套装，颜色是职场女性最爱的黑色。西服式的外套搭着荷叶领白衬衫，微微包臀的及膝半裙，配在一起，还真将我衬得有点像个职场高管了。

上班的路上，我又特意去买了一双高跟鞋。往日里因为身高，我真的很少穿高跟鞋，但这次我是真的想改变自己，索性就彻底些。

踏入 QG 大门的一刹那，我明显感受到来自四面八方惊讶的目光。

我微抬着下巴，丝毫没有理会，步子稳而快地一步一步朝里面走去。

路过前台，看见秘书室的一位高层秘书正在和前台小妹聊天，我想了想今天要做的事，便平静而淡漠地对她说："通知所有经理级高管，十分钟后在会议厅开会。"

可能我以前表现得太过亲善，也从未这么理所当然地使唤过谁，所以那位秘书还一脸惊愕的模样，愣了几秒后，呆呆地回道："什么？"

我眼睛一抬，语气和刚刚比又多了几分严厉："QG 请你过来就是让你不断地问'什么'的吗？如果是这样，那你明天没必要再来上班了。"

那秘书这次倒是反应极快，微微弯腰冲我说了句"对不起"后，便赶忙跑去干活了。

我看着她的背影，又四下扫了一圈，在所有员工惊慌惶恐的目光中，用着平生最不近人情的语气说："以后，在 QG 除了工作上的事，不准多闲聊一句。上班懒懒散散，对待自己的工作也得过且过的，都以开除处置！"

四周几乎瞬间安静下来，气氛中有些我以前最不适应的尴尬。

我微挺胸膛，在这片尴尬中大步向前走着。

脚下的高跟鞋发出"嗒嗒"的脆响，一下一下砸在我的心间，仿佛在告诉我——

一旦做了决定，就不要回头。

后来我准备了一些资料便去到会议室。

王经理当时已经到了，他跟往日一样，坐在我左手边的位置，神态认真又严谨地看着手里的文件。见我来了，他微抬起头，一副长辈看见晚辈成长的欣慰表情，略带笑意地对我说："你早该像今天这样。"

我当时看着他，心情复杂得要命，目光也带了往日没有的冷漠和疏离："主要是最近经历了太多，让我明白了人心险恶，实在不敢再像以前那般活着了。"

王经理状似明白地点点头，垂眼想了一会儿，又问我："今早已经有媒体爆出周氏出售的红酒质量有问题了，估计不出明天，大家也都会知道那红酒是咱们 QG 提供的，你今天叫我们开会，就是想商量这个问题吧？"

我坐到自己的座位上，低下头整理起手中的资料来："不用商量，办法我已经想好了。"

后来等所有管理层都到齐以后，我将这两天发生的事情又全部向他们复述了一遍，他们有的人似乎已经知情，所以并未太过惊讶，而有两个人却是一脸的不可置信。

"大小姐，这不可能吧？咱们QG生产的红酒一向是保质保量的，从来没出过问题啊，怎么可能含有什么有害激素呢？叫人查清楚了吗？这肯定是诬陷啊！"

我目光微转，在王经理身上一扫，接着平静地说："警察如果没有证据是不可能乱抓人的，他们就是抽查了周氏现在所有在销售的红酒均有质量问题后，才将周尧带走的。"

是的，我说了谎，其实我到现在都还不知道所谓的有害激素是什么，更不知道周尧被带走时的细节。可为了让那个内奸自动现身，我不得不这么说。我只有将事态说得严重些，他才会真正放心地继续接下来的计划，而只有他继续，我才能抓住一些把柄和找到一些证据！

这样的话，我查清幕后黑手，并把周尧救出来的概率才会更大！

不过不知为何，我刚刚的话似乎对王经理的影响并不大，他没有表现出窃喜或是任何别的异样，还似平日那般严肃认真。末了，他也看向我，问："那大小姐，你想到什么办法解决了吗？"

"目前QG最需要的不是还原事实真相，因为在舆论面前，没人会在乎真相。我们要做的是采取紧急公关。我已经在自己的电脑里准备好了一份计划，明早就会完善好且发到各位手上。你们在那之前要做的，就是做好随时和媒体舆论打硬仗的准备。"

散会之时，那些高管们都一副心事重重的样子，似乎没人相信我会有什么好办法帮 QG 渡过难关，甚至还有几个人小声嘟囔着要跳槽，说 QG 的命数已尽，估计挺不了多久了。

听着这些话，说我没觉得心凉是不可能的。

QG 是奶奶大半辈子打下来的江山，而这些高层也曾是她老人家最信任的人，可现在大难临头，那些陪在她身边指点江山的人，却要飞向别处。

人性的凉薄，我还真是见识到了。

不过反过来一想，这世间又哪有那么多情谊可言呢？亲人之间都尚且反目，更何况是同事。

想到这些，我也就释然了。

王经理并没和他们一样直接离开，而是待所有人全走光时，沉着脸关上门。

"大小姐，现在没有外人，你跟我说说，到底想怎么办！"

我在心里冷哼一声，呵，终于沉不住气了？

是的，其实根本就没有所谓的计划，这不过是我想引那个内奸出现的计策。他们这么处心积虑想让 QG 蒙难，估计也笃定了我们没有办法应对。

而我现在如此自信满满地说有了解决的办法，他们肯定会着急。

如果可能，他们肯定还会去偷看那份计划，然后再迅速找出应对的措施。

想到这里，我微微一笑："我说了，计划现在已经躺在我的电脑里了，我再完善一下，明天就可以发出来实施了。就算您不相信我，左右也就一天时间，等到明天不就知道我说的是真是假了？"

这话说完，我没给他任何反驳的机会，叫上身后的唐糖跟我一起出了会议室。

刚刚开会时唐糖就一副欲言又止的模样看着我，现在更是忧心忡忡。她咬了咬唇，跟着我走了一会儿，最后还是忍不住开口问道："弯弯，你真的有应对的办法了吗？"

我知道这妮子是在担心我，所以拍了拍她的肩，安慰性地冲她笑了笑："当然了，我是一般人吗？"

其实话虽如此，但我心里还是没有万分的把握。

我的计划是在办公室安装一个针孔摄影头，然后再在一个隐秘的地方监控。如果他们着急了，肯定会去我的办公室开电脑偷看计划，那样我抓了个现形，趁机再威胁一番，最好能让他供出所有事情的经过，或是幕后黑手，这样周氏和QG的污点才能被洗清。

但如果那个内奸不去呢？或者他们有十足的把握，对我的应对计划不感兴趣呢？

我脑子里一团乱，也不想再继续想下去了。

唐糖见状，也不再问了，反而话锋一转，说："对了，弯弯，你手机是怎么回事？昨晚开始怎么就打不通了？"

我脑子里闪过昨晚孟学长将我的手机扔到马路上的画面，转头对她说："被人偷了，还没来得及去买新的，等会儿我就去商场再淘一个回来。"

然后出了QG，我拐了几个弯便走到附近的一条隐蔽街道，路边停着一辆银灰色的面包车。我四下观察了一圈，确定没有人跟着，便悄悄闪身上了车。

里面坐着的是小张和几位周尧以前在警局的同事，昨晚我想到计划时，便跟他们商量了借用监视设备。其实我也只是抱着试一试的态度，毕竟这是警局的公共设施，如果出于个人原因外借似乎也不太可能。

240

但哪想那些警员向上反映了情况之后，警局领导也没拦着，直接对警员们说："要是查不明白你们就等着挨揍吧！"之后，领导便开了借调文件。

　　我上车后，里面的人几乎都在目不转睛地盯着监控器上的画面。警员们见到我，纷纷抬头简单打了个招呼。

　　小张挪了挪位置，示意我坐在他身边。我凑近了问他有没有什么发现，他摇摇头："你才刚出来，哪能这么快啊！"

　　其实他的意思我也明白，可我心底就是希望那个内奸能快点出现，一切都快点水落石出。

　　毕竟周尧还在警局里，虽然谈不上吃苦受难，可他那么骄傲的一个人，被当成犯人关押着，这似乎比打骂他更让他难受。

　　我一边叹气一边等着，时间渐渐到了中午，可监视器里还是一片平静。

　　我揉着自己的眉头，心里越来越无力，也越来越不耐烦，这种种情绪后来甚至让我有了生理反应，我突然觉得四周的空气有些稀薄，呼吸都开始困难。

　　我跟小张打了个招呼，想着下车去透透气。

　　哪知前面的警员突然大喊一句："来人了！"

　　我迅速转头看向监视器，果然，里面突然出现的人——

　　是王经理！

　　他鬼鬼祟祟地进到我的办公室，四下看了几圈之后，又将门反锁，沉吟片刻，便去到我的电脑前。

　　小张在一旁表现得有些激动，他拉着我的手一个劲地问："怎么办？怎么办？现在咱们怎么办？"

　　我死死地盯着监视器上的画面："怎么办？该怎么办就怎么办！"

说完，我便下了车向着 QG 大厦走去。

当我再回到办公室时，王经理似乎还没找到他要找的东西，我看着依旧反锁着的门，默默地从兜里掏出钥匙。

显然我的突然回来让他吓了一跳，他紧张地从我的座位上站起来，支支吾吾地说："大小姐……"

"王经理反锁着我的办公室门干什么？还特意挑在午餐时间！"

王经理目光左右躲闪，想了好一会儿也没说出什么来。我盯着他，叹了口气，道："算了，你跟我出来吧，咱们出去说。"

他似乎也犹豫了一阵，最后还是跟上我的步伐出了办公室。

我一路带着他去到警方的面包车上，他上去一看，有些疑惑，回头问我："大小姐，这……这是怎么回事？"

"怎么回事？'怎么回事'这几个字应该是我问你吧？覃月末到底给了你多少钱，让你出卖 QG、出卖覃家？"我语气狠戾，声音也冷得很。

王经理一脸不可思议地看着我："出卖？"

他说完又往四周扫视了一圈，像是突然明白过来什么，脸色莫名变得有些难看。

"你觉得我是内鬼？我出卖了 QG？"

我冷笑着看向他："你不觉得现在还否认有些好笑吗？你最好现在就老实交代出幕后黑手是谁，这车里全是警察，如果你不实话实说，我立马就让他们带你回警局！"

王经理叹了一口气，有些无奈地看着我，道："大小姐，我很欣慰你做了准备来应对现在的局面，可我还是想说，你太鲁莽了，陷阱是设得不错，可……可我真不是你要找的人啊！"

"你不要再狡辩了，你……"

话未说完，前面有警员突然又喊道："又来人了！"

我转头定睛一瞧，这次进去的……

竟是唐糖！

我起初还在心里安慰自己，她肯定是有什么文件要取，不可能会有别的目的。可当我看见她也慢慢走向我的办公桌，打开电脑时，我的心瞬间沉到了谷底。

王经理的脸色也突然一变，他目不转睛地盯着监视器，说："我早就觉得这丫头有问题！之前车间有员工给我通风报信，说有一次他们偷吃了新进的那批赤霞珠，感觉口感和平时比差很多。当时正巧唐糖路过，他们就向她反映了，让她跟你说一说。结果她非但没告诉你，还嘱咐他们不要声张，说你如果知道他们偷吃那些从国外进口的宝贝葡萄，肯定会罚他们的。后来我知道这些事的时候，那批红酒已经都酿好了，我虽有怀疑，但恰巧当时咱们出了空头买家的问题，我也没心思再想这个，就又将心思全都投到出售红酒上面了。"

我心头微凉，脑子里莫名又闪过当初这批葡萄刚刚运来时，唐糖从那边拿来一箱已经开好的葡萄给我的画面。

当时我怎么就没怀疑呢？为什么我开得如此费力的包装箱，她却轻而易举就打开了？

现在想想，肯定是有人在普通的葡萄箱子上做了什么记号，而别的箱子则特意封得极严实，就是防止我发现什么。

可能那批葡萄里，只有那一箱是正常的赤霞珠！

如果真是这样，那问题就肯定是出在那批葡萄上面，可能所谓的有害激素也是在葡萄上，那幕后黑手是……付斯言？

不对，明明之前所有的事情都是覃月末做的，为什么单单这件事又扯上付斯言了？

我百思不得其解，一旁的王经理见状，微微一叹："大小姐，你也不要太自责，我能看得出来你的努力。况且你刚刚才接手公司，有些地方出了漏洞也是正常的。"

我明白他是在安慰我，心里对他的愧疚就又多了一分。

我转头满脸抱歉地看着他，低声道："王经理，对不起，你这么帮我，这么尽心尽力地为 QG 着想，我却怀疑你。"

他笑着摇了摇头："也怪我，因为你说的公关对策关乎 QG 的未来，我想了一上午，还是不放心，可之前问你你又什么都不肯说，所以才想趁着午餐时间偷偷去看看，结果却让你误会了……"

说到这里，他转头看向监视器，看着还在我办公室里的唐糖，说："那她怎么办？不然我替你出面收拾她？"

其实之前我的怀疑对象一直都是王经理，所以对付他我想得也很简单，觉得只要当着警察的面让他招供，就什么问题都解决了。

而那时我所怀疑的幕后黑手，也只是覃月末。

可现在不同了，现在内奸突然变成了唐糖，这个我一直信任的身边人，我真的不知道该怎么做了。我倒也不是狠不下心来，只是……如果内奸是她，那么她身后的那个人，不就变得不确定了吗？

那人到底是覃月末还是付斯言？如果是付斯言的话，他为什么要害自己最大的合作对象？但如果是覃月末的话，她又是怎么在那批葡萄上动的手脚呢？

我又盯着监视器想了一阵，最后摇了摇头。

"先不要惊动她，咱们放长线钓大鱼。"我的眼神微微转冷，"我一定要看看她背后的推手到底是谁！"

当晚，我和小张一路尾随着唐糖回了家。

因为不想目标太多而暴露，所以周尧的那些警员同事我都没有让他们过来。不过他们也不可能就此放心，又从警局弄了两套监听和跟踪设备，分别塞到了我和小张的耳朵里，以便我们出现意外后，他们能及时出现。

但让人意外的是，唐糖在回了家后，就一直没再出来过。而一整个晚上，她家的灯也没打开过。

我向上望着她家阳台，窗户一片漆黑，像是一张无形的大网，让人看着莫名就觉得有些惧意。

夜风阵阵袭过，我倒吸一口冷气，总觉得心头有些不祥的预感。

后来等到天亮，唐糖也没有如我们所愿般出门去找谁。

不仅如此，甚至到了上班时间，她也没出来。

心头的那股不祥感越发浓烈，我咬了咬唇，思考半晌后，拽了拽小张："走，咱们上去看看。"

然后无论我们怎么敲门，里面也没有任何回应。

小张疑惑得很，转头问我："不会是我们眼花了吧？难道她出去了，咱们没发现？"

"不可能。"我一口否定，"我敢保证，除非她能在眨眼之间就离开，不然我肯定会发现的。"

"那如果她还在家的话，怎么不给咱们……"

小张说到这里，突然顿了一下，微张着嘴看向我："难道……"

他话里的意思也正是我现在所想，我脊背发凉，心沉了几分，一时不知该如何是好。

这时，我突然想到，唐糖之前似乎对我说过，她家的备用钥匙被她藏在门口的防滑垫下面……

我连忙弯腰将防滑垫翻开，果然有一把银晃晃的钥匙躺在那里。我将其捡了起来，手开始不受控制地哆嗦。我很努力地想将钥匙插进锁孔，可就是办不到。

小张一把夺过我的钥匙，深吸一口气，说："我来吧。"

听着门锁被打开传来的那声"吧嗒"时，我的心忽地一沉。

即使有了心理准备，也想过最坏的结果，可当门被推开，看见屋内的画面后，我还是惊得差点晕过去。

正对着大门的客厅地板上，唐糖正毫无生气地躺在那里。她身下满是干涸的血迹，一大片鲜红，与白色的地板形成鲜明的对比。她身上还套着昨天的裙装，双手捂着腹部的刀，整个身子都蜷曲着，似乎在死之前很痛苦地挣扎过。

有零星的血喷到她的脸上、脖子上，甚至眼角处，配着她那双连死了都一直瞪大的双眼，不由得让人触目惊心。

小张在一旁已经夸张地尖叫出声，周围的气氛一时间被他弄得恐怖到了极点。

但奇怪的是，开门前一直萦绕在我心头的惧意，却在见到唐糖尸体的一刹那，突然消失了。取而代之的只有深深的无力感与难过。

毕竟这个女生曾是我当成朋友的人，就算她有再多的过错，我也没想过她会这么死去。

我越想越觉得眼前有些模糊，后来甚至双腿发软，身子不停地向后倾斜。

眼见着我要倒地时，突然有人从后面抱住了我。

那个怀抱带着我熟悉的清冽和温热，我心头一紧，强撑着力气回了头，结果看见了……周尧！

其实与他也仅仅一天一夜没见而已，可不知为何，此刻看着他，我突然有种沧海桑田的感觉。

他似乎过来得很匆忙，整个人看上去风尘仆仆的，身上的西装换成了深咖啡色的风衣，里面则套了一件简单的白色毛衣。

他托着我的腰，英挺白皙的脸颊上是复杂的神色，漆黑的眸底隐隐闪过一丝心疼。

四目相对后，我再也忍不住，转身抱住他，深吸了一口气，感受着他的气息。

我心情沉重地说道："我没想过结果会是这样，如果早知道……早知道……"

早知道我会如何呢？会放过唐糖不再追查？放任周尧在警局？或是等着 QG 再次陷入未知的危机之中？

不可能，就算是知道唐糖的这种命运，我似乎也不可能放弃什么。

毕竟与她相比，我更在意、更想保护的，是他。

周尧沉默着，一反常态没有开口安慰我，只是伸手轻轻抚摸我的头发。

但即便这样，他温热的掌心也像带着力量一般，透过根根发丝，一点一点传递到我心间。

不知道过了多久，我整个人的状态终于好了一点，于是缓缓睁开眼，发现自己这会儿已经被周尧拥着坐到了一旁的楼梯处。

而唐糖的家门口这会儿挤满了围观的人，警戒线以内，则有几位警员在认真地勘查现场。

我深吸一口气，试图让自己心底的沉重缓解几分。我抬头看向周尧，问："到底是怎么回事？你怎么会到这里来？"

怎么说他现在也是红酒事件的疑犯，还被警方监控着，怎么会突然恢复自由来找我呢？

他四下看了看，然后沉声说："这里说话不方便，走，我带你回家。"

周尧一路开着车将我带回了公寓。

进门后，他先将外套脱下，也没再管我，转身直接去了厨房。

我正疑惑呢，他突然从厨房端了杯牛奶出来，伸手搂着我的腰，直接将我带去了卧室。

"不是有事要说吗？干吗来卧室？"而且看他端着牛奶的样子，就跟每晚像是要让我好好睡觉一样。

结果正如我所想，他将牛奶放在床头，扳过我的身子，一把将我推到床上。

"牛奶喝了，再好好睡一觉。其他的，等你起床后我会全部跟你说清楚。"他将牛奶递到我面前，声音低沉，却莫名带着一种让我心安的力量。

我也出奇地没想反驳他，按着他说的一步步做了，末了被他搂在怀里，闭上双眼。

但让人遗憾的是，无论我怎样努力想忘记，唐糖躺在血泊中的身影，以及这些天发生的所有事情，都像无声电影一样，一幕幕地从我的脑海里闪过。

我实在挺不下去了，缓缓睁开眼，放弃了挣扎，对周尧说："不行，我睡不着，怎么努力都睡不着。"

周尧在我头顶的呼吸一滞，末了，他微微叹了口气，声音低沉，语气中似乎还带着一点点歉意。

"圆圆，对不起。"

我不解地抬头，问："对不起？对不起什么？"

他目光深沉地看着我，神态平静地沉默了一阵，说："所有的事情，其实都是我将计就计策划出来的。"

接下来周尧讲了很多让我不敢相信的事情——

他说其实他一早就怀疑我身边有内奸，不过因为她还没有行动，所以他一直不敢确定。后来在空头买家的事件出现以后，他便更加坚定了这个想法，而且隐约觉得之前在国外进购的那批原料葡萄有问题。他沉默地看着一切发展，后来又按着敌人给出的意思，让我将红酒运到了周氏。他拿到红酒的当天，就找人做了检测，果然不出他所料，这批酒都是有问题的！

听到这里，我惊得不由得瞪大双眼，看向他，问："你既然都知道红酒是有问题的，为什么还给客人喝呢？这不是自毁招牌吗？"

他捏了捏我的鼻尖，声音中带了些许无奈："你当我傻吗？我只是找人演了一场戏，假装有客人喝了红酒后身体不适，然后对方知道后，就如我所料地匿名举报了。"

而当时周尧已经和警局通过气，说了这件事的原委，警局的队员们又曾是他最亲密的同事，更是无条件地相信他、帮助他。

于是，一出"周氏总裁被捕"的戏码就这么上演了。

我握拳捶了一下他的胸膛，微怒道："既然是演戏，你为什么不早点告诉我？这样我能有个防备，也不用那么为你担心啊！你知不知道，我……"

他抓住我的手，深深一吻，截住我要说的话："我知道，我知道，都是我的错。但我这么做也是有原因的，你被人监视着不说，手机也被人装了监听器，况且你性格又太直，如果早知道估计就会露馅。等我进了警局，对方就会松懈不少，而且我还暗示了你那位孟学长，有他帮忙，我想你肯定也会知道内奸的事。到时咱们里应外合，事情肯定会更好地解决的。"

我撇着嘴瞪他："那我如果被你的事打击得一蹶不振呢？如果不继续追查呢？放任一切发生呢？"

他不知哪来的自信，嘴角一扬，淡淡地笑了一下："你不会。我周尧从来都不是个怕艰难险阻的人，所以我的女人肯定也不是。"说完，他含着笑意的眼睛沉沉地看着我，散漫中带着笃定。

我又捶他一下，轻笑道："熊样儿！"

片刻后，我又想到了唐糖，那种沉痛的心情再次席卷而来。

我往周尧怀里凑了凑，小声说："你说，唐糖算不算咱们间接害死的啊？"

他垂了垂眼睛，再开口时，语气比刚刚又沉重了许多："如果要算也算是被我害死的。可是圆圆，每个人的选择都是自由的，她从一开始就选择了一条错误的道路，这不是咱们的错。"

其实周尧说的话我都明白，如果我们什么都不做，可能现在被逼上绝路的就是我们了。

有选择，就会有牺牲。

我微微一叹，不想再继续这个话题，想了想，又问："那你知道幕后推手是谁了吗？"

周尧的目光转冷，眼里闪过一丝狠戾："是付斯言。不过覃月末也有参与其中。"

我很吃惊，想了半天也没想明白，这两个原本八竿子打不着的人，怎么会突然扯上关系？还有……

"那……杀唐糖的也是他们吗？"

他的目光变得深沉："这个我还不能确定，刚刚听现场的警员说，凶手很谨慎，一点直接性的证据也没留下。就连昨晚整个小区的电闸也被凶手拉断了，监控摄像全部没有记录……"

"可我昨天根本就没见付斯言来过啊……"

"你认为他会亲自己动手？一个不熟悉的人进入小区，你会注意吗？肯定以为是小区居民啊。而唐糖家在三楼，并且南北通透，前后都带窗子，凶手从正面进去，再从后面跳窗逃了也说不定。"

我沉吟片刻，又问："你说……他们为什么要杀唐糖？就是因为她暴露了？"

"可能她的身份不只是内奸这么简单吧。你想想，偌大的 QG，那么多箱有问题的葡萄原料运进来，如果没有点别的内幕，不可能一点也不被察觉吧。而且当初有员工想向你汇报，她都给压了下来，就说明她的手段也是极佳的。我想她一定握有幕后凶手别的什么把柄，他们是怕暴露，所以才不得不下了杀手。"

"可杀人是重罪啊！他们怎么敢这么做？！"

周尧冷冷地哼笑一声，嘴边全是嘲讽："他们都敢拿有问题的酒去祸害大众，显然就没把人命放在眼里。相比之下，解决掉一个人，又算得了什么呢？"

我还想再问些什么，但周尧的电话突然响了。

他接起电话片刻后，脸上一阵惊喜，说："真的吗？"

得到那边肯定的回答时，他又连忙道谢。

接着，他揽过我的肩膀，眉目间满是喜悦地对我说："圆圆，你奶奶醒了！"

第十四章

当年的真相

//////

奶奶清醒这件事无疑是最近所有的事当中，最让我惊喜和开心的了。

我和周尧几乎都以火箭发射的速度穿好衣服，开车时也在遵守交通法规的基础上，将速度加到最大。

周奶奶比我们还要先赶到医院，所以我们走进病房时，看见的就是两个上了年纪的姐妹相拥而泣的场景。

好啦，相拥而泣有点夸张，但确实是周奶奶一直抱着我奶奶哭个不停。

见我们过来，她似乎也觉得有些丢人，连忙擦了擦眼泪，哽咽着别过脸。

奶奶被松开后，第一时间将目光投到了我的身上。

我看着她，心底所有的复杂情绪都抵不过重新拥有她的惊喜。我慢慢走过去，俯身轻轻抱住了她。

我忍着鼻酸，对她说了一句："奶奶，谢谢你能醒过来。"

我耳边传来阵阵哽咽声，许久后，奶奶大病初愈后的沙哑的声音传来："圆圆啊……"

这一声低呼让我再也忍不住了，泪意从心头涌上，我将脸埋在奶奶的肩膀处，大声哭了起来。

后来还是周尧将我扶起，提醒我奶奶才刚醒来，不宜坐太久。我听完立马又扶住她，整理好枕头后让她躺到床上。

因为她拉着我的手一直没松开，所以我也不得不坐在床边。

她满脸慈爱地看着我，说："我昏迷这段时间的事，你周奶奶都跟我讲了，圆圆，你很棒，你的所作所为已经远远超出了奶奶的想象。所以就算有失误，你也无须自责。"

"可是到最后，我还是让 QG 陷入一场大灾难里。当初我真应该按你的做法走，不接受那个付斯言的合约，不应该贪一时便宜……"

一提到付斯言，奶奶原来平和、慈祥的目光突然沉了下来。沉默了好半晌，她才别有深意地叹道"其实也不能怪你，这件事一直都是我的错，现在报应找上门来，也是应该的……"

之后奶奶跟我们说了一段过往，里面还包括我和周尧当初被绑架的内幕。

原来在我小的时候，QG 几乎就垄断了整个 B 市的红酒市场，那会儿对手企业无论用降价或是提高品质的方法都没能争过奶奶，眼看着客源都跑到了 QG，他们却无能为力。

而这些对手里面，付氏红酒是被打压得最严重的。他们工厂原本是能与 QG 比肩的工厂，却因为 QG 渐渐连基本开销都付不起了。

当年付氏的董事长来求过奶奶，想让她不要把生意做得那么绝，求她给别人留条活路。

但商场如战场的道理大家都懂，今天我给你留了活路，明天我自己就会踏上死路。而且当年奶奶是那么意气风发，在全市乃至国内都是资产数一数二的女企业家。

在这种背景和性格下，她怎么可能让步。

奶奶说自那次拒绝之后，付董事决定孤注一掷，他准备研究新的白葡萄酒，用自己最后的身家来赌一赌。

结果不难猜——他失败了。

一夜之间，他成了负债累累的穷光蛋。

也因为这样，他选择了一种极端的方式报复。

是的，我和周尧后来就是被他绑架的。

他买通了覃家的司机，与司机一起找机会想绑架我。他们选的是某次覃家办宴会的日子，当天人多眼杂，一个小孩消失也不会立马引人注意。

但他们没想到的是，他们引走了所有看护我的用人，却引不走周尧。后来他们没办法，只好将他也一起绑上了车。

两位老人在那之后都像疯了一样，四处找寻我们的下落。她们报了警，警察深入调查后，找到了付董事。

当时他深知自己躲不过去，便冷笑着承认了一切，还说他永远也不会说出将我们藏在哪儿，要让奶奶后悔一辈子。

说完这些，他便挣脱了所有禁锢，一路跑上了B市最高的大厦，再从上面跳了下去。

奶奶回忆至此，一脸唏嘘和忏悔："如果是现在，我肯定不会再那么逼他。钱这种东西，年轻的时候觉得是赚不够的。而且我想，就算我花不完，我还有子子孙孙，他们也会替我花完。所以对待家人以外的人，我都命令自己不能留任何情面，更不能有一丝仁善。可现在想想，何必呢？因为一些生意而断送了别人的未来和生命……想来我也是罪大恶极的。"

我闻言，有些担心她的情绪会影响身体，于是赶紧捏了捏她的手，安慰道："奶奶，都已经过去了。"

奶奶微微叹气："不，没过去，如果过去了，就不会有这么多事发生了。"

付董事死后，我们依然下落不明，两位老人心底的绝望又增添了一分。如果说她们之前还能以付董事为线索抱有希望，那现在就连最后一点希望也没了。

不过后来，就在她们心灰意冷甚至绝望的时候，一则新闻突然让她们有了线索。

原来有下乡采访的记者无意间看见了赤裸着身子乞讨的周尧，一时出于怜悯就拍下了他的照片，又写了求助新闻发在网上，想让大家帮帮他。

那时的网络虽然不如现在发达，却也是线索的最佳发源地。本来对绑架案还一筹莫展的警察在看到了周尧的照片后，立马就激动了。

之后他们辗转数天，终于在小村落里发现了我们的身影。

而后来，她们之所以没有对外公布我也获救了的消息，确实也是因为不想我再次遇害。至于没告诉周尧，是因为她们想让我有个新的环境，重新开始。

不过她们没想到的是，周尧会因为那次绑架而得了什么恐女症。

她们更没有想到的是，数年之后，我们兜兜转转，居然还会相遇。

奶奶说到这里，又是一阵感叹，轻轻拍了拍我的手，目光在我和周尧之间一直徘徊："想不到一场蓄谋的绑架，倒成就了你们俩的姻缘。我现在还真不知道该怪那个姓付的，还是该感谢他了。"

我脸颊微热，不想再让奶奶继续说这个，于是赶紧转话题。

其实我想问的也是在我心头压了很久的一件事，斟酌了半晌该如何提起后，我小心翼翼地问："那……奶奶，你为什么会想到找月末来假扮我呢？"

这话让奶奶好一阵发愣，久久沉默了。

这时，一直站在身后的周尧突然平静地开口："当年绑架咱们的司机，是覃月末的父亲。"

我瞪大双眼回头看他："什么？！"

"这也是我前不久才查到的，所以还没来得及告诉你。"

奶奶在这时深吸了一口气，眼里带着浓浓的无力感，道："是的，当年与付董事合伙绑架你们的人，就是月末的父亲。他当时是咱们覃家的司机，后来染上毒瘾，因为长期借钱吸毒，负债累累，所以付董事想买通他，几乎没费一点力气。"

"其实我也明白，整件事怪谁也不能怪在月末那孩子身上，当年她也就比你大几个月，虽然心性比你成熟得多，明白世故也比你要早，可……再怎么样她也只是个孩子。但我当时就是控制不住，只要一看到她，一看到她平平安安地待在家里，我就会想到你所受的苦。所以……我当时就想到了领养她，然后让她代替你承受一些很可能再次发生的危难。如果当年不是我这么自私，可能她现在也不会如此极端。是我，都是我的错，是我害了所有人。"

我看着眼前这个我失而复得的亲人，满是心疼。我不由得俯下身，轻靠在她的怀里，缓缓道："奶奶，其实我真的怪过你，怪你当年的自私，怪你随意改变我们的命运……可我最近经历了很多，明白看着自己在乎的人遇难时那份急切的心情。所以你不要再自责了，都过去了，一切都过去了。"

奶奶擦了擦眼角的泪水，哽咽道："是啊，幸好一切都已经过去了。不过咱们以为过去了，但有人还是过不去……"

那个付斯言，原来是当年付董事的孙子，他一心觉得付家就是因为奶奶才会家破人亡的，所以长大后所做的第一件事便是找奶奶复仇！

他先是高价买了一直跟奶奶合作的葡萄园，后来又以合作商的身份与奶奶谈生意。奶奶素来以谨慎为上，所以早早就叫人查了他的身份。不过当时她查出来的和周尧查到的差不多，都是说他二十岁以前的资料皆为空白。这让奶奶更加起了疑心，所以她便终止了与他合作的想法，想另谋他路。

而那个时候，正巧是奶奶刚刚认我回覃家的时候，也是覃月末与我和奶奶决裂的时候。付斯言便掐准了这个时机，准备充足地去找了覃月末，说能帮她复仇。

后来两人计划先由覃月末去向奶奶挑衅，在奶奶盛怒的情况下，付斯言再给奶奶打了一通"真相电话"，主动说出了自己的身份，并且还说他会以牙还牙，让覃家也在 B 市销声匿迹。

奶奶当时急火攻心，在走出书房找药之时，一脚踩空楼梯而摔了下去。

所以用人后来会说是覃月末陷害，是因为他们只瞧见了她那天去覃家，却不知道付斯言打过电话的内幕。

奶奶说到这里神色还算平静，我却止不住地想她当时接到电话的场景。

她以为一切都已风平浪静，以为所有事都过去了，却因为一通电话，那些曾经萦绕在心头多年的恐惧再次席卷而来。

而我在那之前又做了什么呢？责备，怨恨，甚至还说过不想原谅她的话。

想到这里，我就恨不得把那时的自己扔去刀山、油锅折磨一番。

我紧了紧抱着她的手臂，道："奶奶，你什么都不要想了，现在唯一的任务就是好好养病，其他的都交给我们吧。"

一直沉默着的周尧适时地开口："是的，接下来的事，我们会办妥的。"

奶奶深深地看了看我们，最后点了点头："那你们有什么具体计划吗？"

奶奶这话倒有些问住我了，刚刚我会说那些其实也只是在安慰她，现在被她这么一问……

哪知周尧却像早有准备似的，拉了把椅子坐下，姿态沉静地开口："我们先……"

那天我们再回到家时已是深夜。

我和周尧很有默契，进门后谁都没有先开口。睡觉时，我们也只是平静地相拥着躺在床上。

隔了许久之后，周尧平和深沉的嗓音缓缓响起："在想什么？"

"想我们到底该怎么办。"

"在医院时不是已经和两位老人讨论过方法了吗？"说到这里，他松开手臂，伸手挑起我的下巴，目光深沉地看向我，"你不相信办法可行，还是不相信我的能力？"

这话让我有些不知该如何回应，我又想了想之前他最后在医院说的话，勉强笑了一下："不是不相信，我只是觉得，他们既然都策划到现在这种程度了，应该不会轻易上当。"

周尧也不知哪里来的自信，再开口时，语气中带着不容置疑的意味："你放心，他们一定会的。"

因为计划问题，周尧隔天一早就悄悄回了警局。

他说做戏要做全套，既然已经演了自己被关的大戏给对方看，就不能半途而废。

况且，后面还有更大的局等着敌人进入呢。

我按着他的意思，还是照常去 QG，就当什么事也没发生。

去 QG 的一路上我都很忐忑，就连等红灯时我都顺着倒车镜往后瞧，看看有没有可疑的车子跟着我。

周尧早上跟我说过，如果按他所想，幕后推手最近肯定会来找我，叫我一定要注意。

可我怎么也没想到，他们会嚣张到在 QG 的停车场守株待兔。

一排黑衣人像堵墙似的堵在我面前，他们似乎怕我乱叫，更是一个个都做好将我打晕的准备。

不知为何，刚刚还有些慌张害怕的我，现在看着他们，突然就平静了。

我紧了紧手中的包带，一脸淡定地对他们说："带路吧，我跟你们走。"

不过对方似乎也没打算把我怎么样，我预想的封嘴胶布啊、蒙眼黑带子啊都没有。相反的，他们甚至还一路带我去了人群热闹的市中心，停好车后，直接带我去一栋高级写字楼。

到达十四层时，他们指了指其中一间办公室，之后便守在了电梯旁，没再跟上来。

我尽量控制着心中的异样情绪，稳步朝里面走去。

即便早有准备，可推开门看到的场景，还是让我有些微惊。

偌大的办公区只有寥寥的几个格子间，里面象征性地摆了几台电脑，除去这些之外，就只余下一张办公桌和一张沙发床了。

这会儿沙发床被人摊开，上面零散地摆了几件男人和女人的衣服，而正中央，两个我熟悉的人正暧昧地抱在一起。

当然，他们身上还有些衣服，不然我肯定会第一时间尖叫出声。

显然我的到来打断了他们的雅兴，不过人家表现得素养极高，即便如此，起身时也冲我笑了笑。

哦，我说的是付斯言。

而女主角覃月末，则还是之前那副对我冷笑、嘲讽的表情。

付斯言一边整理着身上的衬衫，一边嘴角噙笑地上下打量我。末了，他挑了挑眉，道："覃小姐的变化还真是大。不过虽然我想过你在受到打击之后会变，但没想到你会越挫越勇。你这心性还真是不容小觑啊！"

我冷漠地扫了他一眼，又看了看覃月末，冷笑道："你们之间肮脏混乱的关系，我之前倒是小觑了。"

后来我将目光彻底投到覃月末身上，嘴角带着嘲讽："怎么，原来他才是你真正投奔的金主？"

她用手指梳着马尾，闻言，轻轻一抬眼，瞥向我："关你屁事！"

我也不想再和他们多废话，甚至觉得站在这里呼吸的每一口空气都是脏的。于是我再次转头看向付斯言，说："说吧，抓我来到底为了什么，大家都很忙，没必要浪费时间。"

他满脸邪气地笑了笑："看覃小姐现在对我这态度，似乎已经知道了不少东西？"

"是啊，所以你最好小心点。"

"谢谢。"他无所谓地耸耸肩，"不过我从来不做有漏洞的事，你如果是叫我小心被找到证据，以致被抓，那还真是白白替我担心了。"

我狠狠瞪他。

是啊，他从来不做有漏洞的事，因为所有危险的、会露马脚的事他都吩咐给了唐糖，而到头来呢？他又叫别人结束了她的生命！

一想到唐糖，再看到他这副肆无忌惮的样子，我就恨不得喂他十瓶八瓶硫酸下去！

"付总叫我来是说这些废话的？那很抱歉，公司还有一个烂摊子等着我收拾，我不能奉陪了。"

我说完就准备向外走，付斯言闻言，果然立刻叫住了我，笑道："覃大小姐的心性怎么还是这么急啊？你说说，当初你要不是因为看见月末想和我买原料，才急匆匆地要跟我签合同的话，是不是现在什么问题都没有了？"

他这算是主动承认了？

不过现在再仔细想想也不难理解，他们其实就是抓住了我的心性，明白我就算因为奶奶拒绝过而有所怀疑，可一旦和覃月末扯上关系，就一定会方寸大乱。

所以当时已经是一个阵营的两个人，合伙在我面前演了那样一出戏。

如今想想，那个满脑肥肠的大叔可能也是他们故意安排的吧，为了让我相信覃月末是真的变了，也有了强大的金主，有能力与我抗衡了。

这计划还真是缜密得有些可怕。

我转过身，冷眼看过去："所以呢？"

"我现在有挽回 QG 形象的方法，你要不要听？"

这话让我心惊了一下："你们千方百计想搞垮 QG，现在它的名声臭了，你们居然还主动告诉我挽救方法？当我傻的吗？"

付斯言优雅迷人地勾了勾嘴角："当然不可能白白给你啊，我们可是有条件的。"

我想了想，问："想要 QG 的股份？"

"覃大小姐一下子突然变得这么聪明，我还真是有些不适应。"

我没理他的话，目光悠悠地投到一旁的覃月末身上，看着她举杯轻抿红酒的妖娆模样，哼笑一声："这是你的主意？不用问问你身边这位？你不知道她对覃家有多么恨之入骨吗？她会这么好心放过我们？"

付斯言一脸轻松地坐到她身边，揽过她的肩膀，重重地在她脸上吻了一下，笑道："没事，女人当然要以男人的利益为重了。"

"呵！还真是感人至深啊。"我顿了一下，脸上的表情慢慢变淡，"不过，我没什么兴趣。"

说罢，我再次转身朝门口走去。

这时，付斯言的声音又在身后响起，跟刚刚相比，莫名带了些瘆人的冰冷："覃大小姐，难道你忘了吗？你的未婚夫还被关在警局，还有几名闹事的'受害者'在医院，QG 和周氏现在都陷入了前所未有的危机里，你就真的打算放任不管？"

果然！

他的话让我想起早上周尧对我说的——

"我昨天从警局出来的事相当隐秘，除了警局的同事外就只有你知道，所以付斯言肯定还以为我待在警局。我有安插人在他身边，昨天得到消息，他似乎有意和你谈条件，主动承认是他所售的那批葡萄有问题，然后再找一个替死鬼来接受调查。同等的，事件解决的条件就是他要覃家在 QG 的一半股份。"

这话我听着滑稽得要命，当时就笑了。周尧也说这付斯言太有信心了，不过也是，如果没有周尧事先的准备，来了个"反间计"，我们这会儿就真的上当了，估计就算是这种条件，我们也会答应。

毕竟整件事牵连着 QG 和周氏的几十年基业，还有周尧的安危。

不过现在……

"你以为我在乎吗？"我扯着嘴角笑着看向他，"也不怕告诉你，我前段时间找出了奶奶的日记本，她在上面说找到了足以让你身败名裂的证据。我是不知道你和她老人家有什么过往渊源，但既然她说有就一定会有。哦，我再好心提醒你一下，主治医生昨天才通知了我，说奶奶有转醒的迹象，可能就是这几天了。呵呵，你认为到时……你还能继续嚣张？"

他显然没料到我所说的事，脸色瞬间沉了下去。

我瞧他一直没说话，也不想再浪费时间，欲再次转身离开时，身后倒传来他咬牙切齿的声音："你以为我不达到目的，今天能让你安全地走出这栋大厦？"

我极其平静地笑了笑："我刚到的时候就给手下的员工发了信息和

这个大厦的定位，并让他们报警。估摸着我再有十分钟不出去，警察可能就会冲上来了。哦，在这里我还真是要感谢付总，如果不是你那谜一样的自信心，估摸着你也不会允许手下纵容我拿着包包、手机之类的吧？谢谢！"

覃月末听完，率先跑到窗前，向下一看，精致的小脸上的表情立马冷了几分："楼下确实有几辆警车。"

付斯言听完，脸色更加精彩了。我看着，心头别提有多爽了。

深知该说的都说完了，该演的也都演完了，所以我看向他们，说了自己在这场戏里的谢幕语："我相信上帝那老头是不可能让邪恶战胜正义的。所以你们还有什么手段就全都使出来吧！老娘一定奉陪到底！"

当晚，我下了班便去警局"探监"。

因为上次身上有监听器，所以在我不知情的情况下，警局的警员们都拦着我，又说为难什么的。

而这次没了那多余的玩意儿，我进去倒是顺畅不少。警员们非但没拦我，甚至还一脸暧昧地开起了我和周尧的玩笑。

后来我是在最里面的办公室找到周尧的。

他那会儿正在和相熟的几个警员吃饭，特别简单的盒饭，我甚至连肉味都没闻着，但他们愣是吃得贼香。那屋子里的声音也没停过，基本上是这个人说完了，另外一个人就接着说，且内容都不重样。

周尧一直沉默地听着，时不时地抬头看过去，偶尔听到好笑的事时，脸上也会浮现那种爽朗轻松的笑，给那张清俊的脸又添了几分暖意。

似乎余光瞥见了我，他勾起嘴角，脸上带着还未褪去的笑意，道："怎么不进来？"

周围的气氛让我暂时忘了那些恼人的事，我扬了扬眉，说："这激情四射的，我怕进去后眼睛被闪瞎啊！"

他的眼睛危险地眯了眯："皮又痒了？"

别说我现在已经不怕他了，就算放在以前，我也料定他不敢当着这么多人的面对我怎么样。

于是我故意往他大腿上一坐，揉着他的脖子，旁若无人地挑衅："怎样？你能怎样？"

我明显听见四周传来阵阵吸气声，有胆大的警员甚至还语气暧昧地说："小嫂子现在居然变得这么火爆了。我还记得当初她被误当成人贩子抓进来时，还很天真地对着灯发誓呢……现在居然，啧啧啧——"

我单手挂着周尧的肩膀，撑着脑袋侧过头，斜睨过去："你是想说我以前还很天真烂漫，然后和你们队长交往之后，就变了？"

那警员明显听出了我话中的陷害之意，又忐忑又尴尬地咳了咳。

周尧适时地捏着我的下巴，俊朗的眉眼间带着一丝散漫的轻笑："心情好得都会抬杠了，看来事情都办妥了。"

我得意地扬扬眉毛："我是一般的女人吗？"

他眼底的笑意渐浓，松开我的下巴，转而刮了刮我的鼻尖："是，我周尧的女人肯定不一般。"

这话一出，周围的警员们一个个都受不了了，一副受了成吨伤害的样子，假装斥责："老大！你能不能考虑一下我们这些单身狗的感受？虐狗犯法啊！"

周尧无所谓地扬了扬眉毛："那你们还真要准备准备，以后这种画面只会越来越多。"

"……"

虽说开始是我主动挑衅的，但这会儿气氛一变，我倒先不适应了。

我尴尬地咳了咳，松开搂着他脖颈的手臂想起身，哪想他却不肯了，反手将我牢牢搂在怀里。

我跟他说了今天去找付斯言与覃月末的事，周尧听完那些人的反应，像是早料到了一般，满脸的嘲讽。

"照这样发展，接下来他肯定也会如我们的预想一样，去医院找你奶奶的。"

是的，周尧说过这个计划将导致的结果——付斯言可能会在一怒之下，趁着奶奶还"没醒"就先下手为强，让她彻底醒不过来。

一想到这里，我的心情又沉重了几分，最后我轻轻叹了口气："你说他真的会去医院吗？而且就算他真的去了，你又怎么保证他会亲自去？要是到时他再雇佣别人，然后中途就发现异常跑了怎么办？"

听了我的话，对面有警员先开口："小嫂子，只要第一个问题解决了，后面就都不是问题了。就算他派别人去，咱们如果抓到了，审问之后也可以抓住他的把柄，到时不一样能解决？不过你最开始说的，我也曾担心过。队长，你说他万一真的什么都不做，咱们准备这么多不都付之东流了？"

"不会。"周尧的表情沉静，语气中也带着笃定，"按照奶奶的话，他是因着恨意才做了这么多事，甚至还买凶杀人，单这些就不可能让他轻易放弃。而且奶奶清醒的消息已经被我们及时封锁了，按他今天与圆圆谈话的反应，他应该还没发觉。在这种情况下，他可能会怀疑圆圆话里的真假，但他做了那么多事，或许真有疏忽的时候，所以不管怎样，他都是一定会来的。"

那天之后，我们在医院做足了准备。

我们先是将奶奶转移到了不起眼的普通病房，然后又安排了身形相仿、刻意伪装过的警员住进了原本的病房。而这间病房的隔壁，我们也安装了监视设备。不仅如此，就连奶奶所住的普通病房的情况，我们在这里也能看见。

这种情况下，我们还安排了不少便衣警员在走廊里装成病患或者家属，所以基本上是万无一失的。

不过就算如此，那几天我还是在担惊受怕中度过的。

毕竟这是一种冒险的行为，先不说付斯言他们会不会过来，如果他们真的过来，发现情况有变，和我们来个鱼死网破的话……

想到这些，再想到大家的安危，我就连觉都睡不着了。

周尧说我是杞人忧天，在准备这么充足的情况下，他们怎么可能还会得手？

其实道理我都懂，可不知为何，我的心就是慌得不行。后来我甚至还有一种预感，总觉得会出什么事。

而事实证明，千万不要低估了女人的第六感。

事情大概发生在三天后——

那天我们照常在医院监视着，监视器里的情况也如往常一样。后半夜的时候，周尧拍了拍我的头，叫我仔细盯着，他先出去抽支烟。

我当时心里是恐惧的，但瞧着他憋了小半天的样子，又不忍心让他再忍下去，于是点点头，说："那你快点回来。"

他笑着回我："你放心吧，医院楼下有警方的人，隔壁住着的也都是警察，而且你又守着监视器，如果有一点动静，最先发现的也会是你，所以没什么好担心的。"

被他察觉出心事，我有些小尴尬，伸手推了他一下："快滚吧！"

他危险地眯了眯眼睛，伸手捏住我的下巴："我说过吧，你再说粗话，我就收拾你。"

我肆无忌惮地顺势扬了扬头："所以你是要留下收拾我，不出去抽烟喽？"

他俯身狠狠地吻了我一下："你最好有点觉悟，等着我回来惩罚你。"

我看着他的背影，不屑地"喊"了一声。

后来他出去没多久，床上的手机突然响了。

铃声响起的那一刻，我的心莫名一沉，我赶紧拿过手机看了看，屏幕上闪烁的是一个警员的名字。我接起来一听，还没来得及说话，那边就传来急切的声音："老大！不好了！咱们的人被迷晕了！覃董事长被人掳了！"

闻言，我吃惊地看向监视器，可是上面没有任何变化，奶奶的房间里依旧平静如常啊！

我深吸一口气，努力让自己镇定下来。可是不受控的，我再开口时的声音微微有些发颤"你们是不是搞错了？我这边的监视器里一切如常，奶奶还安安静静地躺在病房里啊！"

"不会！我刚刚来这边换岗，现在昏迷的同事就倒在我的脚边，你说会不会有错？"

我的心又猛地一沉，如果真像他说的，那……

我还没来得及再往深里想，耳边突然传来一道熟悉的声音："大小姐，别来无恙啊！"声音暗哑、低沉，还带了一丝瘆人的意味。

我全身的汗毛立刻竖起，脊背不由得发凉，一边颤抖着握紧拳头，一边缓缓转过身。

我身后站着的，果然是付斯言！

他当时就站在窗边，病房里的白炽灯将他的那张脸映得惨白，嘴角勾起令人胆寒的冷笑。他正一步一步缓缓向我走来。

那感觉就好似被一条毒蛇盯上，我还来不及尖叫，就先被他勒住了脖颈。

他拿了一条不知浸满什么化学物品的毛巾迅速捂住了我的嘴，我一个猝不及防，猛地吸入不少刺鼻的异味。之后仅过了几秒钟，我便觉得眼前一片花白，原本挣扎着的手脚也渐渐无力。

最终，我彻底失去了知觉。

第十五章
最后对弈

/////////

再醒来时，我浑身上下都酸痛无比，尤其是头，神经一直突突地跳，每跳一下，便扯痛我一分。

我吃力地将眼皮抬起，又动了动四肢，再后知后觉地发现——自己被绑了。

我整个人都被绑在了一把椅子上，周围是废弃的家具和铁桶，四周都没有窗子，唯一的光源是我头上的一个灯泡发出的。细听之下，我发现这周围似乎还有流水声和老鼠的叫声。

我平复了一下自己的情绪，尽量不让别人察觉出我心底的恐慌，平静地开口："付斯言，你应该在吧？出来吧。"

语毕，原本昏暗的前方突然亮起了一个和我头顶一样的灯泡，灯具晃晃悠悠的，像是被人恶意摇晃过，而它投出的光源也跟着一起前后摇曳着。

在那摇晃不稳的光源下，我看见了奶奶！

她老人家此刻和我一样，也被绑在了一把椅子上。她嘴上被人贴了胶带，与我视线相对的一刹那，她眼底带着恐惧，手和脚慌乱急切地挣扎着，却怎么也挣脱不开。

我知道她在担心我，同样的，我也很担心她。

所以看到她这种反应，我心疼地摇着头："奶奶，我没事，真的。你不要挣扎了，小心伤到自己！"

听完我的话，她不住地流泪，一边哭一边冲我摇头，似乎想说什么，却因为嘴上的胶带而开不了口。

就在这时，不远的角落里突然传来一阵"啪啪"的拍掌声。随后，一道身影从阴影里走出来。

不难想象，是付斯言。

他穿着一身很轻便的黑色休闲服，头上还戴了顶棒球帽，看上去还算阳光健康，可配上他嘴角那丝冷笑，一切就都变了味。

"这祖孙俩互相安慰的戏码，还真是感人呢，我都快落泪了。"阴冷而嘲讽的声音从他的嘴里传出来。

我深吸一口气，狠狠地瞪向他："你清楚自己现在在干什么吗？你这是绑架！是犯罪！"

他没回应，而是从角落里随便拽了把椅子坐下，又随便地将双腿叠在一起，手肘拄在膝盖上撑着脑袋，好整以暇地看着我。

"说啊，继续，我倒要看看你还有什么可说的。"

他说话时语气轻飘飘的，脸上带着阴邪的冷笑，看得我脊背一阵发凉。

不过……到现在他还这么轻松，难道是笃定这里不会被警察找到？

"嗯，你是不是在想，会不会有人来救你们？"

我冷着脸沉默地看着他，没回应。

"告诉你也无妨。"他耸耸肩，"你知道为什么之前你们的计划会那么顺利吗？周尧就那么神通广大，能将我的一切都猜得那么准？呵！"

说到这里，他突然变了脸色，满面的狰狞和愤怒。

他忽地起身，从角落里拉出来一个人，那人似乎被人殴打过，身上的衣服破破烂烂不说，露出来的皮肤也几乎是青一块紫一块，头发也乱糟糟的，还满是尘土，顺着向下一看，那张脸……

是覃月末！

怎么会是她？他们不是盟友吗？之前不是一直合作得很愉快吗？而且似乎两人私下的"关系"也发展得极为亲密，在这种程度下，付斯言为什么还要伤她？而且手法还这么残暴凶狠……

覃月末被他拽着头发扔在地上，她蜷曲着身子，双眼微闭，深深皱在一起的眉毛让人莫名觉得，她现在连呼吸都是痛苦的。

可即使这样，付斯言居然也没放过她，伸手揪起她的头发，一下一下地拉着她的头往地上磕。

她的头部与地面碰撞的声音不大，可在这种安静危险的环境里，诡异得让人阵阵胆寒。

我实在是忍不住了，大声呵斥他："付斯言？！你还是不是人？！快住手！"

闻言，他抬头看向我，一副好笑的样子，勾起嘴角，问："难道你不恨她吗？因为她的陷害，你最近不是过得挺惨吗？怎么我现在帮你修理她，你反倒还不开心了？"

我瞪着他，声音又提高了一些："我是恨她，可恨归恨，再怎么样也是我们俩的事。你也害了我，而我也恨你，你怎么不打你自己啊？！"

"啧，这种关头了还这么伶牙俐齿的。真是可惜了，如果没有以前的事，说不定现在我会喜欢上你呢。"

"呵！那我还真要感谢过往，让我错过了一个变态！"

我原以为自己的话会激怒他，哪想他没再理我，而是伸出手一下一下地拍着覃月末的脸颊，还是那副阴阳怪气的语调，道："刚刚她说的话你听见没有？她恨你呢……"

覃月末闻言，依旧闭着双眼躺在原处，一丁点回应也没给他。

就在这时，付斯言像是突然魔怔了一般，扯着覃月末的头发将她的身子拽起，接着也不管她坐没坐稳，一把就掐住了她的脖子！

即便没有亲身感受，我也知道他的力道不小。

他整只手的青筋暴起，相应的，她在被掐住之后，表情也变得越来越痛苦。渐渐地，她的呼吸微弱，整张脸也憋得通红。

如果换了任何一个人，一个害过我、害过奶奶、害过周尧的人，我或许可以冷眼看着，甚至心里还会暗爽、会大笑。

可现在对象是覃月末，这个我曾经最好的朋友，无论以前她对我做过什么过分的事，我现在都不可能彻底恨她。

所以这会儿看着她被付斯言掐着脖子，眼见着就要晕倒时，我实在忍不住了。我脚下悄悄攒着力气，瞄准了付斯言的位置，接着，猛地朝他撞了过去。

结果可想而知……

我浑身上下都被绑着，就算脚可以活动，力道也有限，所以就算我运足了全身的力气，扑过去之后，也没能伤到他分毫。

不仅如此，我甚至……连碰都没碰到他，就直接倒在了他的脚边。

他当时掐着覃月末早已掐红了眼，见我如此，嘴角又勾起那种瘆人的冷笑。

"怎么？看到你的好朋友受罪，心疼了？想和她一起？"

我知道他现在已经不是正常人了，但我还是抱着一线希望，希望自己的话能唤醒他一些还未泯灭的良知。

"付斯言，你恨我、恨奶奶，这都无可厚非。但你好好想想，你现在虐待的这个人，她是帮过你的，她一直都替你做事，也没做错什么，你为什么要折磨她呢？

也不知我的哪句话又刺激了他，他的表情突然又变得狰狞可怖，他掐着覃月末的脖子前后摇晃了两下，冲我低吼："她没做错什么？你说她没做错？哈哈哈——"

他似乎又加重了力道，覃月末在他的手下呻吟着，表情是那样痛苦。

"她没做错？呵，我刚开始就说了，你以为周尧就那么厉害，我所有的计划都能被他识破？后来又那么顺利地摆了我一道？这都是因为她！"

他掐着覃月末的脖子将她拽到我面前，大吼："都是这个婊子！是她背叛了我！一直提供情报给周尧！然后与他一直合计着怎么陷害我！你说她没错？呵，不，这都是她的错！"

我心头像是炸响一道惊雷，完全不能平复。

我无意间抬起头，与奶奶四目相对时，看到她脸上呆愣的表情。她似乎也和我一样，完全不敢相信。

是啊，那个当初信誓旦旦说要报复我们，说要让我们覃家败落到一无所有的人，怎么可能反过来帮我们呢？

她那时的恨意是那样真切，怎么看都是真的啊……

可如此恨着我们的覃月末，怎么会……怎么会……怎么会反过来帮我们呢？

在我惊讶、疑惑的空当，付斯言又掐着覃月末的脖子，将她拖到自己面前。接着，他忽地向她贴近，一脸的狠戾："你为什么要背叛我？为什么！我对你那么好，带着你复仇，帮你对付那些曾经伤害过你的人……可到头来我得到了什么？呵，在床上虚情假意的情话，还有深深的背叛！"

说着，他面上又是一阵狠戾，手掌再次用力，眼睛也瞪得老大："说！"

我也顾不得再多想什么，嘶吼道："你放手！你要是想让她说话就放手啊！她已经快被你掐断气了！你让她还能说什么？"

听了我的话，付斯言真的微微松开了手。

呼吸到新鲜空气的一刹那，覃月末猛烈地咳嗽起来，她大口大口地吸着气，头一直无力地垂着，杂乱、枯黄的头发挡在前面，让人根本看不出她脸上的表情。

半晌后，她缓缓抬起头，冷冷地看向付斯言，轻声道："变……态……"

就两个字，又将付斯言疯狂的愤怒激了出来，他扬手一巴掌用力地拍到了她的脸上，直接将她打倒在地。

此时此刻，我看着覃月末，心里难过得要命。

我忍着鼻酸，焦急地问她："月末，你怎么样？"

她捂着脸转头看向我，无力地摇了摇头。

不知为何，付斯言见我们如此，像是知道了什么似的，突然哈哈大笑起来。

"哈哈哈！我懂了！你这个婊子是想故意刺激我，让我把注意力都放在你身上，然后拖延时间是吧？"

说到这里，他疯了似的突然拽过我和奶奶，将我们都拉到覃月末跟前，狠狠地将我们一推，高声道："你再好好瞧瞧，就是这两个人，就是她们颠覆了你的人生。用你曾说过的话就是，是她们将你送上天堂后，又推下地狱！而你……到现在这种情况，居然还想护着她们？"

覃月末撑着虚弱的身子，吃力地抬头看向他，声音很轻，却莫名坚定："我不是要……护着她们，我只是……不想再与你这个变态……为伍。"

"呵！"

她的话让付斯言又是一阵冷笑，随后他的表情微微沉了下去。他下巴轻抬，冷冷地看着她："不想再与我这个变态为伍？呵，你也太天真了……"

说着，他站起身，面无表情地看着我们，单手伸向衣兜，从里面掏出一把匕首。

他将刀鞘拔下，又将匕首轻轻一丢，扔到了覃月末跟前。

"我给你选择的机会，这两个都是你恨过的人，现在我命令你杀了她们当中的一个，哪一个都可以，随便你选。哦，不能不选，如果你不拿刀插她们，那这把刀就会被我插在你身上！"

我不敢置信地看着他，心像被一块巨大的冰块压住一般，又疼又冷。

这个人疯了，他所有的行为都变得极度疯狂而不可理喻。也是，他之前都能做出买凶杀害唐糖的事，现在又有什么事是他不敢做的呢？

况且，我们还是他恨之入骨的人。

他的话让覃月末微微有些发愣，半晌没动弹。

而奶奶在听完付斯言的话后费力地挪到我前面，一脸焦急地看着覃月末，呜呜地发着声音。

我明白她想表达什么，她要保护我，想让覃月末别伤害我。

可我怎可能让这种事情发生呢？我深吸一口气，平复了一下心底所有的恐慌与忐忑，平静地抬头看向付斯言，说："你不觉得你现在的行为太不道德了吗？一个男人，欺负三个受了伤、受了惊吓的女人，呵……你是为了当年奶奶逼死你爷爷而报复，那我想问，你现在做的事，和奶奶当年犯的错，又有什么不同？"

"当然不一样！"付斯言疯狂地将奶奶从地面拽起，"因为她，我失去了亲人，失去了整个家！都是因为她！当年爷爷因为最后的项目投资借了很多钱，后来他去世了，债主找上门，妈妈没办法，只好带着我去了国外。那时候我们住最破的房子，吃的是邻居施舍的饭菜。而妈妈……妈妈她为了能让我去上学，居然去做了援交女！呵，你们这些在温室里长大的人肯定想象不到吧？一个原本养尊处优的阔太太，为了儿子、为了生计，被逼无奈之下去做了援交女！那时候，我每天看着对男人谄媚的妈妈，心底就暗暗发誓，总有一天我要把我们家失去的一切都夺回来！并且我还要让害我们的人付出代价！"

他冷笑着将奶奶推回原处，又转头看向我，目光瘆人而冰冷："可是她呢？你这位伟大的奶奶呢？当初不管不顾地毁了一个企业，甚至是一个家庭、一条生命！你现在问我有没有道德，那我倒要反问一句，你这位伟大的奶奶，当初就有道德了吗？"

"我知道你的痛苦，奶奶也说过当年是她的错。"我看着他，情绪有些复杂，"只要你现在放下，一切就都还来得及。你如果现在去自首，警方一定会宽大处理，而你想要的补偿，只要在能力范围之内，我和奶奶一定会满足你。"

他脸上泛起一抹嘲讽的笑，轻声一叹："我真是有病，居然以为说一说自己的过往就能唤起你们一丝丝的悔意。"

"我说了，奶奶早就后悔了，她也曾和我说过她做错了。你如果想听对不起，现在把奶奶嘴上的胶带拆下来，她肯定会跟你说的！"

我的话说完，奶奶还在一旁呜呜地发着声配合。

可付斯言似乎没什么兴趣，也不再理我们，反而又蹲回覃月末的身边，单手抄起匕首，举到她面前："来吧，让我看看你到底恨哪个人更多一些。"

他从身后拥住她，将匕首塞入她的掌心后，又握住她的手，把冰冷而泛着寒光的匕首先指向了奶奶——

"这个人，让你做了别人的替身，让你不清不楚地活了这么些年，又亲手把你从天堂推入地狱。"

接着他又把匕首指向我——

"而这个人呢，她曾是你掏心掏肺对待过的朋友，你以为自己失去全世界也不会失去她，可到头来，你所有不幸的源头都是她！

"去吧，看看这两个人，选择一个你最恨的，解决掉！"

说完，他松开握着覃月末的手，又向后退了几步。

不得不说，付斯言真是个很会抓准人心理的人，他刚刚与覃月末说的话，几乎句句都切中要害。如果我是她，就算原本心如止水，也会被他那些话挑起恨意。

而覃月末也正如我所料，原来淡漠的眼神这会儿突然变冷，原本垂着的手，这会儿握着匕首颤巍巍地举了起来。

我看着她，面容平静地说："月末，你杀我吧，确实像他所说的，你身上所发生的一切，所有的源头都是我。所以就算你杀了我，我也不会怪你的。来吧！"

奶奶听完我的话，惊慌焦急地挡着我，不停地对覃月末呜呜叫着，生怕她真的来伤害我。

见覃月末久久未动，付斯言的声音再次响起："我再给你三秒钟，快点选！三！"

覃月末浑身轻颤，举着刀朝我们靠近。

"二！"

她深吸一口气，闭上了眼。

"一！"

突然，她猛地睁开眼睛，像是铆足了全身力气一般，爆发似的朝我刺了过来！

我只觉得眼前寒光一闪，心里开始遗憾着没能再见周尧一面时，她的匕首忽然转了方向。原本匕首应该刺向我的，却猛地转向朝付斯言刺了过去！

一切都发生得太快了，我根本来不及多想，只能瞪大眼睛紧盯着那把匕首，在心里祈祷着它能插进付斯言的身体里。

可结果也不难预料，覃月末之前被他虐待了那么久，身体本就没多少力气，就算铆足了力气爆发，也不可能敌得过一个带着满满恨意、身体强壮的男人。

他夺过匕首的一刹那，目光冷得吓人："果然和我猜的结果一样，你真是一点惊喜也不给我啊。"

他将冰冷的匕首贴在她的脸上，嘴边带着诡异的笑："既然你舍不得她们，那你就替她们去死好了。"说着，他目光毒辣而狠戾地看着覃月末，微微扬起匕首。

那一刻，我整颗心几乎提到了嗓子眼，身体控制不住地微颤，直摇头："不，不！"

我的话未能阻止他，他近乎决绝地狠狠将匕首插了下去！

那一瞬间，我几乎连考虑都没有，就直接朝着覃月末扑了过去，无论是身子还是心里，都想替她挡下这一刀。

可意外的是，我在中途突然被人推到了一旁，取代我的，是奶奶！

"啊——"

痛苦的呻吟声从奶奶的嘴里响起，覃月末一副呆愣的模样，完全不敢相信。而我也是如此，也不敢相信奶奶会为覃月末挡刀。

不过好在她是侧身扑过去的，匕首只插在了她的手臂上，并没有伤及要害，这让我微微松了一口气。

付斯言显然也没料到，意外地挑了挑眉毛，说："真想不到，当年那么冷血的 QG 董事长，现在居然还会为别人挡刀。啧啧，时间的力量还真是伟大啊。不过我瞧着，你们是都想替对方死，是吧？好！我成全你们！"

他丝毫没犹豫地狠狠将匕首从奶奶的胳膊上拔出，引得奶奶又是一阵呻吟。

那过程看得我整颗心都揪在了一起，看着奶奶不断流血的手臂，我哭着喊着问她："奶奶！奶奶！你有没有事？还挺得住吗？"

奶奶似乎怕我担心，深吸了好几口气，转头冲我勉强笑了笑。

就在这时，仓库的大门处突然传来一阵剧烈的撞击声。付斯言眉头一皱，踩着一个箱子扒着窗子往外看了看，愤愤地咒骂了一句后，又转身走向我们。

"你们身上的东西我都检查过了，不可能有跟……"说到这里，他忽地看向覃月末的耳环，狠狠地拽了下来，仔细端详了半晌后，又骂了句，"浑蛋！"

接着，他整个人都处在一种极度癫狂的状态，举起匕首看着我们，说："反正早晚也是被抓，也是要死，有你们这些故人陪着上路，也不算孤单！"他刚说完，匕首就狠狠地朝着我们落下！

而就在这时，一声猛烈的撞击之后，大门猛地被撞破！接着，一辆熟悉的 Jeep 闯进我们的视野，电光石火间，只听"砰"的一声枪响，然后付斯言便应声倒地！

整个过程太快了，快到所有人都来不及反应，待回神后，我看着躺在地上的付斯言，还有些不敢置信地低喃："他死了？就这么死了？"

周尧那一枪直击他的心脏，他瞪着眼睛、张着嘴倒在地上，已经停止了呼吸。鲜红的血液从他身上不停地往外流，渐渐染红了身下的地面。那场景触目惊心，让我想起了不久前唐糖的死亡现场。

虽然现在还没有直接证据证明唐糖就是被付斯言杀害的，但从他之前的话来看，人无疑是死在他的手里。

现在一看，这天道轮回还真是一报还一报。

周尧先从车里跑下来，一些警员跟在他身后，看见受伤的奶奶，他赶紧叫他们找医生进来。

安顿好奶奶之后，他才转头看向我。

那一刻，周围所有的嘈杂仿佛都被自动消音，我看着这个男人一步一步缓缓朝我走过来，看着他那张英俊白皙的脸，看着他那种历经生死之后放下所有不安的神色，突然就有种沧海桑田的感觉。

我明白，虽然他刚刚没与我在一起，可肯定也经历了很长一段时间的心理折磨。

可能他担的惊、受的怕比我还要多。

他俯身轻轻抱住了我，埋在我的脖颈处深吸了一口气，低声说："对不起，我曾经说过不会再丢下你，对不起……"

我知道他指的是什么，他肯定还在怪自己在医院时，把我独自留在房间里；也怪自己看轻了付斯言的手段，让付斯言得了逞。

经历这种种事件之后，我将一直提着的那口气吐了出来，整个人也彻底轻松了。

我闭着眼睛靠向他，轻声道："丢了我有什么关系？关键是你每次都能很快把我找到呀！"

这时，不远处突然传来一个声音："医生来了！医生来了！"

我猛地睁开眼，推了推周尧："你快起来，我要去看看奶奶！"

警员们将奶奶安置在一副担架上，医生替她简单地包扎了伤口，之后说基本没什么大碍，只是她老人家年纪大了，这会儿又被折腾这么久，还受了皮外伤，肯定要休养久一点，至于别的症状，得等回医院再做些检查。

我听完医生的话，悬着的心总算是放下了。我过去紧紧地握住奶奶的手，控制不住地落了泪："奶奶，对不起，从小到大我这个做孙女的都没能好好保护你，相反却一直要你保护。"

其实现在想想，刚刚奶奶替覃月末挡的那一刀，根本是在替我受罪。她看出了我的意思，知道我想保护覃月末，而她，则想保护我，所以……

奶奶有些虚弱地摇了摇头："说什么傻话，你是我的亲孙女，我不护着你，谁护着？"

说完，奶奶四下看了看，在看到覃月末的身影时，对她说："月末啊，你过来。"

覃月末闻言，先是犹豫了一会儿，最终还是缓缓朝这边走了过来。

奶奶双手扯过我们俩的手握在一起，抬头对覃月末说："月末，奶奶错了，之前的事我不该那么做。你是无辜的，弯弯也是无辜的，你们俩曾经是好朋友，我不想因为奶奶犯的错让你们再这样下去……所以，你能看在奶奶刚刚为你挡一刀的分儿上原谅我，与弯弯和好吗？"

我有点吃惊，虽然之前奶奶跟我提过悔意，可我完全没想过她现在能当着覃月末的面说出来。

而后我也有些期待地看向覃月末，迫不及待地想知道她的答案。

可让人失望的是，她只是淡淡地回道："当年的事周尧已经告诉我了，我知道我爸爸是帮助付家的绑架犯，你做的这些都是应该的。父债女还，理所应当。你也不必有什么愧疚，好好养病吧。"接着，她转身就想跟那些警员离开。

我咬了咬唇，望着她的背影半晌，快步朝她追了过去："月末！"

她闻声停住，却并未回身。

我也不气，几步绕到她身前，很诚心地冲她一笑："月末，谢谢你。"

她眼底有复杂的情绪闪过，可开口时，语气还是很淡漠："中途背叛付斯言，选择帮你们也不是想救你。我只是觉得当年的事应该有个了结，而我爸爸犯的错，也应该有人承担……还有，我也是不想让自己在牢里待太久而已。"

这话别扭得我都有些听不下去了，可我脸上的表情也未变，依旧微笑着看她："那你真的别待太久，我在外面等着你出来。"

最后，她淡漠地看了我一眼，便跟着警员走了。

周尧在一旁握住我的肩膀，轻声叹气："当初她主动联系我，说要帮我们时，我还真是吓了一跳。"

他这话倒是提醒了我，我偏头看向他，佯装生气："所以当初她做了咱们的内应，你为什么不告诉我？"

他捏了捏我的鼻子："告诉你有什么用？覃月末都说了，你在不知道真相的情况下，反应还能正常一些，如果知道一些内幕，肯定会头脑发热，做出反常的事。就像刚刚，如果没有奶奶挡那一下，现在受伤的，甚至是丢掉性命的……就可能是你了！"

他这话让我心虚地吐了吐舌头，后来我又想到了付斯言在医院掳走我们的事，于是连忙问："那天付斯言到底是怎么办到的啊？咱们明明设置了监控啊！"

"他在发现覃月末是咱们的内应后，便控制了她。我原本是一直和她联系取得付斯言的行踪，但那晚因为她被发现了，所以手机都是由付斯言拿着，我收到的所有关于他的消息，都是他自己扔出来的烟幕弹。后来他还让人侵入了我们的系统，控制了监控，你后来看到的画面，是他早就故意定格了的，所以看上去才一切如常。"

我点了点头："原来如此。"

我靠在他身上，缓缓走出仓库。

外面是一片荒地，偶尔有凉风吹动树叶发出沙沙的声响。

我望着远处，发自内心地松了一口气："都结束了吧？"

周尧揽着我的肩，手臂紧了紧，低沉醇厚的嗓音响起"坏的都结束了，而好的，才刚刚开始。"

尾 声

//////

我和周尧结婚的日子定在了情人节那天。

这个日子周奶奶是极不同意的，她说咱们大中华的子孙结婚，凭什么定在洋鬼子的节日啊？她当时拿出了一哭二闹三上吊的架势，死活就是想改我们的婚期，可最后还是没能拗过我们。

其实我倒还好啦，我觉得只要在结婚那天身边能站着周尧就可以了，其他的都没关系。不过因为周尧很坚持，而作为他户口本上配偶栏里的女人，我便以沉默的姿态和他站在了同一个阵营。

某日我特意问过他："为什么这么执意要选情人节那天？是不是有什么特殊的含义？"

当时我心底满是插着翅膀的粉红泡泡，以为他会说出什么惊世骇俗的情话来。

哪知那会儿正忙着给"你"做饭的他，听完我的话，微微侧过头，脸上浮现要笑不笑的表情："你真是想太多了，我只是觉得结婚纪念日和情人节在一起过的话，能省一次礼物的钱而已。"

"……"

"看你这表情，是觉得我会有什么深情计划？"

我咬牙："没有！"

"证都扯了，婚礼也马上要办了，你觉得我还会像之前那样吗？"

我更加用力地咬牙，接着默默拿起手边的菜刀。

他见状，依旧一副毫不在意的模样，末了他居然还臭不要脸地俯身吻了我一下，再漫不经心地笑道"这小妞还真是傻得可爱啊，人都到手了，谁还会在意别的？再说了，往后漫长的岁月里，我都只忠于你、守护你、属于你，这样你还有什么不满足的？"

我原本都已经磨刀霍霍了，可一听他这话，心底的想法又突然一转。

我顶着微红的脸颊，咬咬唇，轻声感叹："我这辈子栽在你这种深情的浑蛋手里，也不知道是幸还是不幸。"

他搂着我的腰，来了一记深吻，最后用带着浅淡光泽的眸子深沉地看着我："幸与不幸，你也只能是我的了，所以认栽吧。"

像这种甜蜜暖心的插曲几乎日日都在我和周尧之间上演，每天平淡无奇的生活似乎也被我们过得红火了起来。

后来在挑选婚纱时，我在橱窗里看见了一件极漂亮的香芋色礼服。我叫来导购问了一番，才知道原来那不是新娘服，而是伴娘服。

听见"伴娘服"这三个字时，我几乎一瞬间便想到了覃月末。想起她那天嘴硬说"我不是想救你，只是不想让自己在牢里待得太久而已"时，脸上带着的别扭的神色，我心底不由得涌起一股暖意。

当天，我叫导购将那件伴娘服打包后，便开车去了关押覃月末的监狱。

她见到我时，脸上的表情不冷不热，我也没在意，笑着将礼服盒子推给她："我要结婚了。"

她垂着眼扫了一眼礼盒，面无表情地说了句："恭喜。"

"咱们之前约定过，要做彼此的伴娘，我今天去挑婚纱时看见了这件礼服，觉得特别适合你，所以就买下给你送来了。"

她抬眼看向我，脸上浮现一丝无奈的情绪："要我说你蠢还是怎么的，你明知道我在这里根本穿不上，还买来做什么？"

这话听得我不由得又是一阵暖心，耳边瞬间闪过无数类似的话——

"秦弯弯，要我说你什么好，你明知道……"

这种感觉就好似我们又回到了从前一般，中间也没有出现过任何隔阂，我们还是那对相互看不顺眼却又相互扶持的闺密。

我嘴边的笑容加深了一分，缓缓抬起手腕："看，我戴上了当初你送我的那条链子。"

她一时愣住了，许久之后，她表情极不自然地别过头："有什么用？我的那条已经丢了。"

闻言，我拍了拍盒子："所以我又给你买了一条新的啊！这回你千万不要再弄丢了！"

后来我起身离开时，她忽然叫了我一声。

我转过头去，发现她正面带浅笑地看着我，那感觉让我一度认为，她似乎也放下了一切。

"弯弯，谢谢你。"

我微微扬起嘴角，语气像正常的老友开玩笑一般："你是该谢谢我，你覃大小姐金贵，在这里面也要用最好的东西！知道你平常的开销有多少吗？都赶上我的三倍啦！真不知道是你坐牢还是我坐牢，哼！"

她眼底的笑意渐浓，末了轻声道："不是你说的会养我吗？我这明明是在给你机会啊。"

"好，我谢谢你给了我这种天赐的良机！还真是百年难遇啊！"

"弯弯。"

"嗯？"

"等我出去以后，咱们重新开始吧。"

我沉默地看了她一会儿，再开口时带了平静的笑意："你傻啊，咱们已经重新开始了啊！"

婚礼的准备工作复杂而又烦琐，我几乎每天都被烦得不想结了。可每当我把这个想法说出口，周尧都会狠狠地亲我一会儿以示警诫。

以至于后来他亲完我，都会一脸怀疑地问："你不会是想让我吻你，才没事就提不结婚的吧？"

有这么不要脸的准老公，我还能说什么？

不过好在忙碌的日子也不算太久，很快就到了婚礼当天。

那天我穿着婚纱一步一步从红毯上走过去，看着周尧穿着一身笔挺的西装，以及那张帅得无死角的脸，我心底忽然就有种尘埃落定的感觉。

我暗暗在心里感叹：这个跟我一起经历过多次磨难的男人啊，这个又帅气又霸气的男人啊，这个爱惜我比爱惜他自己更甚的男人啊，这个深情到有些浑蛋的男人啊……

这个男人啊，终于是我的男人了！

交换戒指的时候，主持人叫我和周尧一人说一句最文艺、最深情的情话。

我想了想，说"真庆幸，我越过山丘，以为无人等候时，却看到了你。"

而相较于我说的，周尧的话则更简单粗暴又款款情深。

他当时将戒指戴在我的无名指上，又吻了吻我的手背，目光深沉地看着我，一字一句地说："余生，请多指教。"

那天周尧被观礼的来宾灌了许多酒……不，确切地说，那些人是要灌我们俩的，但周尧舍不得我喝太多，于是一一帮我挡了下来。

后来司机送我们回家时，周尧轻轻搂我入怀，坐在车后座。

我戳着他的胸膛，轻声问："你说的那是什么情话呀？还余生请多指教，这算什么啊！"

他捏着我的下巴抬起我的脸："你听不懂？"

"听不懂！"

我们视线相交，他看向我的眼里仿佛洒满了星光。

他低下脑袋轻吻住我的嘴唇，霸道而用力地亲吻之后，轻轻咬了一下我的鼻尖："傻瓜，意思是我把余生都交给你了，你要珍惜啊！"

这时，收音机里适时地响起了一首老歌——

"今夜还吹着风

想起你好温柔

......"

番 外

花开花落，只他一人

///////

孟平生小时候其实不太爱说话。

大人们不住地逗他，换来的也就是他勉强的一个假笑。很多人都说他没礼貌，只有他妈妈会笑着维护他，说"我们平生这叫内向，没听过吗？内向的孩子精神世界都丰富，你们嫉妒去吧！"

那时有妈妈的宠爱，他也就一直肆无忌惮地"没礼貌"着。

念初中时流行《灌篮高手》，他每次蹲在电视机旁边守着播出时，妈妈都会陪着他。然后每次流川枫一出场，妈妈都会尖叫着拉着他的胳膊，说流川枫和他有多像。

那时的他从未想过，这么宠他、爱他、护他的人，会在自己的生命中彻底消失。

他初三那年，孟妈妈出了车祸，车子掉下了山崖，又在水里泡了一天一夜，尸体被捞出来时早已面目全非。

当时工作了几年的老刑警瞧着这场景都微微作呕，可孟平生在认尸时，愣是一动不动地看了小半天。

孟爸爸将丧礼办得还算得体，可逝者已矣，很多事情怎么可能还像她生前那般尽心尽力？小城市都有请和尚诵经送死者往生的习惯，但孟爸爸也不知是为了省钱，还是压根儿就没想起来，总之到最后也没有请。

那是孟平生有生以来第一次和父亲吵架，也是他平生与人吵得最凶的一次。

那天他不顾家里是不是还有参加葬礼的宾客，吵完架后就跑去了后院的仓房里躲着，抽抽噎噎地哭了许久。

而也就是在他最伤心难过又无措的那天，秦弯弯闯进了他的生命里。

那天秦弯弯穿了一条素白的裙子，个头还不像成年后那么高，短胳膊短腿，又矮又胖，可偏偏生得白嫩，让人看着只觉得可爱非常。

她当时很老成地看着他，手里攥了一张粉色的人民币，纠结了半天，最后还是将那一百块塞给了他："这是我一周的午饭和晚饭钱，给你去找那些和尚吧！"

其实请和尚诵经怎么可能一百块就够了呢？可孟平生当时不知为何，看着她眼底那道又不舍又纠结的眼神，就是不想将钱还给她。

那次的邂逅，秦弯弯似乎压根儿都没放在心上，孟平生却牢牢记住了。

以至于大二那年，看见她提着又重又笨的行李箱再次闯入自己的视线时，他几乎仅一眼便认出了她。

他其实不太相信缘分一说，过往的那些女生给他写的情书里，提到"缘分"二字的，他都会一笑置之。

可那次，时隔几年后再次与她相遇时，他满脑子都只剩下"缘分"二字。

所以他告诉自己，既然上天为他们安排了如此美妙的缘分，那或早或晚，他们都是注定要在一起的。只要他在她身边守着、护着，就算她再迟钝，应该也能瞧出他的感情。

但他万万没想到的是，他所谓的缘分，其实更早时就已经发生在了她和别人身上。

知道秦弯弯喜欢上周尧的那天，他躲在家里喝了一整晚的酒。

那是他第一次用酒精来麻痹自己，也是第一次明白宿醉之后的空虚。

他看着雪白的天花板能想起她，看着厨房里的酱牛肉能想起她，甚至连喝杯白开水的空当也能想起她。

他不想让自己再这样沉溺下去，于是在那段时间里，他疯狂地工作。

他也想过主动联系她，可又想，联系了又怎样呢？不是他的东西，再多看一眼都是心疼。

　弯弯

　没想到

　后来周尧出事，她第一时间找到他。

　他到现在还记得当时的场景，那时的秦弯弯已经瘦得脱胎换骨了，鲜衣长发，脸庞艳丽，从出租车上走下来时，他差点没敢上前去叫她。

　那一刻他在心里微微地感叹，他喜欢的女孩曾经好像一颗蒙了尘的明珠，现在被人用心擦拭过，果然就变得光彩夺目了。

　只不过很可惜，他并不是那个人。

　再之后的事情他就不太清楚了，他想打电话给她，但每次一想到她似乎也不需要自己的问候时，便忍住了。

　反正……她如果需要自己，就一定会主动联系自己的啊！他每次都这么想。

　但后来他怎么也没想到，她再联系自己时，竟然是邀请他参加她的婚礼。

　她在电话那边依旧像往常一样，语气未变，就连调侃他的话也未变："孟学长，月末可说了让我们等她出来，你如果不急着结婚，就一定要等她啊！毕竟你们如此郎才女貌，要是不在一起，我都替你们感到可惜！"

　头一次，他对她有了怒意。

　可无论他心里怄得多要命，跟她开口时，仍是舍不得发火，只是苦笑着低声说："弯弯，我再说一遍，我不喜欢月末。"

　"那你喜欢谁？我去帮你牵线！"

　他在这边沉默了一下，然后说："我喜欢……"后来的那个"你"字终究没说出口，他随便找了件事岔开了话题，她也没再提。

　其实他纠结了很久，到底要不要去观礼。

　直到婚礼当天他才决定，还是去吧，虽然得不到自己喜欢的人，但至少看着她幸福也是好的……

即便这幸福，不是他给的。

穿着婚纱的秦弯弯真的很漂亮，她个子本就很高，一袭燕尾的拖地婚纱衬得她更加明艳动人。她脸上的表情也很幸福甜蜜，仿佛她挽着的那个男人，真的就是她的全世界。

看到了她这样，他还有什么不满足的呢？

这世间又不是所有的喜欢都会有结果，所有的爱都会被好好对待。

他只是这世间无数不幸单恋者中的一员，大家都经历过相同的事，也没什么好伤心的。

况且，他与她的故事根本从未开始过，所以也不算结束。

可是，从此以后，这山一程，水一程，他们似乎，也不会再相逢。

没想到

后 记

请一直相信爱

//////

五年前写第一本书时，我十八岁。不可避免地，那本书里大多的矛盾因素和高潮点，都发生在男女主角身上。男女主角因为男二而产生误会，以致分开；因为女二而产生误会，以致分开；因为……反正他们只要分开就一定是因为误会。

　　而这一本呢，自打周尧和弯弯在一起后，他们就没再分开过，而且，一次误会也没有。

　　其实我一开始写这篇文的时候想的就是，我要写一本男女主角相扶相伴，没有任何外来的感情羁绊，只要在一起就从一而终的书。

　　其实这样真的很冒险，没有误会和矛盾，感情线没有冲突，整篇文就很难有源源不断的高潮和起伏。

　　我曾经一度纠结过，也想过要不要让男二或是女二插足，可后来我还是放弃了。

　　是的，还好我放弃了，所以才有了周尧和弯弯这种没有任何误会，认定了之后就十指紧扣、相扶相伴的爱情。

　　我想年龄的变化真的会影响爱情观，写第一本书时我十八岁，现在我二十三岁。

　　好啦，废话太多了，其实我想说的重点是，感谢我家筱筱，不是她纵容我如此任性，也不会有现在这篇定稿。

　　还要谢谢花花，谢谢她全程帮我看文并鼓励我。其实我写稿的时候真是会时不时就不自信，虽然这本书在编辑那里没有过多的修改，但我自己在交稿前还是来来回回改过无数次的。而她每次都会鼓励我说，改过的确实比上次要好。

　　还有小曼、小瑶子、球姐、小凌子……咱们绿茶群的六个人要继续相亲相爱哟!

嗯,最后,感谢你在茫茫书海中买了这本书。

愿此刻在灯下看书的你,无论与这糟糕又美好的世界交手多久,都能童心未泯,光彩依旧。

哦,还有,要一直相信爱。

L 小姐

写于 2016 年 1 月